小説の生存戦略

ライトノベル・メディア・ジェンダー

大橋崇行／山中智省 編著

青弓社

小説の生存戦略

ライトノベル・メディア・ジェンダー

目次

カバーイラスト——市村ゆり
装丁・本文デザイン——山田信也

はじめに

大橋崇行

現代文化のなかで、小説はどのように生き残っているのか。あるいは、生き残ろうとしているのか。

これが本書の、最も中心になる問題意識である。

映画、マンガ、アニメーション、ゲーム、テレビドラマ。活字で書かれた小説など読まなくとも、現代文化では様々なメディアを通じて物語が発信され、受容されている。娯楽として物語を受容するとき、これらのなかでわざわざ活字で小説を読むという文化が、はたしていつまで残るのだろうか。もしかすると、小説という表現メディアはほどなく死滅してしまうのではないか。そんな疑念さえ湧いてくる。

また、拙著『司書のお仕事――お探しの本は何ですか？』(［ライブラリーぶっくす］、勉誠出版、二〇一八年）を刊行して以来、幸いなことに学校図書館や公共図書館で多くの司書の方々と交流ができ、話をする機会に恵まれるようになった。そのなかでしばしば耳にするのは、ここ数年の中学生や高校生は、ライトノベル、マンガ、アニメーション、ゲームを、自分たちよりも上の世代が読んだり、見たり、プレーしたりする娯楽として捉えている向きが強いらしいということである。吾峠呼世晴『鬼滅の刃』(［ジャンプ・コミックス］、集英社、二〇一六年―）のように突発的に流行する作品はあるものの、ほとんどの場合、これらはすでに「若い世代」を中心にした娯楽ではなくなっているのかもしれない。中心的な受容層は、すでに三十代から四十代のかつての「若者」であり、一方で中・高生世代が最も頻繁に受容する娯楽は、インターネットに無料で流れている動画だろうという。

けれども、そうした文化状況のなかでも、小説はしぶとく生き残ってきた。

「小説家になろう」(https://syosetu.com/）や「エブリスタ」(https://estar.jp/）、「カクヨム」(https://kakuyomu.jp/）などを

はじめ、小説投稿サイトは活況を呈している。現代の日本はほぼ間違いなく、歴史上最も多くの小説が書かれ／読まれている時代になっている。もちろんこのなかの書き手や読み手には少なからず、ライトノベルが本来の想定読者としていた中・高生たちも交ざっている。

また、新しい動きもある。現在、中・高生を中心に図書館で流行しているのは、ボードゲームとTRPG（テーブルトーク・ロールプレーイングゲーム）だそうだ。これは、井上奈智／高倉暁大／日向良和『図書館とゲーム――イベントから収集へ』（〔JLA図書館実践シリーズ〕、日本図書館協会、二〇一八年）での実践報告や、欧米の図書館でみられる活動、図書館を「本を置いておく場所」ではなく「情報が行き交う場所」「本と人／人と人とが出会う場所」として再定義しようとする動きのなかで広まったものと思われる。

クレジットカードを作れない高校生にとっては、ソーシャルゲームで「課金」するのが難しい。ゲーム機を用いた、いわゆるコンシューマーゲームも不調が続いている。そのなかで、『遊戯王オフィシャルカードゲーム』シリーズ（KONAMI、一九九九年―）や『カードファイト!! ヴァンガード』（ブシロード、二〇一一年―）などをはじめとしたカードゲームの流行を経て、中・高生が「新たに」TRPGに目をつけたということではないのか。長らく細々と続いてきた文化の、およそ三十年ぶりの華麗な復活劇である。例えば、図書館でTRPGをしたときの「リプレイ」を高校生が書き、学校図書館で図書委員が発行する図書館報に掲載するような動きもみられている。こうした「リプレイ」も小説へとつながるものだと考えれば、現代の日本で、小説は読むものである以上に、書いて楽しむものであるのかもしれない。

一方で、学校図書館で読まれている小説をみてみると、ライトノベルから派生したいわゆるライト文芸のうち、特に恋愛を描いた青春小説が、住野よる『君の膵臓をたべたい』（双葉社、二〇一五年）や河野裕『いなくなれ、群青』（〔新潮文庫nex〕、新潮社、二〇一四年）などの流行を経て中・高生の非常に多くが手に取っていることがわかる。このことは、全国学校図書館協議会と毎日新聞社がおこなっている「学校読書調査」の二〇一九年度第六十五回調査で、「五月一カ月間に読んだ本」に、住野よるの小説のほか、佐野徹夜『君は月夜に光り輝く』（〔メディアワークス文庫〕、KADOKAWA、二〇一七年）、宇山佳佑『桜のような僕の恋人』（〔集英社文庫〕、集英社、二〇一七年）、汐見夏衛『夜が明けたら、いちばんに君に会いにいく』（スターツ出版、二〇一七年）といった作品が、中・高生女子が読んだ本として挙がっていることからもわかる。『君は月夜に光り輝く』が非常によく読まれているのは、映画化したことが大きかっただろう。だが、そうしたメディアミックスによるものだけではない、いまの中・高生の読書状況が「学校読書調査」への回答からみえてくる。

しかし、このようにして書かれ／読まれている小説が、いわゆる〈純文学〉としての〈文学〉テクストと同じような様式をもっていたり、同じような価値観の下で書かれていたりするかというと、決してそういうわけではない。ゲーム『文豪とアルケミスト』（DMM GAMES、二〇一六年―）や、朝霧カフカ『文豪ストレイドッグス』（〔角川コミックス・エース〕、KADOKAWA、二〇一三年―）を中心にした「文豪」ブームで女性読者を中心に近代文学が手に取られるという事態はあったものの、現代の小説は、言語によって物語を語る「小説」という枠組みを保ちながら、その具体的な内実は少なからず変容をきたしている。

そして、そうした変容で大きく機能したのは、マンガやアニメーション、ゲームをはじめ、多様化したサブカルチャーを雑食的に取り入れるという小説のあり方だったのではないだろうか。特にそのなかで、一九九〇年代からゼロ年代にかけて全盛を誇ったライトノベルがもっていた方法や様式が、中心として機能したのではないだろうか。すなわち、小説が現代の多様な文化のなかで受容者を獲得し、サバイブしようとするとき、その様態の変容過程でライトノベルの手法がきわめて重要な役割を果たしているのではないか。こうした視点から考えることで、現代の小説と、小説を中心とした文化現象とを捉えることができるように思われる。

本書に収めたそれぞれの論考は、二〇〇六年以来積み重ねてきたライトノベル研究会での議論をもとにして、以上のような視点を踏まえながら、現代文化の一つのあり方として「小説」という表現メディアを捉え直そうという試みである。第1部「拡張する現代小説」では、具体的なテクストを分析することを通じて、現代の小説の表現のなかに、ライトノベルやゲーム、またそこで扱われた怪異現象やいわゆる〈キャラクター〉という作中人物のあり方が、どのように機能しているのかを分析している。第2部「創作空間としてのメディア」では、雑誌やインターネット、ゲーム、図書館などをはじめとした現代のメディアのあり方が、小説をどのように生み出し、あるいは小説表現でどのような変容の契機になるのかについて考える。第3部「文化変容とジェンダー」では、イチゼロ年代以降のジェンダーをめぐる議論や、特にインターネットの広がりに端を発した文化的価値観の変容、新しい文化の出現に、小説がどのように関与しているのかについて議論を進めている。

なお本書は、二〇〇六年五月に一柳廣孝先生と久米依子先生とが中心になって始められ、以来、横浜国立大学、目白大学、日本大学で開催してきたライトノベル研究会の集大成としての位置づけをもっている。

二〇〇九年に刊行した一柳廣孝／久米依子編著『ライトノベル研究序説』(青弓社)は、ライトノベル業界の活況のなかで、大塚英志、東浩紀、新城カズマらを中心にゼロ年代批評が「評論」として論じてきたライトノベルを「研究」としてどのように扱うかという試みだった。「文化」「歴史」「視点」「読む」という四部構成で、メディアミックスの要素を内包するライトノベルというテクストを、複合的な視点で分析した。一三年に刊行した一柳廣孝／久米依子編著『ライトノベル・スタディーズ』(青弓社)では、ライトノベル読者の年代的・国際的な広がりや、近接するサブカルチャーとの接続を踏まえながら、既成の枠組みにとらわれないテクストに即した分析をおこない、より具体的な問題について研究をおこなった。また、一五年から一六年にかけて刊行した大橋崇行／山中智省編著『ライトノベル・フロントライン』(全三巻、青弓社)では、ライトノベルを現在と過去という二つの軸から捉え直し、ボカロ小説やライト文芸といったライトノベルから拡散したジャンルや、メディアミックスの諸相についてアプローチする方法を探った。

そして、本書の刊行でライトノベル研究会はいったん活動を閉じる予定である。

おそらく、ゼロ年代の半ばからイチゼロ年代の初頭にかけてライトノベルがもっていた商業的な勢いを取り戻すことは、ライトノベルが旧来的な枠組みを維持しようとするのなら、もはやほとんど不可能だろう。もしそれが起こるとすれば、小説としての新たなあり方を構築し(それはもはや「ライトノベル」ではないかもしれない)、新たな中・

高生の読者を獲得する方法を模索していくしかない。

しかし、ライトノベルがもつ方法は確実に現代の小説表現に拡散し、様々に形を変えて生き延びてきた。その意味でライトノベルは、日本文化、さらにはアジア圏を中心とした国際的な表現文化の一つとして、定着したといえる。ライトノベル研究会のメンバーは、「いま・ここ」にある小説とメディアとのあり方について、今後もそれぞれに研究を続け、小説メディアとともに生き続けるはずである。それでは、

——生存戦略、しましょうか。

第1部

拡張する現代小説

第1章

現代文芸とキャラクター

「内面」の信仰と呪縛

大橋崇行

はじめに

岩崎夏海『もし高校野球の女子マネージャーがドラッカーの『マネジメント』を読んだら』（ダイヤモンド社、二〇〇九年）の流行には、経営学に関する非常に手堅い本を小説形式で解説するビジネス書に書き換えるにあたって、イラストレーターのゆきうさぎによる「萌え」系のイラストにして、作中人物をマンガやアニメーション、ゲームなどにみられるようなキャラクターとして造形するという、ライトノベルの手法を取り入れたことが大きく関与していた。またこの時期は、東川篤哉『謎解きはディナーのあとで』シリーズ（小学館、二〇一〇―一二年）や、三上延『ビブリア古書堂の事件手帖』シリーズ（全七巻〔メディアワークス文庫〕、アスキー・メディアワークス→KADOKAWA、二〇一一―一七年）が人気を得たこともあり、ライトノベルと文芸としての小説との境界線上にある作品が注目され、これらがゼロ年代後半の、二十代以上の女性を想定読者としたキャラクター小説であるライト文芸へと接続していった経緯については、山田愛美による指摘があり、拙稿「ライト文芸の流行と今後の展望」でも述べたとおりである。(1)

しかし、ライトノベル、ライト文芸という名称で書店での販売カテゴリーが形成されることは、別の問題を引き起こす。すなわち、ライトノベルから派生したライト文芸が、メディアワークス文庫、集英社オレンジ文庫をはじめとする特定の文庫版レーベルや、実業之日本社文庫、双葉文庫などに含まれる一部の書き下ろし作品だけに限定されてしまうことで、ライトノベルで用いられている小説の手法や表現のあり方が、それ以外の文芸作品へも広がりをみせているという現状がみえにくくなってしまうのである。

そこで本章では、ライトノベルやライト文芸にカテゴライズされていない小説として、恩田陸『蜜蜂と遠雷』を取り上げ、このテクストにみられるライトノベルと深く関わる技法を用いた表現について分析を進める。このことを通じて、現代小説のあり方について考えていくと同時に、それらがマンガやアニメーションといった小説以外の表現メディアとどのように接続しているのか、カテゴリー外の小説がどのように評価されているのかをみていくことで、現代文芸のあり方について考えていきたい。

1 マンガを小説で表現する――恩田陸『蜜蜂と遠雷』

恩田陸『蜜蜂と遠雷』は、書店で頒布されている幻冬舎のPR誌「星星峡」（二〇一四年一月から「ポンツーン」と改題）で、二〇〇九年四月から一六年五月にかけて連載された。その後、一六年に単行本化され、第百五十六回直木三十五賞（以下、直木賞と表記）と一七年の第十四回本屋大賞とを同時に受賞している。

物語は、三年ごとに開催される「芳ヶ江国際ピアノコンクール」（モデルは浜松国際ピアノコンクール）を舞台に、コンクールに出場した風間塵、栄伝亜矢、マサル・C・レヴィ・アナトール、高島明石といったピアニストたちと、その周辺の人々をめぐって起きた出来事を、それぞれの人物の視点から描いた群像劇になっている。

例えば栄伝亜矢の物語は、かつて天才少女と呼ばれていたものの、母親を失ったことでピアノの演奏ができなくなっていた亜矢が、天才肌の出場者である風間塵と交流するうちに、自身の演奏を取り戻していく姿を描いている。

マンガにある程度親しんでいる読者であれば、亜矢の物語が、新川直司『四月は君の嘘』（〔講談社コミックス〕、講談社、二〇一一―一五年）と酷似していることに気がつく。『四月は君の嘘』では、主人公の少年・有馬公生が、自分をピアニストとして育てるために「操り人形」のように扱っていた母親が亡くなったことをきっかけに、自身で弾くピアノの音が聞こえなくなるという状態になり、弾けなくなってしまうというものだった。

しかし、恩田陸の小説のマンガで描かれる物語との親和性については、恩田陸自身が比較的早い時期から繰り返し言及してきたものである。

よしなが（略）恩田さんの近著の『チョコレートコスモス』は……。
恩田『ガラスの仮面』ですね。
よしなが　先に言われてしまった（笑）すごくおもしろかったです。私、最初に『ガラスの仮面』に対するカウンターなのかと思っていたんですが、最後まで読んだら……。[2]

よしながふみとの対談のなかでは、『チョコレートコスモス』（毎日新聞社、二〇〇六年）が美内すずえ『ガラスの仮面』（〔花とゆめコミックス〕、白泉社、一九七六年―）をいわば二次創作的に小説として書いたものだと、恩田陸自身が位置づけている。また、直木賞受賞に際して書かれたエッセーでも、恩田陸は『蜜蜂と遠雷』と『チョコレートコスモス』との関係について言及している。

クラシックのピアノコンクールを丸ごと書いた『蜜蜂と遠雷』に、いちばん近いタイプの小説は『チョコレートコスモス』だろう。こちらのテーマは演劇。名作劇画漫画、美内すずえ『ガラスの仮面』で、いちばん面白かったのがオーディションのシーンだったので、「全部オーディションシーン、みたいな小説を書こう」と思って書いたものだ。[3]

このほかにも、「サブカルでコテコテな感じにしたかった[4]」という『ロミオとロミオは永遠に』（「SFマガジン」一九九九年三月号―二〇〇〇年六月号、早川書房）や、「別にまんが家になりたかったわけではなくて、面白かった映画を観たら真似をして描くとか、自分が面白いと感じたものを追体験するためにまんがにしていた[5]」「ただマンガと比べて言うわけではないですけど、小説という形式は、何でもありなところがあるので、他の形式をのみ込んでも生き残るというか、結構しぶといんじゃないかと思うんですね[6]」など、ゼロ年代の初頭から、恩田陸は自身の小説とマンガとの関係、マンガ的な物語を小説に取り込むという創作上の問題意識について繰り返し言及している。その意味で、『蜜蜂と遠雷』にマンガと近似した物語が組み込まれていることは、恩田陸の小説の常套的な手法だったといえる。

一方で、『蜜蜂と遠雷』でのマンガの利用は、こうした物語の部分だけにとどまらない。この小説で最も特徴的なのは、ピアニストたちが演奏するピアノの音を、文章で語るしかない小説でどのように言語化していくかという点だが、このときにもマンガを援用したと思われる表現を多用している。

> すべての観客が固唾を呑み、ただただ圧倒されていた。明石もその聴衆の一部分になりきっていた。胸がざわざわする。どきどきして、身体の奥が熱くなってくる。
> まさに、モーツァルトの、すこんと突き抜けた至上のメロディ。泥の中から純白の蕾を開いた大輪の蓮の花のごとく、なんのためらいも、疑いもない。降り注ぐ光を当然のごとく両手いっぱいに受け止めるのみ。
> この子、座った瞬間からずっと笑っている。
> 明石はそう気付いた[7]。

風間塵が最初に演奏する場面では、高島明石の視点から、「泥の中から純白の蕾を開いた大輪の蓮の花」に「降り注ぐ光」という視覚的なイメージとして、演奏される音が表現されている。ここで想起されるのは、一色まこと『ピアノの森』（全二十六巻〔モーニングKC〕、講談社、一九九九―二〇一五年）で用いられた、音楽の表現のあり方である。

「森の端」と呼ばれる貧困地区で、体を売って生計を立てる母親の下で育った一ノ瀬海は、子どものとき、転校してきたピアニストの父をもつ雨宮修平や、音楽教師でもとは天才ピアニストだった阿字野壮介と出会い、しだいに天才ピアニストとしての才能を開花させていく。やがて、修平と海はライバルとしてショパン・コンクールで争い、海はコンクールで優勝を果たすことになる。

　このとき、図1に示したように、雨宮と同じコンクールに出場した海によって演奏されるピアノの音は、雨宮との少年時代と重ね合わされ、当時の彼がピアノを弾いていた「森の音」になる。この「森」は、『ピアノの森』というタイトルと重ね合わせるように作品全体を通底するモチーフになっている。同時に、「音」がないマンガという表現メディアで、このような「音」を「森」という視覚的なイメージとして置き換えることが、作品内で「音」を表現する手段の一つになっているのである。

　恩田陸自身が、『蜜蜂と遠雷』と『ピアノの森』や『四月は君の嘘』との関係について言及したことはないものの、『蜜蜂と遠雷』は、マンガで用いられた音楽イメージの視覚化を言説として

図1　一色まこと「第104話　ゴホッゴホッ」『ピアノの森』第12巻（モーニングKC）、講談社、2006年

受容し、言語によって再編成したものだといえるだろう。つまり、恩田陸は、マンガ、小説といった表現メディアの差異を、物語という側面だけでなく、多様な表現の部分について意識的に越境していくことで、小説というメディアを二次創作的に再編成する試みを続ける作家だと位置づけることができる。

2　直木賞における評価と作中人物の「内面」

一方で、『蜜蜂と遠雷』が直木賞を受賞した際の選評は、現代小説をめぐる価値観について、別の問題を示している。

ただ私にはこれが、たとえ登場人物の大半が若者、子供のような年齢であれ、人間が描かれているのだろうかと感じた。そうだ、こんな感情もあり得るな、と人物設定の枠からはみ出して行く、小説本来の面白味に疑問を抱いた。(8)

最も不満だったのは、誰ひとり壁にぶちあたることもなければ挫折もしない点だ。鍵になる天才少年について「劇薬にもなる」という記述があったので、それを被る人間の姿も読んでみたかった。(9)

恩田陸氏の『蜜蜂と遠雷』も、登場人物に人間の深みがない点で不満が残った。一般に天才とは、何かしら目覚ましい結果があるだけで、周囲の目には内実がブラックボックスでしかありえない人間のことを言う。(10)

恩田陸が評価されたのは、「音楽を小説の中で表現するのは至難であろうが、言葉の洪水の中でそれがなし得ている」[11]「ピアノコンテストが主題であるから、複数のピアニストがそれぞれ複数の曲を弾く。しかし同じ描写がまるでないのである」[12]といった、これまで述べてきたような「音」を言語で表現するという部分を、マンガ表現の援用というフィルターを通さずされた評価である。一方で引用のように、特に作中人物の描き方の面で、非常に否定的な評価がなされている。

こうした恩田陸の作中人物についての評価は、例えば二〇〇〇年に井上ひさしと五木寛之が、東野圭吾『白夜行』（集英社、一九九九年）について述べた選評を彷彿とさせる。

内面描写排除の風はここにも及んで、長い物語の最後を殺風景にしてしまった。これでは幕は降ろせない。作者の才能は大きく、技量は高い。その才能と技量を総動員して人間内部の奥底へ、一度、深く筆を潜らせていただければと願っているが、これは余計なお世話というものかもしれぬ。[13]

登場人物の内面が、理づめで作られたような気がするのは私だけだろうか。[14]

選者による一連の選評からは、直木賞の対象となるような文芸と呼ばれる小説ジャンルで、それがたとえエンタテインメントとして書かれたものであったとしても、一つの強固な価値観がいまだに保持され続けていることが読み取られる。すなわち、人物の「内面」を描くときには、「理づめで作られた」「人物設定」や、風間塵が「天才少年」だという物語と関連づけるように示される人物の側面を描くだけではなく、「人間内部の奥底」や「周囲の目には内実がブラックボックスでしかありえない」ような部分を多面的に描くことが求められているのである。

本来、小説を評価するときには、多様な視点を持ち込むことが可能であるはずだ。だが、坪内逍遥『小説神髄』（松月堂、一八八五年）で示された「人情」論を、物語で「内面」を描くようにすることと位置づけて近代文学の端緒を見いだし、そこで編成されてきた「内面」という枠組みを小説や物語の評価軸にする信仰と呪縛とがいまだに機能しているのである。

一方で、『蜜蜂と遠雷』が示したのは、たとえ作中人物の心情が描かれていたとしても、「設定」の枠内や、物語内で与えられた役割に沿った人物の一側面しか描かないということこそがキャラクターと呼ばれる手法である可能性であり、それは〈文学〉における「内面」をめぐる枠組みとは、根本的に異なる方法論だという側面である。言い換えれば、近代文学で編成されてきた「内面」をめぐる議論とは異なる方法として様式化されているキャラクターを論じるには、近代文学の「内面」という用語や枠組みを持ち出すこと自体が、きわめて見当外れなものであることを示している。

こうした直木賞をめぐる価値観には、かつて大衆文芸が〈文学〉と位置づけられてきた純文学に対して価値が低いものとしてみられてきたことを受け、大衆文芸も〈文学〉と同じ価値をもつのだと意味づけるために、純文学の「内面」をめぐる枠組みを受容してきたという歴史的な経緯がある。笠井潔は一九九三年の段階ですでに、綾辻行人や法月綸太郎といった新本格ミステリーに対して「人間が描けていないからけしからぬ、リアルじゃないからけしからぬ、作風が空想的すぎるというような旧態依然のリアリズム至上主義的な批判が、堂々とまかり通るというような事態」[15]と指摘している。しかし、こうしたリアリズムの発想は、いまだに文芸と位置づけられる小説の評価では少なからず保持されているのである。

3　現代文芸におけるキャラクターの越境

これまで述べてきたように、恩田陸『蜜蜂と遠雷』は、マンガで用いる手法を次々と小説に取り入れていったが、こうした表現に対して、特に作中人物の描き方については批判が集まる一方、ピアノの演奏をめぐる場面では、「言葉」での「描写」という面で高く評価されているという状況を確認してきた。

こうしたなかで注目されるのは宮部みゆきによる選評である。

今回の候補作は、それぞれの著者の個性と「この作品で何を書きたいか」という意思が明確に表れている力作揃いでした。恩田陸さんの『蜜蜂と遠雷』は、その意思がもっとも幸せな形で結実した傑作です。（略）何とか体調が戻ってまた読み始めた際、そこまでのキャラクターが細部まで心に焼き付いていたので、まったく中断の影響を感じませんでした。このその時点で、この作品の受賞を確信しました。(16)

宮部みゆきは『蜜蜂と遠雷』の作中人物を「キャラクター」と明確に規定し、その描き方が一人の読者として印象に残っていたことを、むしろ非常に好意的に評価している。

こうした小説評価の視点は、二〇一八年下半期の第百六十回直木賞の選考で別の形で浮上することになる。

今回はいつになく小説の新時代を感じながら候補作を読んだが、当世の作家が目指すのは、先ずは小説という言語空間の磁場ではなく、映像やアニメに近い意味空間なのだろう。そして、あるときそれが熟成して小説の磁場を持つようになる作品もあれば、初めからそんな行間は念頭にない作品もある。まさに時代が変わったと感じる所以である。(17)

第百六十回の直木賞は、今村翔吾『童の神』（角川春樹事務所、二〇一八年）、垣根涼介『信長の原理』（ＫＡＤＯＫＡＷＡ、二〇一八年）、真藤順丈『宝島』（講談社、二〇一八年）、深緑野分『ベルリンは晴れているか』（筑摩書房、二〇一八年）、森見登美彦『熱帯』（文藝春秋、二〇一八年）が候補作となり、真藤順丈が受賞することになった。高村薫は特に、深緑野分を「映像やアニメに近い意味空間」、真藤順丈を「ほとんどマンガに近い擬音語や過剰な装飾語などが小説表現としての稚拙さを突き抜けてしまう」と評していて、実際に『宝島』にはそうした表現が少なからず確認できる。

また、宮部みゆきが今村翔吾を「まつろわぬ者たちが自由を求めて戦い抜く平安版「ワンピース」」であり、「説話の世界をアクションファンタジーとして語り直す[18]」ものだと位置づけていることからも、マンガやアニメーションの世界や人物を文章として描こうとする手法を評価する枠組みが、直木賞の選考でも機能するようになり始めていることがうかがわれる。一方で、このような宮部みゆきの評価に対し、東野圭吾が『童の神』を「読んでいる最中、頭に浮かんだのは『アベンジャーズ』であり『ジャスティス・リーグ』だった。特殊な能力をもった登場人物たちが平安京を跋扈するヒーローものだと解釈した（ただし別の委員によれば、『ONE PIECE』らしい[19]）」としたことは、キャラクターという手法がもつ様式性と、それを捉える読者のコードのあり方の問題として注目される。

このように第百六十回の直木賞は、ライトノベルにカテゴライズされる電撃文庫が主催する第十五回電撃大賞でデビューをした真藤順丈が受賞したという表層的な現象面以上に、現代の文芸がもちつつある表現の方向性、マンガやアニメーションとの接続と、それ評価する枠組みの顕在化という点で、一つの転換点とも位置づけられるものだった。

また、直木賞のようにある程度の作品を書き、キャリアを積んだ作家を表賞する文学賞ではなく、一般からの投稿による新人賞では、すでにこうした傾向がより顕著にみられる。これは、例えば小説投稿サイト「エブリスタ」（https://estar.jp/）が主催するエブリスタ小説大賞が、一迅社メゾン文庫、スカイハイ文庫、スターツ出版文庫、光文社キャラクター文庫など複数ライト文芸系レーベルの新人賞を兼ねているという状況だけを指すものではなく、文芸の代表的な新人賞の一つである第十三回小説現代長編新人賞でも、「キャラクター小説の上手さが際立ってくる[20]」「瑠璃のキャラクター、周囲の登場人物の設定、鬼、妖怪の扱い[21]」であることが評価され、夏原エヰジ「Co-coon」が奨励賞を受賞したことも指摘しておきたい。

おわりに

これまで述べてきたように、現代の文芸では、〈文学〉としての純文学と接続して編成されたリアリズム小説と、作中人物の「内面」の表現をめぐる枠組みが保持される一方で、作中人物のキャラクターの手法だけでなく、設定や表現の位相でもマンガやアニメーションで用いられてきた枠組みを言葉を用いて表現するという方向性がみられるようになっている。この傾向は、単にライトノベル出身の作家が一般文芸に進出するという位相の問題ではなく、マンガやアニメーションが文化を受容するうえで「教養」の一つとなっている現代で、それを小説にどのように持ち込むかというライトノベルで試みられてきた表現が文芸と呼ばれている小説にも越境し、双方の境界線を融解させつつある現状を示している。

一方で、作中人物をリアリズム小説の手法ではなくキャラクターとして設定することは、決して新しいものではなく、大衆文芸で伝統的に用いられてきたものであることは、注視しておくべきだろう。したがって今後は、より具体的な文芸での表現の試みや物語の作られ方という側面からこれらの問題を考えていくことが必要である。

注

(1) 大橋崇行「ライト文芸の流行と今後の展望」、大橋崇行／山中智省編著『ライトノベル・フロントライン1――特集 第1回ライトノベル・フロントライン大賞発表！』所収、青弓社、二〇一五年、山田愛美「ライト文芸の普及と拡大」、同『ライトノベル・フロントライン2――特集 イチゼロ年代のライトノベル』所収、青弓社、二〇一六年

(2) 恩田陸／よしながふみ「思春期が終わるその一瞬の物語」、河出書房新社編「文芸」二〇〇七年春季号、河出書房新社、六四ページ

(3) 恩田陸「「書いてもいいんだ」から始まって」「オール讀物」二〇一七年三月号、文藝春秋、九八ページ

(4) 恩田陸／三村美衣「恩田陸インタビュウ ノスタルジーの発生する場所」「SFマガジン」二〇〇二年十月号、早川書房、二二ページ
(5) 大塚英志／恩田陸「物語のふるさと——少女まんがとジュヴナイルの時代」「小説TRIPPER」二〇〇一年冬季号、朝日新聞社、七一ページ
(6) 酒見賢一／恩田陸「エンターテインメント修行」、同誌八五ページ
(7) 恩田陸「第一次予選」『蜜蜂と遠雷』幻冬舎、二〇一六年、一六〇ページ
(8) 伊集院静「小説の切り札」、前掲「オール讀物」二〇一七年三月号、三五ページ
(9) 東野圭吾「選評」、同誌三一ページ
(10) 高村薫「選評」、同誌二九—三〇ページ
(11) 北方謙三「言葉は小説の命か」、同誌二八—二九ページ
(12) 林真理子「堂々たる具象」、同誌三〇ページ
(13) 井上ひさし「小説の古さと新しさ」「オール讀物」二〇〇〇年三月号、文藝春秋、三六—三七ページ
(14) 五木寛之「もう一枚の切り札」、同誌三八ページ
(15) 笠井潔／川村湊／清水良典「二項対立を超えて——純文学と大衆文学の現在」「群像」一九九三年十二月号、講談社、一八七ページ
(16) 宮部みゆき「力作揃い」、前掲「オール讀物」二〇一七年三月号、二六ページ
(17) 高村薫「選評」「オール讀物」二〇一九年三・四月合併号、文藝春秋、三三ページ
(18) 宮部みゆき「光り輝く宝島」、同誌二八ページ
(19) 東野圭吾「選評」、同誌三三ページ
(20) 石田衣良「爽快なまでに不気味で悪趣味」「小説現代」二〇一八年八月号、講談社、二四六ページ
(21) 伊集院静「読者に委ねる作品」、同誌二四七ページ

第2章

キャラクター化される歴史的人物
「キャラ」としての天皇・皇族の分析から

茂木謙之介

はじめに

本章では現代小説を中心とした現代文化における、〈史実〉的に存在したと考えられる人物（以下、歴史的人物と略記）のキャラクター化（以下、キャラ化と略記）について考える。

現在、歴史的人物をキャラ化し、受容するコンテンツは種々の文化のなかに広汎に確認される。二〇〇〇年代後半以降に限っても、コンシューマゲームでは『戦国BASARA』（CAPCOM、二〇〇五年―）、ラノベでは春日みかげ『織田信奈の野望』（「GA文庫→富士見ファンタジア文庫」、ソフトバンククリエイティブ→KADOKAWA、二〇〇九年―）、漫画では原泰久『キングダム』（「ヤングジャンプ・コミックス」、集英社、二〇〇六年―）、平野耕太『ドリフターズ』（「ヤングキングコミックス」、少年画報社、二〇〇九年―）、朝霧カフカ『文豪ストレイドッグス』（「角川コミックス・エース」、KADOKAWA、二〇一三年―、以下、『文スト』と略記）、ソーシャルゲームでは『Fate/Grand Order』（アニプレックス、二〇一五年―）、『文豪とアルケミスト』（DMM GAMES、二〇一六年―、以下、『文アル』と略記）などが現在も人気を博している。以下、その前史を確認するとともに現状を簡単にまとめ、そのうえで近年数を増している近代の天皇・皇族を表象するテクストを分析したい。

1　歴史と物語、現在における切断

歴史的人物を扱った創作テクストはあまたあり、それと〈史実〉との関係を論じたものも限りなくあるが、本章と関わる前史として、戦後の「純文学」と「大衆小説」双方の歴史小説をめぐる議論の動向が挙げられる。

特に前者に関わるものとして、一九七〇年代に大岡昇平が森鷗外の歴史小説を批判し、それに対して文学研究者が反論を試みることで展開された歴史小説論争などが著名である。マルクス主義史観の立場から歴史小説を著していた大岡は鷗外の小説「堺事件」を手始めに、「歴史其儘」を唱えた鷗外の歴史小説が史実と異なることを批判した。

創作と〈史実〉との関係を考える際、同時代以降で注目すべき動向は言語論的転回以降の歴史叙述論である。ヘイドン・ホワイトに始まるこの議論は、歴史が歴史叙述や歴史的思考であるかぎり、物語性からは逃れえず、イデオロギー的意味が与えられることを明らかにした画期的なものだった[1]が、実証主義の歴史家たちは歴史が構成物であるならば描かれなかったことは存在しなかったことになり、歴史修正主義と親和的なのではないかと批判した[2]。

この歴史修正主義との関連を考えたとき、また戦後日本の大衆的な歴史小説を考えたときに見逃せないのは、司馬遼太郎による歴史小説群である。司馬による歴史的人物の「発見」とその魅力的な描出は、坂本龍馬や新撰組などに新たな像（イメージ）を付与してきた。しかし、そのため司馬のテクストに対しては歴史学からの批判が寄せられ、中村政則などは「司馬の美学が歴史の事実の選択を恣意的で、作為的なものにした。日本人にとっては辛くて暗い事件は意識的に切り捨てようとした[3]」と容赦ない。この批判と関わるのが、歴史修正主義と司馬テクストの関係である。一九九〇年代後半以降、日本でも歴史修正主義の嵐が吹き荒れた。高橋哲哉が述べるように、『新しい歴史教科書』をつくる会の活動に代表される歴史修正主義は構成主義を採用し[4]、その際には司馬のテクストが積極的に参照された。この動向は例えば二〇一八年の明治百五十周年記念行事などに端的に表れているが、いわゆる「司馬史観」をもととして、明治期に日本の理想像を見いだす思考は現在も強固に残存している。

これらの議論では、歴史的に生起した〈史実〉と歴史が語られる段階で導入される物語性との関係が文学研究と歴史学研究の双方から問われてきたともいえる。だが、ここで注意を要したいのは、この問いと現代文化における歴史的人物のキャラ化という問題にはわずかだが隔たりがあることである。

歴史叙述の場合、過去の一時点に存在したと考えられる有名無名の歴史的人物の実在を認めたうえで、特定の過去の時空間を物語世界に設定し、物語言説を構築する。そのため、その前提を共有した歴史小説などの創作物との間に軋轢を生じさせることもあるのだが、現在の歴史的人物のキャラ化では、それらからの自在な距離が発生している。

冒頭に掲げた諸テクストを見返してみよう。例えば『ドリフターズ』は、島津豊久をはじめ古今東西の英雄たちが欧州中世風の異世界で国盗りをおこない、『文スト』は文豪の名をもったキャラクターたちが架空の横浜でそれぞれの作品名がついた異能を生かして戦闘を繰り広げ、『文アル』は文学書が人々の記憶から消去されることに対抗するために文豪たちを転生させ、『織田信奈の野望』では歴史好きの高校生が戦国武将の女体化した世界に放り込まれる。異世界、異能戦、転生、女体化と、近年のポップカルチャーでの流行が織り込まれている。

このように現在の「事実」といわれるものそれ自体の確定性に困難が生まれ、〈歴史〉を論じることがあらためて問われている文脈を踏まえて、歴史的人物をキャラ化することの意味も再考されるべきといえるだろう。

2　特異「キャラ」としての近代天皇

このように時空間を離れて歴史的人物をキャラ化しながら、その一方で〈史実〉をどのように捉えるべきかが問題になっているなかで、時空間を離れることが難しく、また〈史実〉をめぐる問題に絶えずさらされ続けてきた特異な歴史的人物として、近代の天皇の存在がある。

著名な歴史的人物は基本的に長期間にわたって表象される対象になり続けるため、先行するテクストが多くなるという特徴をもつが、すでに渡部直己が指摘するように天皇という存在は広汎に知られる半面、天皇を語る近代の虚構テクストは希少であり、天皇の「内面」は特に描かれてこなかった。[5]

だが近代天皇の「内面」が描出されることがほとんどないのなら、それは天皇とキャラクターとの親和性を示すものではないだろうか。すなわち、ある一面からしか描かれないために「内面」が不透明化されてしまうキャラクターのあり方と天皇を表象することの難しさは述語的に似通っているのだ。

また近代天皇は政治的問題と密接不可分な対象であるため、語り手の政治性が特に問われるものでもあった。[6] 加えて戦前には不敬罪をはじめ法的な表現規制があり、戦後は自主規制もあって、天皇と皇族のキャラ化は容易ではなかったのだが、近年急速にそれらが進展している。その背景としては、二〇〇〇年代以降に浮上した皇位継承問題に伴って皇族たちのメディア露出が増え、それに合わせてウェブを中心に皇族女子ブームが生起したこと、二〇一六年八月に「象徴としてのお務めについての天皇陛下のおことば」（以下、「おことば」と略記）以降、天皇についての議論が継続的に浮上していたことなどが考えられる。同時に平成の天皇・皇室をめぐって言説的な布置に変化が訪れている状況が想定できる。平成の明仁天皇（現上皇）が護憲主体としてあることはすでによく知られたことだ[7]が、渡辺治は生前退位をめぐる言論状況のなかで、いわゆる左派が明仁天皇に護憲と民主主義の可能性を見いだして擁護し、対してこれまで天皇の権威・権力拡大を狙ってきたいわゆる右派が明仁天皇の言動を憲法違反とし、象徴行為の縮小を主張するという「ねじれ」が生じていると整理している。[8] このような状況下でこれまでのように天皇・皇族・皇室の描写に対して右派が抑制的に動くことが想定しづらくなったことも重要である。

筆者は現在の言説布置を踏まえて、皇室の言説戦略として弱者としての語りと超越性の語りという二側面を指摘している。[9] 前者は例えば「おことば」で、憲法の規定によって政治的発言を禁じられ、また高齢によって行事をこなせなくなった天皇自身のありようを語るものであり、これはポリティカル・コレクトネスに適合した存在としての語りを生む。後者は例えば二〇一八年十一月に秋篠宮が大嘗祭について「宗教的な行事」と述べたように、また天皇自身が「祈り」を「おことば」の鍵語にしたように、宗教的超越性を備えた存在として天皇・皇族を自己表象する語りである。この二側面を持ち合わせた言説戦略には、皇室による安定的な皇位継承を企図する欲望が読み取れる。

以上を踏まえたうえで、二〇一八年以降の天皇・皇族が登場する小説・漫画を検討したい。当該テクスト群は描かれる天皇・皇族をどう位置づけ、描出するのかという観点からパターン化することが可能である。まず、①天皇を弱者として扱い、共感するパターン。これは前述の現代皇室の言説戦略と一致し、それを受容するものといえる。次に、②天皇を弱者として扱い、問題提起するパターン。これは皇室の戦略と一致しながらも、そこから離脱する可能性をもっている。そして、③天皇を弱者としないパターン。これはそもそも近代天皇の歴史を考えれば当然成立するものであり、歴史叙述としての側面をもちうる。以下、それぞれについて検討をおこなっていく。

3　平成末期、天皇キャラの乱舞

①天皇を弱者として扱い、共感するテクストとしてまず挙げたいのは、赤坂真理の小説『箱の中の天皇』（河出書房新社、二〇一九年）である。明仁天皇の「おことば」を軸に、戦後民主主義の擁護者としての天皇がＧＨＱ（連合国軍総司令部）高官の亡霊たちと対峙する物語になっている。

水俣病患者の女性の介護に関わり、占領期と現代を横浜を結節点として行き来する「わたし」は、その過程でダグラス・マッカーサーや横浜メリー、昭和天皇らと出会うとともに、アメリカによって成し遂げられた戦後日本の民主主義化は天皇を犠牲にすることで成り立ってきたのではないかという問いに行き当たる。戦後の日本で、新たな「神話」としてアメリカ由来の憲法が生まれ、その神話のなかの「神」として天皇が振る舞っていたのではないか、というのだ。そして「「教義」にあたるものの多くを「箱」のような「象徴」に負わせた天皇制のようなものは、「箱」の中に、無数の解釈を呼び込む」と、「象徴」という語の重要性を指摘し、この「象徴」という言葉がブラックボックスのようにはたらいて、戦後日本はそのありようを保っていたのではないかと提起する。

とりわけこの小説のなかで興味深いのは、天皇の「おことば」に介入して「わたし」とGHQの亡霊たち、そして明仁天皇が「まだでききっていないような、ふわふわした、淡島」で会話をするシークエンスである（「わたし」はそれを「国産み会議」なのだと認識する）。そこで「わたし」が天皇に象徴がもつ「空」の重みを分有する提案をすると、天皇は「光のようなもの」を身体から立ち昇らせ、アメリカ人の霊たちを圧倒し、「私も一人の国民であり、一人の人間です」と述べて、「わたし」の提案を受け入れる。その結果、会議場だった淡島は固まる。つまり「おことば」に国民の一人である「わたし」が解釈を差し挟むことによって、天皇との協働関係を築いたといえる。弱者性と宗教的超越性を兼ね備えた天皇の表象は、まさに現在の皇室の言説戦略と合致するものである。

同じく①にあてはまるものとして、古屋兎丸の漫画『明仁天皇物語』（永福一成原作、志波秀宇監修〔ビッグコミックス〕、小学館、二〇一九年）がある。明仁天皇（現上皇）の評伝的な漫画なのだが、これまた「おことば」で始まり、明仁天皇の象徴天皇としての活動に焦点を当てるものになっているが、戦争体験と戦後民主主義体験によって絶対君主の子息が成長を遂げるビルドゥングス・ロマンとして成立していて、いわゆる「平成流」を称揚するテクストになっている。とりわけ戦前には絶対君主になるための修養を強要され、戦後は民主主義に見合った主体へとなることを要請されるありさまは、弱者としての天皇像と重なってくるものといえる。

このように①にパターン化されるテクストは現状の皇室の戦略に適合する要素を多く見いだせる一方で、遂行的に解釈を裏返す可能性が内在している。例えば赤坂の小説は「おことば」に「わたし」が解釈を差し挟み、「象徴」の象徴である「箱」を受け取ることによって実質的に「神」であろうとした明仁天皇と同化しようとしていると読むことも可能である。また古屋の漫画はこれまで「ガロ」（青林堂）系の漫画家として知られてきた作者によるテクスト世界との連関を考えると、『ライチ☆光クラブ』（太田出版、二〇〇六年）や『帝一の國』（全十四巻〔ジャンプ・コミックス〕、集英社、二〇一〇―一七年）など学生服の少年たちの〝狂気〟が描かれるテクストが容易に思い浮かぶが、とりわけ『明仁天皇物語』と『帝一の國』とのインターテクスチュアリティは見逃せない。例えば明仁皇太子が七三分けにして登場するシーンでは背景に桜が舞い、フロントがホック留めの学習院の学生服に身を包んだ姿が描かれる（図1）。これは『帝一の國』第一巻の表紙の表現と酷似する（図2）。将来日本を支配することを目標にエリート学校でのし上がることを目指す高校生を描いた『帝一の國』を傍らに置くと、将来天皇になることを義務づけられた明仁皇太子との反転的な関係を見いだすことも可能である。これらの表象は端的な「平成流」称揚という解釈に回収できない可能性を示唆するものといえるだろう。

続いて、②天皇を弱者として扱い、問題提起する

図2　古屋兎丸『帝一の國』第1巻（ジャンプ・コミックス）、集英社、2011年

図1　古屋兎丸、永福一成原作、志波秀宇監修『明仁天皇物語』（ビッグコミックス）、小学館、2019年、94ページ

パターンをみてみよう。このパターンのテクストは架空の天皇・皇族が登場することが共通している。

このパターンとして外すことができないテクストとしては、高遠るいの漫画『レッドマン・プリンセス――悪霊皇女』（全二巻〔チャンピオンREDコミックス〕、秋田書店、二〇一八年）である。主人公の暁宮星子は二〇〇一年生まれであることからも明快なように、敬宮愛子をモデルとした架空の皇族女子なのだが、彼女に、白人に虐殺されたアメリカ先住民テカムセ（?―一八一三）の霊が憑依し、アメリカと戦う、というのが大まかな物語の筋である。

テカムセの霊に憑依された星子は、横田基地に乗り込み、霊能力で白人兵士を虐殺する（図3）。作中に登場する首相は第九十七代総理大臣という設定から連載当時の安倍晋三首相を連想させ、彼に関わる疑獄事件のモリカケ問題にも言及がある。このように現代政治への批評性が打ち出されている点で注目すべきテクストだが、特に日本の問題点としてアメリカ追随型の社会構成を挙げていることは興味深く、そのアメリカを破綻させようとする主体が皇室の一員に設定されていることは見逃せない。つまり、現代日本を本質的に救う存在は霊的な力を扱うことが可能な血統である皇室なのだ、という期待がこのテクストには埋め込まれているのだ。

図3　高遠るい『レッドマン・プリンセス』第1巻（チャンピオンREDコミックス）、秋田書店、2018年

同様に発表時期はさかのぼるが、この②のパターンのものとして戦争指導者であり萌えキャラである天皇が敗死し、皇統の断絶が示唆されたラノベ・杉井光『花咲けるエリアルフォース』（〔ガガガ文庫〕、小学館、二〇一一年）があることは指摘しておきたい。(10)

そして③の天皇を弱者とは扱わないものとしては、主に昭和天皇をキャラ化し、歴史叙述を試みるものが挙げられる。

能條純一の漫画『昭和天皇物語』（半藤一利原作、永福一成脚本、志波秀宇監修〔ビッグコミックオリジナル〕、小学館、二〇一七年―）は、前掲の古屋の漫画のプレテクストとなる昭和天皇の評伝である。物語冒頭で終戦直後のいわゆる天皇・マッカーサー会談を描き、「日本の名においてなされたすべての軍事指揮官、軍人および政治家の行為に対しても直接、責任を負います」「私は全責任を負います」と言明した「著名な」場面を描いている。豊下楢彦の研究で明らかにしているようにこれはマッカーサーの「虚妄」なのだが(11)、それが〈史実〉として物語化され、かかる高潔な人格の持ち主としての昭和天皇へと至るビルドゥングス・ロマンになっている。このテクストで特に注目しておきたいのは、学生時代の裕仁皇太子が学問所で自らの立場について

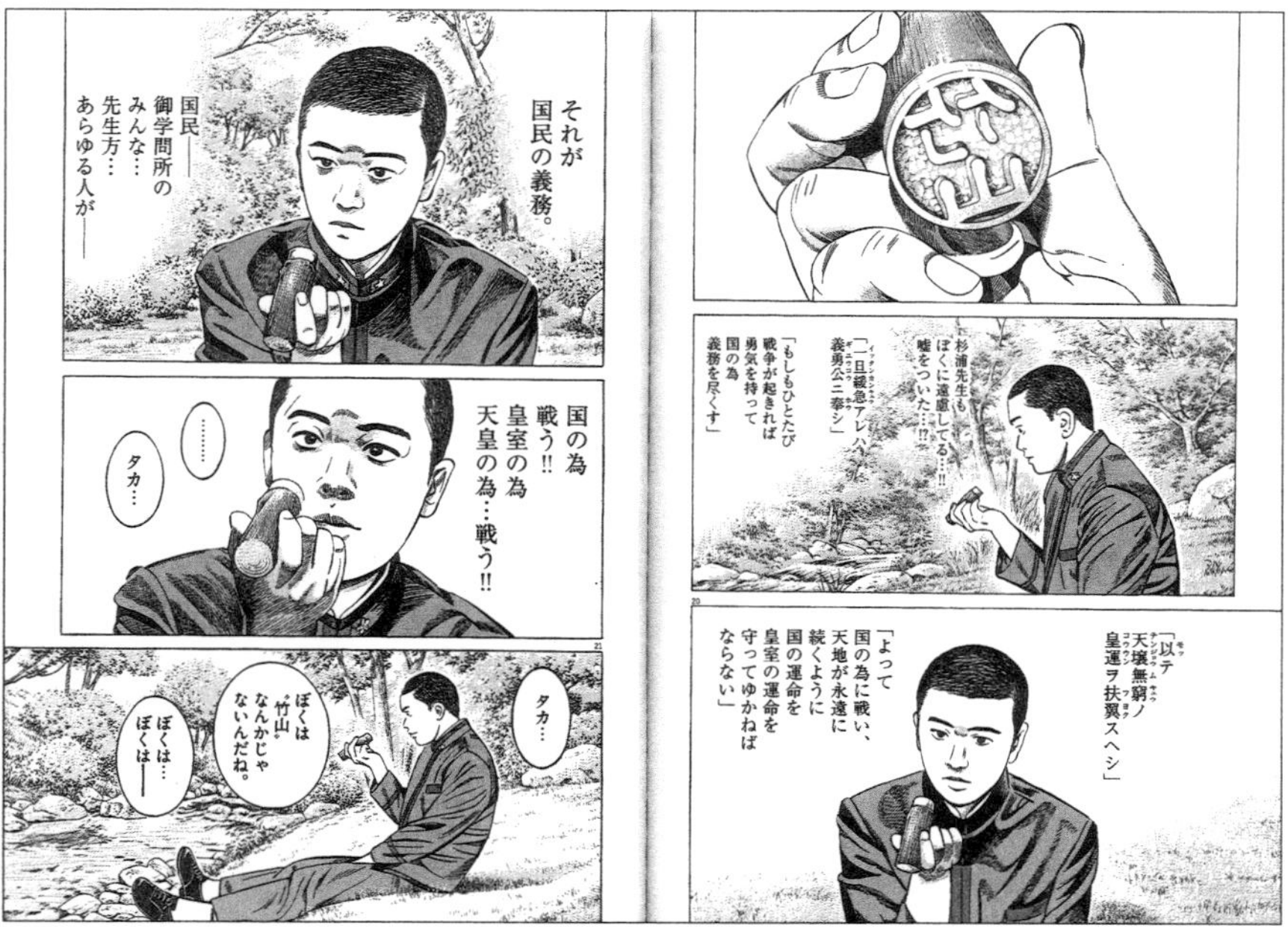

図4　能條純一、半藤一利原作、永福一成脚本、志波秀宇監修『昭和天皇物語』第1巻（ビッグコミックオリジナル）、小学館、2017年

思惟する場面である（図4）。皇太子は「教育勅語」を学んだ直後、自身が国民に対して死を要請する存在であることを自覚し、「竹山」と名乗って国民と同化する欲望を棄却する。つまり、死者を容認する指導者への成長を描くものとして捉えることができるならば、これまで一般的に問いが封印されてきた感がある昭和天皇の戦争責任について議論を再開する端緒にもなりうるだろう。

いま一つ③の事例として挙げたいのは、柴田勝家の小説『ヒト夜の永い夢』（〔ハヤカワ文庫JA〕、早川書房、二〇一九年）である。同テクストは南方熊楠や福来友吉をはじめとした異端の学者集団「昭和考幽会」が、粘菌の力によって意思決定する自動人形「天皇機関」を制作して天皇に見せつけることを計画し、それを奪取して革命を遂行しようとする北一輝と対決するという、昭和初期の歴史的人物が入り乱れる伝奇ロマンになっている。注目すべきは人々に幻覚を見せる粘菌によって夢と現実とが交錯する世界のなかで、生者と死者が交わり合う物語の中心にいる天皇機関が半裸で「切り揃えられた黒髪、瞳には月の如く深い輝き」をもった「神聖さを漂わせる少女の偶像」として形象され、人々を幻惑・魅了する一方で、昭和天皇は天皇機関が扇動した猥雑な祝祭を収束に導くデウス・エクス・マキナとして表象されていることだ。

> 太陽を背負って雪山の上に現れる影があった。
> 白馬にまたがり、軍服を着込んだ威容。眼鏡の奥に理知の光。腰に佩いたサーベルを引き抜けば、その人の背後から小銃を構えた近衛部隊が現れる。
> 「陛下」
> 今そこに尊い御影がある。
> 現人神たる天皇陛下がいる。[12]

二・二六事件の幕引きの場面だが、〈史実〉と異なり天皇本人が現場に近衛連隊を率いて登場し、昭和考幽会が示す残骸を天覧して物語は大団円を迎える。人々の欲望を受け止め、承認するという皇室表象に要請されてきたものを満たす存在として天皇が描き出されているのだ。

　以上みてきたこれらの天皇・皇族のキャラ化は、現状では端的な顕彰にとどまらず、様々なノイズをはらむものである。とりわけ赤坂、高遠、柴田のテクストで共通して性的表象が織り込まれていたことはあらためて指摘すべきであり、それらは天皇・皇族・皇室を形象化する際の限定が解除され始めたことを証明するものになる。

おわりに

　以上、天皇・皇族を事例に歴史的人物のキャラ化を検討してきたが、最後に、歴史的人物のキャラ化が偽史的な想像力を惹起することは指摘しておきたい。決して〈史実〉に忠実ではない世界観のなかで歴史的人物たちが乱舞するコンテンツ群は、ときに歴史修正主義と結託するリスクを伴うし、歴史記述としてそのまま受け入れることは難しい。千田洋幸は現在のポップカルチャーの「偽史、身体改造や変身、世界の終わりや週末感、時間ループ、転生、パラレルワールド、等々の物語要素や設定」などについて「だらだら続いていく現実世界に対する忌避感。現実をリセットしたい、リスタートしたいという欲望[13]」として位置づける。明快かつ多数のコンテンツに適用可能な理解である一方で、千田の指摘は現在の天皇・皇族のキャラ化や「歴女」の行動などに単純にあてはめられない。むしろこれらの現象は、私たちがいま生きているこの時空間が、過去の時空間と地続きなのであり、それに拘束されていることを自覚させるものといえるだろう。この発想自体、修正主義との間に距離を生むだろうし、ときには現状分析に有効な視角を提供し、新たな歴史叙述や歴史認識の入り口になるものといえるだろう。

注

（1）ヘイドン・ホワイト『メタヒストリー――一九世紀ヨーロッパにおける歴史的想像力』岩崎稔監訳、作品社、二〇一七年。原著刊行は一九七三年。
（2）これらの経緯については岡本充弘『過去と歴史――「国家」と「近代」を遠く離れて』（御茶の水書房、二〇一八年）に詳しい。
（3）中村政則『近現代史をどう見るか――司馬史観を問う』（岩波ブックレット）、岩波書店、一九九七年、六〇ページ
（4）高橋哲哉『歴史／修正主義』（思考のフロンティア）、岩波書店、二〇〇一年
（5）渡部直己『不敬文学論序説』（批評空間叢書）、太田出版、一九九九年
（6）これと共起的なものとして歴史的人物のキャラ化が招来する歴史認識問題があることも付言しておきたい。例えば二〇一七年には『文アル』の小林多喜二が「しんぶん赤旗」で扱われた際には「多喜二を政治的に利用する」ことへの忌避感がSNS（ソーシャル・ネットワーキング・サービス）で語られ、一八年には第二次世界大戦中の中国大陸で虐殺に関わったとおぼしきキャラを主人公に据えたラノベ『二度目の人生を異世界で』（まいん／安房さとる、ホビージャパン、二〇一四年―）のアニメ化が中止になった。
（7）河西秀哉『明仁天皇と戦後日本』（歴史新書y）、洋泉社、二〇一四年
（8）渡辺治「近年の天皇論議の歪みと皇室典範の再検討」、吉田裕／瀬畑源／河西秀哉編『平成の天皇制とは何か――制度と個人のはざまで』所収、岩波書店、二〇一七年
（9）詳しくは茂木謙之介『表象天皇制論講義――皇族・地域・メディア』（白澤社、二〇一九年）と同「天皇制」（「総特集 現代思想43のキーワード」「現代思想」二〇一九年五月臨時増刊号、青土社）を参照のこと。
（10）当該テクストの詳細な読解については茂木謙之介「〈皇族萌え〉とモノガタリ――杉井光『花咲けるエリアルフォース』をめぐって」（大橋崇行／山中智省編著『ライトノベル・フロントライン3――特集 第2回ライトノベル・フロントライン大賞はこれだ！』所収、青弓社、二〇一六年）を参照のこと。
（11）豊下楢彦『昭和天皇・マッカーサー会見』（岩波現代文庫）、岩波書店、二〇〇八年
（12）柴田勝家『ヒト夜の永い夢』（ハヤカワ文庫JA）、早川書房、二〇一九年、五六一ページ
（13）千田洋幸『危機と表象――ポップカルチャーが災厄に遭遇するとき』おうふう、二〇一八年、二五―二六ページ

［付記］本章脱稿後の二〇一九年八月、あいちトリエンナーレ「表現の不自由展・その後」において、昭和天皇をモチーフとした大浦信行の絵画「遠近を抱えて」の図録焼却をテーマとした映像作品が展示されたことについて、テロ予告をも示唆するものを含めて抗議が寄せられ、結果的に長期間にわたって展示企画そのものを非公開とする措置が取られる事態が発生した。この出来事は現在もなお天皇、とりわけ昭和天皇をめぐる表象の不自由さの残存を示したものと

いえるが、その一方で当該事例で昭和天皇がその焦点となっていたこと、また同時に「少女像」が批判対象となっていたことなどを連関させ、また現在のメディア状況をも考え合わせて改めて思考すべきものとなっていると考える。別稿を期したい。

第3章

霊感少女の憂鬱
ライトノベルと怪異

一柳廣孝

はじめに

ライトノベル（以下、ラノベと略記）と怪異をめぐる問題に触れるならば、まずはラノベから派生したライト文芸の動向に目を向けるべきだろう。なぜなら昨今のライト文芸には、魑魅魍魎の類いや多様な神々が跳梁跋扈しているからだ。大橋崇行によれば、こうしたアヤカシ系の物語は、コージーミステリーとともにライト文芸の二大ジャンルを形成しているらしい(1)。

ただし、ライト文芸に登場する超自然的な存在は、究極的な他者としての妖怪や、気まぐれで人間を振り回すことに何のためらいもない日本古来の神々や、ひたすら人間を呪いまくる怨霊のイメージからはほど遠い。彼らは人間との距離がきわめて近く、人間と親密な関係を結びうる存在として描かれている。

どうやらライト文芸の世界では、「妖怪や幽霊が登場すればそれはホラー」といった常識は通用しないらしい。というよりも、むしろライト文芸に神々や妖怪が登場する場合、かなりの確率でその物語は「ほんわか、ふわふわ、癒やし系」だったりする。はたしてこれは、どのような現象なのだろうか。また、同様の現象はライト文芸の前身ともいえるラノベでも生じているのだろうか。

ゲームソフト『妖怪ウォッチ』（レベルファイブ、二〇一三年）の登場、アニメ化五十周年を記念した第六期アニメ

『ゲゲゲの鬼太郎』（フジテレビ系、二〇一八―二〇年）の放映といった昨今の妖怪への高い関心や、二〇〇〇年前後から続くアカデミズムでの怪異妖怪研究の活況など、超自然的な存在や怪異に関する情報は飛躍的に増加している。[2]こうした外的要因も意識しながら、本章ではライト文芸の状況と比較することで、ラノベと怪異の関係からみえてくるいくつかの問題について考察を試みたい。

1　ラノベと怪異

ファンタジーを起源の一つとするラノベにあって、異世界はよくある物語の基本設定である。ファンタジーと親和性が高いということは、日常と非日常との垣根がきわめて低いことを意味する。そもそも怪異が不可思議な出来事である以上、日常との落差が大きく、日常に亀裂を走らせるような状況であればあるほど、怪異はその姿を明瞭にする。しかしこうした二項対立的な状況設定は、日常と非日常を融和的に溶け込ませるラノベが主流になるにつれ、物語世界になじまなくなってきたようだ。[3]

ある怪異が特定の指向性をもつ情報の集積体として認知されると、その怪異は妖怪や、都市伝説で語られる異形のモノになる。また、ときにそれらは「キャラ」として、ラノベやライト文芸に採用される。ただし、妖怪や神々はキャラ化されると、本来内包されていた他者性に基づく理解不能な恐怖や畏怖といった要素が損なわれる。彼らは「こちら」の世界にあっさりと溶け込み、異世界との交流を享受する親しみやすい存在へと脱色されてしまうのだ。[4]

こうした状況は、マンガでいち早く進行した。伊藤慎吾は「マンガ作品では、人間と妖怪との共存共生をテーマとし、退治すべき対象ではなく、隣人として描くことが九〇年代から盛んになっていく。ライトノベルにも、そうした精神的な結び付きを掘り下げる作品はゼロ年代初頭から作られてきた[5]」と指摘している。

冒頭でも触れたとおり、ライト文芸にあっても、超自然的な存在を日常世界に溶け込ませる傾向が強い。大橋崇行はその理由を、ジャンルが想定する読者の嗜好性に求めている。ライト文芸は女性読者を意識しているために、怪異や妖怪の表象もそちらに寄せて編成されているというのだ。具体的には「妖怪やあやかしの「代理人」としての主人公」という設定であり、それは「ライト文芸のほうが、私たちが日常的にある〈現実〉の世界により接近した世界を描かなくてはいけないという制約に起因している(6)」からであるという。

二十代から三十代の女性読者をターゲットにするならば、彼女たちはすでに「社会」と向き合っている可能性が高い。理不尽な日常のなかで孤軍奮闘を強いられている彼女たちからみれば、日々魑魅魍魎と闘っているようなものだ。だからこそ、ライト文芸でアヤカシたちは「わかりあえないようで、実はわかりあえる他者」として表象される。ふだん仕事を通して接する相手が「わかりあえるようで、実はさっぱりわかりあえない他者」であればあるほど、その傾向は強まる。社会を知る彼女たちはもはや、日常から完全に離脱した絵空事では癒やされない。ささくれだった感情を慰めてくれるのは、日常にあって、微妙に日常から離脱した存在なのかもしれない。

ただし、アヤカシの「癒やしを与えてくれる非日常的な存在」という特徴が強調されればされるほど、それだけ恐怖の要素は減少する。一方、アヤカシがもたらす違和感を強調していけばオカルト・ホラーものになるわけだが、おそらくライト文芸の読者に需要はない。そしてこのジャンルは、いまやラノベにあっても、あまり好まれていないようだ。アンケート調査「もっと読みたいジャンル」(『このライトノベルがすごい!2016』宝島社、二〇一五年)によれば、ファンタジー、ラブコメ、青春・恋愛が五〇パーセントを超えているのに対して、ホラーはわずか九・七パーセントにすぎない。ラノベにとってホラーは、歴史ものとともに人気がないらしい。

その結果というべきか、現代のラノベにおける怪異の扱い方の典型といえそうなのが「愛しき非日常」系の作品群である。逢空万太『這いよれ!ニャル子さん』(全十二巻〔GA文庫〕、SBクリエイティブ、二〇〇九―一四年)、和ヶ原聡司『はたらく魔王さま!』(〔電撃文庫〕、アスキー・メディアワークス→KADOKAWA、二〇一一年―)などの作品では、「あちら側」の者たちが「こちら側」で、平穏に楽しく暮らしている。最近は、その逆バージョンも出てきた。『このライトノベルがすごい！２０１７』（宝島社、二〇一六年）から、「異世界で暮らす」というタイトルでカテゴリー化された作品群である。

「こちら側」の日常に順応して、異形の者たちがまったりと生活しているということは、「こちら側」の者たちも、異形の者たちが侵入してきているにもかかわらず、平穏に暮らしていることになる。すなわち、日常と非日常のフラット化である。しかし、怪異が成立するためには、日常と非日常が峻別される必要がある。日常を攪乱し、自らの拠って立つ場所が喪失することの恐怖を際立たせるのが怪異である。ただし、ラノベの基本的な立ち位置がファンタジーであるならば、そもそも日常と非日常の境界は曖昧である。ならば、現実認識の問題（何が日常で何が非日常なのか）と関わらざるをえないホラーは、最初から分が悪い。では、ラノベだからこそ成立するホラーとは何か。「ラノベでなければ表現できない怪異」という命題は、はたして成り立つのだろうか。

2　ラノベ独自の「怪異」表象とは何か

学校を物語の舞台にすることが多いラノベにあって、日常が非日常に変容するという事態は、学校生活で感知した違和感を可視化するキャラクターによって示されるケースが多い。彼らが抱く違和感が心の問題として顕現するときはサイコホラーとなり、霊的な世界との接触に伴う違和感（不可視の存在が見える、見えないが感じる、音や気配を感受する、など）が強調されると、いわゆる「霊感少女」の物語になる。こうした霊能力の持ち主は男子にも存在するが、取り上げられるのはもっぱら霊感「少女」である。ここにはジェンダーの問題、セクシュアリティの問題が潜在している。(7)

「霊感少女」的なキャラクターは、早くから物語世界に登場していた。例えば小野不由美『悪霊がいっぱい!?』（「講談社X文庫ティーンズハート」、講談社、一九八九年）に登場する高校一年生、クラス委員の黒田直子は、自らの霊感の強さをアピールすることに余念がない。彼女は中学時代から「神がかってて、アブナイ」と有名で、その半面「そこがスゴイって集まってる、とりまきグループもいた」という。しかし黒田は、高校を訪れた霊能者の一人から「めだちたがりね、あんた。そんなに自分に注目してほしい?[8]」と、いとも簡単に切り捨てられる。

このように屈折した自意識が焦点化されるケースに対して「愛しき日常」「働く日常」系のラノベには、苦しく面倒な日常生活からふわふわっと離脱して、アヤカシたちとの交流で癒やされるというパターンがみられる。同じ怪異でも、ずいぶん位相が違う。こちらの物語世界では、つらく苦しい日常や現実それ自体が、否定されたり解体されたりすることはない。日常そのものを変革するというベクトルが、そもそも存在しない。こうした傾向は、特にライト文芸に顕著にみられる。

ライト文芸の想定読者が二十代から三十代の女性ならば、彼女たちの拠って立つ世界そのものを全否定することはできない。彼女たちが望むのは、しんどい現実を少しだけ緩ませ、身近な問題を解決するための導き手として「怪異」が顕在化することではないのか。ならば、むしろ少々の日常の亀裂は、ムカツク日常の補塡装置として歓迎されるはずだ。

一方、十代の自意識の問題と結び付いた「学校の物語としてのラノベ」という文脈でいえば、いわゆる中二病の特殊な形態として霊感を位置づけることができる。「霊感少女」というキャラは、その意味では絶好のガジェットといえるだろう。では、そもそも「霊感少女」とは何か。いつ頃からこの名称が登場したのか。またそれは、どのような文脈で使用されてきたのか。

3 「霊感」と「霊感少女」の起源

そもそも「霊感」とは神仏の霊妙な感応のことであり、転じて人間の精神が感じ取る霊妙な感応、いわゆるインスピレーションを意味する。しかし昨今は「霊を感じる、あるいは見る能力」の意味で用いられる場合が多い。

　こうした語彙の変化を、香川雅信は「霊感」の日常化に伴う現象と考えている。「霊感」が日常語になるにつれて「霊を感じる」こと自体が日常的な感覚となり、さらにこの感覚は、霊を「見る」という視覚的現象に特化されていった。さらに「霊感」は、特異な能力ではなくなり、少し変わった「個性」の一つにすぎなくなった。しかもこの個性は、決して誇るべき能力ではない。むしろ厄介な属性にすぎず、できればなくしたい、不必要な能力と見なされるようになったと、香川はいう。(9)

　香川が例として挙げている、今市子『百鬼夜行抄』（「眠れぬ夜の奇妙な話コミックス→Nemuki＋コミックス」、朝日ソノラマ→朝日新聞出版、一九九五年―）、熊倉隆俊『もっけ』（全九巻〔アフタヌーンKC〕、講談社、二〇〇二―〇九年）、緑川ゆき『夏目友人帳』（「花とゆめコミックス」、白泉社、二〇〇五年―）（図1）といった、アヤカシがいる日常を描いた漫画作品の主人公たちは、たしかにアヤカシを見たり感じたりできるだけで、霊感に振り回され、日常生活に支障が生じている。彼らの悪戦苦闘ぶりは、十分同情に値する。どうやら香川がいうとおり、現代の「霊感」は、たいして役に立たない能力にまで貶められてしまったようだ。(10)

　しかし、かつて霊感は、少女たちが獲得したい能力の一つだった。例えば「特別企画　あなたも霊感少女になれる!!」（「Seventeen」一九六九年九月号、集英社）では、個人の願望を満たす有効な能力として「霊感力」を紹介し、それが特別な才能ではないことを強調したうえで、霊感力を獲得するためのトレーニング方法を伝授する。ただし、ここでいう「霊感力」とは、いわゆる「超能力」の言い換えでしかない。

　とはいえ、一九七〇年代のオカルトブーム以降に登場する「霊感少女」たちは、霊を感受するという能力＝「霊感」を積極的に前面に押し出し、教室内で特異なポジションを獲得していた。彼女たちは霊感を誇示してクラスメートを翻弄し、ときに彼らの不安を鎮静化した。近藤雅樹は、そうした彼女たちの姿を「託宣にしたがって生きて

図1　緑川ゆき『夏目友人帳』第1巻（花とゆめコミックス）、白泉社、2005年

きたムラビトたちと、巫女との関係」になぞらえるとともに、霊感少女の特徴として、彼女たちが「管理される枠組みからの逸脱に本領を発揮する存在である」こと、また、モラトリアムな存在であることを指摘している。[11]ならば霊感少女は、学校空間でこそ、その真価を発揮する。学校とは規律的・訓練的な場であると同時に、一定の期間を経ると構成員が入れ替わる、在籍期間の限られた場でもあるからだ。

機能性を重視した均質空間である学校に、想像力によって亀裂を走らせ、半ば強引に霊的空間を作り上げる少女たちの姿に言及したのは大塚英志である。[12]霊感少女は、学校というムラ空間にあって、異端であるがゆえにトリックスターとして君臨し、ときに畏敬され、ときに忌避され、不当な差別、イジメ、イケニエの対象になる。

ところが、もう少しさかのぼって、戦後まもないメディア空間に姿を現した現実の霊感少女は、学校空間でのキャラ設定とは少々位相が異なる。特記すべきは、彼女たちが霊能力を超自然的存在によって付与されていること、また、その能力を職能化したことである。「霊感」の原義が「神仏の霊妙な感応」であることを想起すれば、そもそもの霊感少女とは、神仏の託宣を世に伝える媒体者であり、その意味で巫女的な存在ということになる。そして、彼女たちが受け取った神仏からのメッセージは、迷える衆生にとって十分に価値をもつ。

戦後最大の「霊感少女」スターだった藤田小女姫（こととめ。別名、乙女姫）は、九歳の頃にハワイの狐が憑依して霊感を得たとされる。十二歳からは産経ビルの一室で霊感占いを開業した。彼女の顧客には岸信介、福田赳夫、松下幸之助、小佐野賢治らがいたという。[13]また、一九七〇年に人気トーク番組『仁鶴・きよしのただいま恋愛中』（TBS系、一九七〇―七七年）で相性占いのコーナーを担当し、人気を博した田中佐和は、七歳のときに自宅で「神霊判断」を開業、六五年からは、彼女の父が創立した宗教団体・神霊の家の祭主になった。[14]

彼女たちの霊能の獲得には、ともに超自然的存在が関与している。また、肉親が彼女たちの背後にあって組織化を進め、彼女たちの振る舞いを「職能」として展開することで収入を得ていたことも共通している。

宗教的職能性を強く帯び、学校空間にあっては畏怖と排除の象徴となる霊感少女。『もっけ』の登場人物・御崎柊子は、この二つの要素を兼ね備えている。彼女は幼少期にその霊能力を見込まれ、組織の中核に据えられた。しかし彼女の審神者を務めていた祖母の死によって、柊子の霊言を的確に解釈できる者がいなくなり、組織は瓦解する。母からも遠ざけられ、深く傷ついた彼女は、自らの霊能力を隠蔽し、孤独な学校生活を過ごしている。旧来の職能的な霊感少女から、学校内での異端者としての霊感少女への移行を描いている点で、『もっけ』は貴重なテクストといえるだろう。

4　ラノベのなかの「霊感少女」たち

それでは、現代のラノベでは、霊感少女はどのように描かれているのだろうか。まず目につくのは、その特異性ゆえに学校内で迫害される姿である。

例えば一肇『幽式』（ガガガ文庫］、小学館、二〇〇八年）。高校一年のときに転校してきた神野江ユイは、外見的には完全無欠な美少女にもかかわらず、数々の奇行によって「歩く鬼門」「デンパガール」と呼ばれるに至り「すっかり嫌われる存在」へと転落する。

一方、おかざき登『都市伝説系彼女。――永遠子さん救済倶楽部』（全二巻［ダッシュエックス文庫］、集英社、二〇一六年）の雲林院美加恵瑠は、首や手首に包帯を巻き、携帯電話に大量の御守をぶら下げ、カバンにはお札を何枚も貼っている「中二病系自称霊感少女」である。ただし彼女によれば、物心ついた頃からおかしなモノが見えてしまうため、校則に違反しない範囲で霊的防御を固めているにすぎない。むしろ彼女は校則に準拠して、学校生活に溶け込もうと努力している。しかし、彼女がクラスメートから浮いていることは言うまでもない。

このように、霊感少女はその異端性ゆえにクラスから孤立し、場合によっては排除の対象になる。しかしそれは、あくまで学校世界の話であり、学校の外では別の評価が与えられているケースもある。むらさきゆきや『ゆうれいなんか見えない！』（全七巻［ＧＡ文庫］、ＳＢクリエイティブ、二〇一〇―一三年）の小学三年生、鞍馬依は、学校内では問題児扱いされているものの、その実は退魔を生業とする鞍馬家の一員で、優れた霊能者として活躍している。しかし彼女はその霊能力を学校内でもいかんなく発揮してしまうため、トラブルが絶えない。

そうなると、厄介な霊能力をあえて隠して、平穏な学校生活を望むケースも出てくる。緑川聖司『霊感少女――幽霊さんのおなやみ、解決します！』（〔角川つばさ文庫〕、KADOKAWA、二〇一六年）の主人公、小学五年生の安城みのりは、人気霊能者・神宮寺麗華として活躍する叔母と同居しているが、自らの霊能力を隠し続けている。彼女には、霊能力を職能化することへの忌避感がある。

これらの作品では、主に学校内での人間関係が焦点化されるのに対して、霊感少女の職能性を強調する例もある。『ゆうれいなんか見えない！』の鞍馬依のケースだが、綾里けいし『B.A.D.』（全十三巻〔ファミ通文庫〕、エンターブレイン、二〇一〇―一四年）の「紅い唐傘を差し、ゴシックロリータをまとった」十四歳の少女・繭墨あざかは、さらに徹底している。そもそも彼女は、学校に通っていない。それどころか、繭墨霊能探偵事務所の所長の地位にある。[15]

こうしてラノベのなかで蓄積されてきた「霊感少女」キャラとその特性は、甲田学人『霊感少女は箱の中』（〔電撃文庫〕、KADOKAWA、二〇一七年―）（図2）に集約されている。多様なタイプの「霊感少女」キャラを用意していること、また学校を舞台にしながら、同時に霊感少女の職能性を発揮させる場を用意していることを踏まえれば、『霊感少女は箱の中』は、「霊感少女」というキャラの特性を余すことなく取り入れた、現時点でのラノベの到達点といえる。

『霊感少女は箱の中』の物語世界については、第一巻「あとがき」での作者の主張が参考になる。いわく「幽霊話。怪奇譚。都市伝説」といった「子供が見聞きしてドキドキしながら人格を形成していく不思議な、あるいはいかがわしいとも言っていい物語」こそが「本来のメルヘンがほとんどその役目を喪いつつあるいま、新たにメルヘンの役割を継いだものであ」り、さらにメルヘンが本来共同体のためのものであるな

図2　甲田学人『霊感少女は箱の中』第2巻（電撃文庫）、KADOKAWA、2017年

らば、学校という共同体のなかで語られる怪談こそが正統なメルヘンである。だからこそ本作は「学園メルヘン」なのだと。

作者の論理に従えば、学校という空間を舞台にして展開されるホラーこそが、現代の正統なメルヘンということになる。一方「霊感少女」とは、そのような学校にあって、多様な怪異を実体化し翻訳するとともに、その意志を代弁する、読者への橋渡し役なのだといえるだろう。

ただし「霊感少女」は、学校に縛られた存在でもある。学校という「箱」から出てしまえば、トリックスターとしての価値を失う。残された道は霊能力の職能化ということになるが、藤田小女姫や田中佐和らの先例が示しているとおり、組織化に伴う複数の厄介な問題が生じることはいなめない。それらの問題は、先に挙げた『ゆうれいなんか見えない!』や『B.A.D.』でも取り上げられている。「霊感少女」という魅力的なキャラクターが、日常と非日常のフラット化が進むラノベの世界で、今後も活躍する余地はあるのだろうか。霊感少女の憂鬱は、深まるばかりである。

注

(1) 大橋崇行「ガジェット化する妖怪文化」、大橋崇行/山中智省編著『ライトノベル・フロントライン3――特集 第2回ライトノベル・フロントライン大賞はこれだ!』所収、青弓社、二〇一六年

(2) なお、ここでは飯倉義之「〈口承〉の中の妖怪」(小松和彦編『妖怪学の基礎知識』〔角川選書〕所収、KADOKAWA、二〇一一年)、小松和彦「怪異・妖怪とはなにか」(小松和彦/常光徹/山田奨治/飯倉義之編集委員、小松和彦監修『日本怪異妖怪大事典』所収、東京堂出版、二〇一三年)などの指摘を踏まえ、「怪異」は「常識では理解できない不思議な出来事(コト)」、「妖怪」は「特定の怪異に関する情報が流通するなかで、一定のイメージを獲得した存在(モノ)」、「アヤカシ」は「神仏、妖怪、幽霊も含めた霊的な存在」を意味するものとする。

(3) この点については、かつて「柴村仁『我が家のお稲荷さま。』――ご近所の異界」(一柳廣孝/久米依子編著『ライトノベル研究序説』所収、青弓社、二〇〇九年)で、表題作(全七巻〔電撃文庫〕、メディアワークス、二〇〇四―〇七年)におけるライトでソフトな日常的異界のありようについて論じたことがある。

（4）『このライトノベルがすごい！』（宝島社、二〇〇四年―）が「愛しき非日常」というカテゴリーを設定したのは、二〇一三年度版である。それは「非日常」が「愛しき」場に変容したことを意味する。このタイプの「非日常」にあって、絶対的な他者は異質な存在にならざるをえない。

（5）伊藤慎吾「ライトノベルの妖怪像」、「特集 ニッポンの妖怪文化」「ユリイカ」二〇一六年七月号、青土社、二〇六ページ

（6）前掲「ガジェット化する妖怪文化」一六三ページ

（7）ラノベとジェンダー、セクシュアリティをめぐる問題については、本書第3部「文化変容とジェンダー」を参照。

（8）のちにリライト版が『ゴーストハント1――旧校舎怪談』（〔幽BOOKS〕、メディアファクトリー、二〇一〇年）として刊行されている。

（9）香川雅信「〈霊感〉考――怪異のヴァーチャル・リアリティ化」「IISR国際宗教研究所ニュースレター」第五十一号、国際宗教研究所、二〇〇六年、同「〈霊感〉再考」、大国正美／水口千里編『魅せる！超フォークロア――近藤雅樹ワールドの探検』所収、神戸新聞総合出版センター、二〇一四年

（10）例えば、しばた佑『今夜もあなたは眠れない――あたしは霊感少女』（〔講談社X文庫ティーンズハート〕、講談社、一九九五年）は、一九九〇年代という心霊番組最盛期に、霊感タレントとして番組に関わらざるをえなくなった主人公の悲劇を描く。

（11）近藤雅樹『霊感少女論』河出書房新社、一九九七年

（12）大塚英志『少女民俗学――世紀末の神話をつむぐ「巫女の末裔」』（光文社文庫）、光文社、一九九七年（初版は大塚英志『少女民俗学――世紀末の神話をつむぐ「巫女の末裔」』〔カッパ・サイエンス〕、光文社、一九八九年）

（13）「奇跡の少女現る マリを突きながら何でもズバリ」（「産業経済新聞」一九五〇年五月一日付）、小倉清太郎「霊感少女の結婚」（『おさんずいひつ』河出書房新社、一九六一年）、藤田洋三『東亜子と洋三――藤田小女姫の真実』（出版研、二〇〇四年）など。

（14）「義宮妃を予言する霊感少女」（「主婦と生活」一九六四年三月号、主婦と生活社）、田中佐和「〝霊感少女〟と呼ばれて」（「美しい十代」一九六六年五月号、学習研究社）、「あの天才霊感少女 田中佐和さんの今」（「週刊平凡」第二十三巻第四十九号、平凡出版、一九八一年）、「神霊の家」（「新宗連 公益財団法人新日本宗教団体連合会ウェブサイト」〔http://www.shinshuren.or.jp/orgdetail.php?id=16〕〔二〇一九年七月二十一日アクセス〕）など。

（15）『B.A.D』に関して詳しくは、本書第3部第11章「繭墨あざかはなぜゴシックロリータを着るのか――衣装で読み解くライトノベルのジェンダー」（橋迫瑞穂）を参照のこと。

第4章

「太宰治」「文学少女」像が提示するもの

『ビブリア古書堂の事件手帖』シリーズ

大島丈志

はじめに

二〇一〇年代の文学のなかで、様々な文学作品を引用し再創造している物語に『ビブリア古書堂の事件手帖』シリーズ（以下、『ビブリア古書堂』シリーズと略記）がある。

本章では、まず、既存の文学作品を二〇一〇年代の文学がどのように受容し再創造しているのか、『ビブリア古書堂』シリーズを例に考える。特に、このシリーズを貫いて引用され、物語への関係性の大きい作家・太宰治像と太宰の作品の受容について考察する。

次に、『ビブリア古書堂』シリーズに描かれる「文学少女」像の特徴を探る。この考察は、多くの文学作品に登場する、本や作家や作品内容を偏愛する「文学少女」という存在が、二〇一〇年代でどのように表象されるのかを考えるものである。

本シリーズの概要だが、本を偏愛し、古書に関して並外れた知識をもつ一方で、極度の人見知りである古書店の店主・篠川栞子が、店員の五浦大輔とともに、客が持ち込む古書にまつわる謎を解いていくミステリーである。作中で扱う古書はほとんど実在するものである。作品の舞台になるのは神奈川県の北鎌倉周辺から伊勢佐木町で、作品内の時間は、二〇一〇年後半から東日本大震災の三カ月後の一一年が中心になる。

テキストは三上延、イラスト・越島はぐ『ビブリア古書堂の事件手帖』シリーズ（全七巻〔メディアワークス文庫〕、アスキー・メディアワークス→KADOKAWA、二〇一一―一七年）[1]を使用する。『ビブリア古書堂』シリーズの番外篇で扉子が登場する二〇一八年刊行作品は扱わない。

1　『ビブリア古書堂』シリーズと太宰治『晩年』

『ビブリア古書堂』シリーズでは、太宰治の『晩年』（砂子屋書房、一九三六年）をめぐって第一巻から物語が展開する。そのほかにも多様な文学作品が登場するが、シリーズを貫くのは太宰治と『晩年』である。第一巻では栞子の個人コレクションで、太宰治の書き込みがある『晩年』のアンカット初版本をめぐり、それを奪おうとする田中敏雄（第一巻では大庭葉蔵と名乗る）との間に事件が発生する。大庭葉蔵という人物から、この『晩年』を求めるメール[2]がくるところから物語は栞子の家族も巻き込み展開する。

大庭は「自信モテ生キヨ　生キトシ生クルモノ　スベテ　コレ　罪ノ子ナレバ」[3]という献辞入りの『晩年』をめぐって栞子と対峙する。栞子は、大庭葉蔵は「道化の華」という短篇の主人公の名前だとして警戒する。しかし、大庭葉蔵によって、石段から突き落とされてしまう。

栞子は普段は内気でコミュニケーション能力が低めにみえるのだが、本のことになると「栞子さんの語り口はいつのまにかなめらかになっていた。大きく言えば本についての話なので、スイッチが入ったらしい」[4]と変化する。外見は、黒髪のロングのストレートで、本に関しては熱っぽく語り、書物を偏愛する女性として描かれる。大正時代から続く「文学少女」像の定型が古書店主になったようにみられる。この点は後述するが、注目に値する。[5]

太宰治作品の受容だが、第六巻では「自家用」という書き込みがある『晩年』について先行研究も引用して解説がなされる。[6]ここで興味深いのは研究書である『太宰治論集　同時代篇』（山内祥史編、全十巻、ゆまに書房、一九九二―

九三年）が作中に登場していて、現実の太宰治研究とリンクしていることである。一九三六年五月二十五日発行『晩年』の初版本に関しては、研究書の文章が引用され、それを根拠に太宰が見返しの左下に「自家用」と書いたものが実は「自殺用」を墨で消し修正したものだと解説される。これによって、現実の『晩年』と『ビブリア古書堂』シリーズ中の『晩年』が関連づけられ、作中の書物の存在が読者に現実に存在するものと根拠づけられている。

ただし、その受容にはある傾向がみられる。太宰の師であり、石原美智子との結婚の仲人も務めた井伏鱒二に関しては、「特に師匠の井伏鱒二は太宰に指導し続け、一九三三年に作家活動を始めてからも、様々な形で援助をしています。井伏がいなければ、太宰治という作家は存在しなかったでしょう」(7)と井伏鱒二の作家・太宰と太宰文学での影響力の大きさが表現されている。ただし、太宰治が晩年、井伏に対して批判的な言説を残し、一九四八年六月十三日、玉川上水での山崎富栄との心中ののちに残された妻・美知子宛と推定される遺書の反故に、井伏批判がある点は栞子から語られていない。それは次のような記述である。

> 皆、子供はあまり出来ないやうですど　陽気に育てて下さい
> あなたを　きらひになつたから死ぬのでは無いのです
> 小説を書くのがいやになつたからです　みんな　いやしい　欲張りばかり　井伏さんは悪人です(8)

栞子の語りにはこの部分はない。このことからは、第六巻の記述では、井伏に庇護される従順な太宰という側面が強調されているといえるだろう。

太宰治の作家像について栞子は次のように語る。まず、「研ぎ澄まされた自尊心の持ち主だった太宰は、生活能

図1　三上延『ビブリア古書堂の事件手帖――栞子さんと奇妙な客人たち』（メディアワークス文庫）、アスキーメディアワークス、2011年

力のない自分、言い訳のできない失敗を繰り返す自分への絶望を抱えていました。いつ命を絶ってもおかしくない状況だったと思います」としてその存在としての危うさに言及する。『晩年』については、「遺書のつもりで作り上げた『晩年』は同じような思いを抱えていた当時の若者たちの胸を打ちました」[9]「今でも『晩年』の愛読者は多いです。わたしもそうですね。太宰の荒れた私生活は嫌いですけど、人としての弱さには共感できるんです……ちょっと、矛盾しているかもしれません」というように作家・太宰像も含めた「弱さ」への共感を語る。

さらに栞子の語りのあとに、恋人である五浦によって、「「別におかしくないですよ」／誰にだって心に弱いものを持っているはずだ。別に矛盾でもなんでもない、当り前のことだと思う」[10]という返答と地の文の語りがあることで、作家・太宰と『晩年』が重ねられ、「弱さ」への共感がさらに肯定されている。

栞子は太宰の作家論的アプローチから『晩年』の読み解きをおこなっていて、そのことで第六巻の作家・太宰像・『晩年』の読みは「弱さ」へと回収されていくのである。

作家・作品のすべてを客観的に語ることはもちろん不可能である。だが、とりわけ研究上明らかになっている太宰の強さは語られない傾向にある。例えば、佐藤隆之『太宰治の強さ』では、作家・太宰治と彼の作品の「弱さ」から「強さ」に転じる点、戦中期の「強い」活動とそこから生まれた作品に焦点が当てられる。[11]

また、晩年の「如是我聞」でも太宰は師の井伏をも古い作家として批判していて、先に述べた妻宛ての反故にもみられるように、一時の師であった井伏鱒二にも闘いを挑み、超えていこうとする新時代の作家としての自覚があったと推測される。第六巻では、あえてこれらの「強い」側面を省いて成立した「弱い」作家・太宰治像と『晩年』から読み取れる「弱さ」を強調する再創造をおこなったといえるだろう。

2 「断崖の錯覚」の再創造

太宰治の「断崖の錯覚」は、黒木舜平の名で「文化公論」（一九三四年四月号、文化公論社）に掲載された。これは、太宰の二十五歳のときの作品であり、一九八一年になってようやく太宰治作と認定されたものである。[12] 非合法活動から転向したのちの長い習作時代に書かれた作品である。『ビブリア古書堂』シリーズを通して使用される『晩年』は三六年の作となる。

「断崖の錯覚」の主人公「私」は、二十歳の正月、大作家になりたい一念からある新進作家の偽者になりすまして熱海の宿に宿泊する。作家に憧れ、小説好きの少女と仲良くなるが、偽者だとバレることの恥のあまり、少女を熱海の百丈の断崖から突き落として殺害してしまう。結局大作家になれなかった「私」の二十五歳のときの回想である。

主人公の「私」がどれほど「大作家」という存在に憧れていたかは、随所に心情の吐露がある。「その頃の私は、大作家になりたくて、大作家になるためには、たとへどのやうなつらい修業でも、またどのやうな大きい犠牲でも、それを忍びおほせなくてはならぬと決心してゐた」。[13] また少女に関しては、文学好きの少女とされているのにも注目したい。「それあ、判るわ。私、小説が少し好きなの」「大好き。あの人の花物語といふ小説」[14] とある。

この作品は犯罪小説なのだが、「私」の犯行が発覚しない。百丈の崖から少女を突き落としたものの、あまりの高さに、犯行の直後に私の隣に立ち、崖の真下に少女の死体を発見したきこりは「私」の犯行と少女の死を結び付けられなかった。タイトルの「断崖の錯覚」とはそのトリックを称するもので、トリックとしてはかなり強引なものになっている。

『ビブリア古書堂』シリーズ第六巻でも「推理ものとしては……その、当時も特に、評判にはならなかったようです」[15]と栞子にもほぼ評価されていない。

この「断崖の錯覚」は第六巻で、田中敏雄の祖父にまつわるエピソードの鍵として扱われている。ただ、本章では、「文学少女」像をめぐる物語として、両作品を対比してみたい。

『ビブリア古書堂』シリーズと「断崖の錯覚」との共通点は何か。「断崖の錯覚」では百丈の断崖から作家と文学が好きな「文学少女」を突き落とす。一方、『ビブリア古書堂』シリーズでは、第一巻で書物を偏愛し、外見は「文学少女」の栞子が鎌倉の石段から『晩年』を奪いたいと執着する田中敏雄によって突き落とされる。男性によって突き落とされる、文学を愛する少女という設定が太宰の「断崖の錯覚」との共通項といえるだろう。

3 太宰治「断崖の錯覚」から『ビブリア古書堂』シリーズへ

では、「断崖の錯覚」と『ビブリア古書堂』シリーズの相違点は何だろうか。そして、どのような再創造がおこなわれたのだろうか。

藤原耕作は、「断崖の錯覚」の「私」について考察し、「「私」がほんものの「作家」たるためには、つまり贋金でないほんものの〈貨幣〉たるためには、ほんものに似せることはあやまりでしかない[16]」と述べる。「断崖の錯覚」の「私」が本物の作家に自分を似せることは誤りでしかない、という藤原の見解には同意することができる。そのうえで論者は、この「ほんものに似せる」人物像に関して、「断崖の錯覚」の設定と類似した設定をもちながら、『ビブリア古書堂』シリーズでは異なる再創造をおこなっていると考える。

太宰の「断崖の錯覚」では殺す側は大作家になりたい文学青年であり、殺される少女が、文学・作家好きの少女であった。そして、「断崖の錯覚」で「私」がなりたいと願い、名前を偽った新進作家自体は「私」とは面識がなく直接関わらない存在である。

一方で、『ビブリア古書堂』シリーズでは、書物を偏愛する古書店主・栞子を階段から突き落とすことに直接手を下したのは田中敏雄であり、その動機はアンカットの書き込み入りの『晩年』への執着であった。ただし第六巻で、栞子の親戚である女子大生・久我山寛子が田中敏雄と関わっていて、田中が栞子を突き落とす原因を作り、傍観していたことを告白する。さらに、田中敏雄を利用して栞子の『晩年』を奪おうと犯行をおこなう。栞子に対する嫉妬と書物に対する執着が犯行の背景にあったことが明らかになる。また、この寛子の嫉妬や執着の背景には寛子の祖母で、「文学少女」だった久我山真理の栞子所蔵の『晩年』に対する執着があった。

「断崖の錯覚」では「大作家」つまり「本物」は「私」にとって憧れの存在であって、嫉妬や憎しみの対象ではない。

一方で、『ビブリア古書堂』シリーズでは犯罪を仕掛ける側は本に詳しい古書店主になりたい学生であり、憧れの存在だった栞子という「本物」を陥れてしまう。憧れの対象を害する点で、「断崖の錯覚」とは根本的に異なるのである。

太宰の「断崖の錯覚」が「ほんものに似せる」「私」を描くとするならば、『ビブリア古書堂』シリーズでは、「ほんものに似せる」ために「本物」を害する加害者を描く。この点で、『ビブリア古書堂』シリーズは「断崖の錯覚」から飛躍した再創造をおこなっているのである。では、久我山寛子は、栞子に対してどのような感情を抱いているのだろうか。寛子のセリフから考察する。

栞子が石段から落ちるのを傍観し、さらに犯行を重ねようとしたことが発覚したあと、寛子は次のように自らの心情を栞子にぶつける。

「あなたの方がわたしよりも全然知識があって、頭の回転が速くて、美人だった……会うたびに思ってたよ。この人はわたしの欲しいものを全部持ってるって。栞子さん、わたしから本を借りたことないんだよ。貸したことはあってもね。全部あなたが先に持ってて、先に読んでるの。気がついてなかったでしょう？」[17]

「好きなものがあって、もっと好きになりたいけど、どこから手を着けていいか分からない……もっとできる人には絶対に追いつけないいって気持ち、栞子さんには分からないでしょう。自分は口下手で不器用で、本のこと以外なにもできないいって思いこんでたけど、わたしから見たら違うんだよ。栞子さんは自分を信じてる……駄目な自分も素直に認めてる。つい嘘をついて、自分を大きく見せたりしない……」

「あなたはなんでも持ってる。自分の欠点ごと、ちゃんと好きになってくれる彼氏まで……自分がどれだけ勝ち組か、自覚してないだけ(18)」

寛子にとって栞子は「勝ち組」であり、手が届かない存在であり、嫉妬の対象なのである。この寛子の告白に対して、栞子は「勝ち組」の件については答えない。「格差」に対する栞子の内面は不明のままである。そのうえで、「寛子さんは古書が好きだからではなく、もっと古書を好きな人になりたいから、わたしの『晩年』を奪うことにしたの?」と問う。それに対して寛子は「そうだよそれが一番の近道だから(19)」答える。注目すべきは次の会話である。

「寛子さんは『断崖の錯覚』の主人公みたい……小説を書くために、様々な体験をしなければと思いこんでいる……(20)」

「女性を殺してしまった主人公は、それっきり小説が書けなくなってしまう……人殺しという貴重な体験をしたにもかかわらず。わたし、他人から古書を奪うような人は、いつか古書を愛せなくなる日が……古書に復讐される日が、来ると思う(21)」

この栞子の「断崖の錯覚」を引きながらのセリフには読みの飛躍があるだろう。「断崖の錯覚」の主人公はもともと大作家に憧れて新進作家の名を偽った偽者であり、人殺し自体は偽作家であることが判明する恥から起こしたにすぎず、憧れの作家を害したわけではない。殺人の前後でも「私」は偽者であるがゆえに、大作家にはなれなかったものの、殺人の罪もかぶらず、「復讐」されたのかどうかは栞子の推測にすぎない。

『ビブリア古書堂』シリーズで寛子は憧れそのものに嫉妬し、その「格差」を乗り越えるために罪を犯し、逮捕されてしまっているのである。『ビブリア古書堂』シリーズの最終巻第七巻では、「久我山寛子は拘置所に移っていると聞いている。そろそろ裁判が始まる頃だ[22]」と語られる。

偽者であり、「本者」とは距離があり続ける「私」を描いた「断崖の錯覚」に対し、『ビブリア古書堂』では、「本物」に「絶対に追いつけない」という断念をもつ寛子、栞子という「本物」を害し、『晩年』を奪おうとすることで結果として自らの可能性を狭めてしまう寛子を描くのである。「近道」をして超えられない者を害してでも「何ものかになる」という「執着」を描く物語になっているのである。

この「執着」は「文学少女」だった寛子の祖母の久我山真理の「執着」でもあった。真理は事件ののち、寛子を操り、アンカットの『晩年』を欲したこと、誰かが死ぬかもしれなかったことを栞子に責められるも、「「……死んでいたら、どうしたというの」／唇から細い声が洩れた。／「わたしは、もうすぐ死ぬ……なにもしなくても。次の秋は、見られないわ[23]」」と厭世と書物への強い「執着」をみせるのである。

『ビブリア古書堂』シリーズでは、寛子は拘置所に移ったままになってしまう。そのため、後日談や、その後の栞子の心情が描かれることはない。ただ、寛子の母から寛子がお詫びの手紙を書くと言っているということが伝えられ、五浦によって「彼女が栞子さんにきちんと謝って和解できる日が来ればいいと思う。甘いかもしれないが[24]」と語られるだけである。

この寛子の栞子に対する糾弾は、「本物」を害するという執着の恐ろしさの提示と、同じ書物を愛するものであっても、栞子という本を偏愛し古書店主である人物の優位性とその無意識に発生する「勝ち組」として立ち位置を一瞬ではあるが相対化し、明示したということができるだろう。

4 『ビブリア古書堂』シリーズと「文学少女」が提示するもの

寛子の執着は、寛子自身が告白するように、好きなものに憧れながらも、憧れに至れない断念を抱いている「文学少女」の心情描写であった。この好きなものをもたなければならないという強迫観念にも似た寛子の心情は何を示すのだろうか。寛子の告白を、二〇一〇年代という時代のなかで考えてみたい。

鈴木愛理は、「大きな物語」の喪失によって絶対的と思われる価値観が揺らぐ時代、物事の価値や目標が相対化していく時代の「個」のあり方について、次のように述べている。

なにもかもに対し、そのすべてを受け入れることはできない。真や善、美について絶対的な基準はない。それが自明のこととなっているいまとは、絶対的な正解がないということのみが、絶対的なこととして了解されている時代ともいえる。

「受け入れる力」とは、そのようななにものをも完全に信じられないという(ことのみ信じられる)時代を打破し、先へと進んでいくために必要な思想であると筆者は考える。(略)他人に否定される可能性を承知のうえで、それでも自分が、真である、善い、美しい、と感じられるものはないかを知り、それを信じる自分を受け入れられる姿勢や態度を身につけていく教育が、「受け入れる力」を育成する教育である。またそれこそが、これからを生きていく力であり、強さにもなるだろう。[25]

この自分の真善美、つまり好きなものを見つけることで、絶対的な基準がない社会を生き抜こうとする姿勢は、『ビブリア古書堂』シリーズの寛子だけに表れるものではなく、同時期の様々な物語に描かれている。

例えば魚住直子『園芸少年』（講談社、二〇〇九年）では、ふとしたきっかけから園芸が好きになり始め、園芸部を創設し、園芸に目覚めることによって、過去の傷を振り切り、いまここにある自らを構築しようとする三人の高校生の、一見のんびりしながらも、必死の心情劇が描かれる。この作品でも、好きなものを見つけた三人の少年と、三人のうちの一人、元不良の大和田の友人たちは対比的に描かれる。大和田の友人たちはあるとき園芸部を襲い、鉢を破壊して去る。彼らに対して大和田は諦めの言葉を述べるだけである。さらに大和田は作品終結部で自らの外見が目立つのを抑え、「種を蒔かない」ようにして園芸部を続けることになる。園芸という好きなものをもった三人がその後どうなるのか、大和田の友人に関しても答えが出されない物語である。

伊藤敬佑は大和田が「種を蒔かない」ようにすることについて、「中庸に集約されていく彼らの背後に、自らの美意識に基づき、枯れそうな草木には水と肥料を与え、野放図に伸びるようなら剪定する、庭師のごとき作者を垣間見てしまう」とし、「この曖昧な、あるいは教訓的な決着では納得できないからこそ、読み取れる生き方の問い自体は、現在においてなお興味深い。この問いに対し、他の作品がどう答えを出していくのか。それをどう受け取るのか。二〇一〇年代の課題の一つかもしれない[26]」と述べる。

この見解は同意できる。好きなものを見つけられた人物と、好きなものがない人物、そこから発生する「階層」を暗示する点、好きなものを見つけた人物が完全に肯定されるわけではない点など、本作に横たわる生きることの「厳しさ」にこそ、その後の二〇一〇年代の「私」の生き方をめぐる問題を提示していて興味深い。

振り返って、『ビブリア古書堂』シリーズでの寛子の告白は二〇一〇年代の物語を考えるうえで重要な意味をもつだろう。寛子の叫びは、「好きなもの」を見つけることで「本物」になることが実は困難であるという暴露と断念、すでに好きなものを見つけ、「本物」になった者への嫉妬・怒りの強さをよく表している。

本シリーズでは、寛子の祖母・真理は、父親・久我山尚大によって、その存在を切り捨てられてしまう。尚大は「この仕事〔古書店：引用者注〕にはなにがあろうが品物を手に入れ、売りつける熱意と覚悟が要る」[27]と常々言っていて、真理について「あれはただの文学少女だ。おまえ〔栞子の母・智恵子：引用者注〕と違って古書の取り引きなどできん」[28]とする。『ビブリア古書堂』シリーズでは、「文学少女」だけでは他者も自己も救えない。本が好きで、さらに、それを「生業」とするためには、熱意と覚悟が必要とされるのである。それが仕事というもの、といってしまえばそれまでだが、好きだけでは、「文学少女」では、生きていけない状況を描いた作品として、「文学少女」のその後の「生き方」を描いた作品として読み解けるのである。

おわりに

本章では、『ビブリア古書堂』シリーズで、栞子の太宰治像と『晩年』の弱さを強調する読み解きがおこなわれているということ、「断崖の錯覚」からの読み解きの飛躍によって、「文学少女」の嫉妬や断念が表現され、栞子の優位性が相対化されることを論じた。では、「本物」になれなかった「文学少女」の情熱や怨念はどこへ向かうのか、寛子が拘置所に入ったまま物語が閉じられる『ビブリア古書堂』シリーズからは、絶対的な基準がない社会のなかで生き抜く「厳しさ」をそのままにみる冷徹な目を読み取ることが可能である。

注

（1）本シリーズの累計発行部数は約六百八十万部。メディアミックスも盛んで、漫画・テレビドラマ・映画化されている。「朝日新聞」二〇一九年六月十五日付、二十四面参照

(2)三上延「第四話 太宰治『晩年』(砂子屋書房)」『ビブリア古書堂の事件手帖――栞子さんと奇妙な客人たち』(メディアワークス文庫)、アスキー・メディアワークス、二〇一一年

(3)同書二二四ページ

(4)三上延『ビブリア古書堂の事件手帖6――栞子さんと巡るさだめ』(メディアワークス文庫)、KADOKAWA、二〇一四年、九一ページ

(5)木村カナは「文学少女」の系譜について概略し、明治から大正期に作られた女学生の身体的イメージである「ストレートロング」の「黒髪」「病弱娘」「夢みる乙女」といった属性が現代の「文学少女」像の根底にあるとし、さらに、「「文学少女」というイメージも、完全に固着している一方で、すでに実像を離れた、ある意味、定型化・形骸化した虚像に過ぎない」と述べている(木村カナ「二十一世紀文学少女・覚書」、「特集 文化系女子カタログ」「ユリイカ」二〇〇五年十一月号、青土社、六九ページ)。二〇〇〇年代における定型化された「文学少女」像の例としては、「文学少女」が本を読むことによって事件を解決する野村美月『文学少女』シリーズに関する拙論(大島丈志「野村美月『〝文学少女〟』シリーズ――『銀河鉄道の夜』から飛躍する文学少女」、一柳廣孝/久米依子編著『ライトノベル研究序説』所収、青弓社、二〇〇九年)を参照いただきたい。

(6)太宰の書き込みに関する記述を一部引用する。

　それは太宰君が見返しの左下に自筆で書いてゐるところなのだが、その「自家用」といふ三字も最初には「自殺用」と書かれてゐるのである。誤つてさう書いたのか、意識して書いたのか、そのせんさくはともかくとして、墨で消した一字を洗ふと、たしかに「殺」といふ字が読める。この一字を消して、「家」といふ字がその左傍に書いてある。(淀野隆三「太宰治君の自家用本『晩年』のこと」、山内祥史編『太宰治論集 同時代篇』第九巻所収、ゆまに書房、一九九三年、八四ページ。初出は「文学雑誌」一九四九年一月号、大丸出版社)

(7)前掲『ビブリア古書堂の事件手帖6』五六ページ

(8)山崎富栄、長篠康一郎編『雨の玉川心中――太宰治との愛と死のノート』(青い鳥双書)、真善美研究所、一九七七年、二二六ページ、「新潮」一九九八年七月号、新潮社、参照。ただし、この「悪人です」という文言に関しては佐藤春夫が「人並に女房を見つけて結婚させるやうな重荷を負はせた(略)井伏鱒二のおかげで女房子供に可愛そうな思ひをさせる」という思いを正直に記す気恥ずかしさからくる言葉だとコメントしている(佐藤春夫「井伏鱒二は悪人なるの説」「作品 第二号」一九四八年十一月、佐藤春夫著、中村真一郎ほか監修『評論・随筆5』〔「定本 佐藤春夫全集」第二十三巻〕、臨川書店、一九九九年、一三〇ページ)。一方、川崎和啓は「師弟の訣れ――太宰治の井伏鱒二悪人説」(広島大学近代文学研究会編「近代文学試論」第二十九号、広島大学近代文学研究会、一九九九年)で、井伏が太宰の言葉は「逆説的に表現する性格」(「時事新報」一九四八年六月十七日付)と記したことに触れ、井伏が

太宰を武蔵野病院に入院させ、その際見聞した運動会について「薬屋の雛女房」（『婦人公論』一九三八年十月号、中央公論社）という小説に仕立てたこと、「如是我聞」で「先輩たちがその気ならば、私たちを気狂ひ病院にさへ入れることが出来る」と書いていることなどから、晩年の太宰が井伏に批判的だったと考え、佐藤の見解に疑問を提示している。論者は、川崎の見解に同意し、同時に、作家という職業に付随する負の側面を「悪」とし、井伏に代表させたと考える。

（9）前掲『ビブリア古書堂の事件手帖6』五六ページ。直前の引用も同じ。
（10）同書五七ページ。直前の引用も同じ。
（11）佐藤隆之『太宰治の強さ——中期を中心に 太宰を誤解している全ての人に』和泉書院、二〇〇七年
（12）山内祥史「太宰治全集未収録短篇小説「断崖の錯覚」について」、至文堂編「国文学 解釈と鑑賞」第四十六巻第十号、至文堂、一九八一年、一二二—一二四ページ
（13）太宰治「断崖の錯覚」、「小説 1」（『太宰治全集』第二巻）、筑摩書房、一九九八年、三五五ページ
（14）同書三六七ページ
（15）前掲『ビブリア古書堂の事件手帖6』二二二ページ
（16）藤原耕作「貨幣としての「私」——太宰治「断崖の錯覚」を中心に」、日本文学協会編「日本文学」一九九九年十二月号、日本文学協会、五五ページ
（17）前掲『ビブリア古書堂の事件手帖6』二八二ページ
（18）同書二八三ページ。直前の引用も同じ。
（19）同書二八五ページ
（20）同書二八五—二八六ページ
（21）同書二八六ページ
（22）三上延『ビブリア古書堂の事件手帖7——栞子さんと果てない舞台』（メディアワークス文庫）、KADOKAWA、二〇一七年、一九六ページ
（23）前掲『ビブリア古書堂の事件手帖6』二九七ページ
（24）前掲『ビブリア古書堂の事件手帖7』一九七ページ
（25）鈴木愛理『国語教育における文学の居場所——言葉の芸術として文学を捉える教育の可能性』ひつじ書房、二〇一六年、一八九ページ
（26）伊藤敬佑「「種を蒔かない」園芸部員たち」、児童文学評論研究会編『児童文学・21世紀を読む』所収、児童文学評論研究会、二〇一八年、二一ページ

(27) 前掲『ビブリア古書堂の事件手帖7』一六五ページ
(28) 同書九ページ

コラム

ライト文芸

大橋崇行

ライト文芸とは

ライト文芸とは、近年主に二十代以上の女性をターゲットにして、文庫版の書き下ろし作品を中心に刊行されている小説群を指す名称である。また、マンガやアニメーションを想起させるイラストを表紙に用い、作中人物もそれに合わせて、キャラクター小説として造形されていることが多い。

ライトノベルは内容によって分類されるジャンルという枠組みではなく、書店販売のカテゴリーによって把握されるという問題についてはすでに拙稿で指摘した。[1] ライト文芸でもこれに近い状態が生じつつあり、ライトノベルが電撃文庫、角川スニーカー文庫、富士見ファンタジア文庫、ガガガ文庫といった特定の文庫レーベルから出ているのと同様、ライト文芸もまずはメディアワークス文庫、集英社オレンジ文庫、富士見L文庫といったレーベル群でカテゴライズされ、多くの場合は書き下ろし作品として刊行されているのである。

一方で、書店の販売棚では、小説投稿サイト「小説家になろう」(https://syosetu.com/) に投稿されたいわゆる「なろう系」作品を書籍化したものが、「ライト文芸」という名を冠した棚に置かれていることがある。しかし、これは一部の書店に限られることで、本コラムでは、前述の範囲に収まる作品群についてだけ考えていきたい。

本書の第1部第1章の拙稿での議論とも関わるが、これらの小説群は、雑誌「ダ・ヴィンチ」(KADOKAWA) で「キャラ立ち小説」、「日経エンタテインメント」(日経BP社) で「キャラノベ」、宝島社のムック『このライトノベルがすごい!』(宝島社、二〇〇四年―)でライトノベルと一般文芸との境界線上にある作品群として「ボーダーズ」と呼ばれてきた作品群の後継にあたる。特に、三上延『ビブリア古書堂の事件手帖』シリーズ(全七巻〔メディアワークス文庫〕、アスキー・メディアワークス→KADOKAWA、二〇一一―一七年)の成功以降、メディアワークス文庫が定着し、二〇一四年頃から次々と文庫レーベルとして創刊された。

これらのレーベルでは当初、既存のライトノベル作家を新しいレーベルに移し、文庫版の少年向け・少女向けライトノベルよりもより高い年齢層をターゲットにした小説を発表する文庫シリーズとして展開してきた。このことは、メディアワークス文庫の創刊ラインナップが、第十六回電撃小説大賞でメディアワークス文庫賞を受賞した野崎まど、有間カオルを除いては、有川浩、壁井ユカコ、入間人間、古橋秀之、渡瀬草一郎、杉井光というライトノベル出身の作家を並べたものだったことからも見て取れる。また、富士見L文庫はもともと、「オトナが見つけるナゾとユメ。」をキャッチコピーとして掲げていて、中・高生を想定読者とするライトノベルに対しての「オトナ」をターゲットにすることで、新たな読者層を開拓しようとしたものだった。特に集英社オレンジ文庫は、谷瑞恵や今野緒雪、久賀理世などをはじめ、コバルト文庫で活躍していたコバルト作家たちを創刊当初から次々にオレンジ文庫へと移している。したがって、かつてコバルトの読者だった女性たちを明確なターゲットにしているものと思われる。

二〇二〇年現在、こうしたライト文芸が非常に多くの読者に受け入れられていることは、光文社キャラクター文庫、一迅社のメゾン文庫、スカイハイ文庫、コスミック文庫α ポルタ文庫、マイナビ出版ファン文庫、スターツ出版文庫、一二三文庫、二見サラ文庫など、特に一八年以降も次々と新規のレーベルが創刊されていることからも明らかだろう。それに加え、双葉文庫、実業之日本社文庫、ポプラ文庫ピュアフル、小学館文庫キャラブン!、PHP文芸文庫など、既存の文庫レーベルのなかにも、従来からの文芸作品だけではなく、マンガ、アニメ的な表紙をもち、作中人物もそうした表紙を想起させるようなキャラクターとして造形した書き下ろし作品が数多く含まれるようになっている。従来の文芸とライト文芸との境界がみえにくくなっている小説の現在を最も象徴的に示しているのが、このカテゴリーにある小説だともいえるだろう。

コージーミステリーと小説のジェンダー編成

内容面に目を向けてみると、コージーミステリーを中心として、主人公が何らかの職業に就いていていてその仕事の実態を語る「お仕事小説」、読者を「ほっこり」させる物語、「妖怪」よりももう少し広い概念をもち、幽霊や怪異現象を扱う「あやかし」を題材にした小説、恋愛・青春小説に「泣ける」要素を加えた小説、様々な食べ物を題材にした小説、鎌倉や京都、浅草など観光地の「街」を舞台にした小説などが中心になっていて、それらを組み合わせて編成されている。

また、ライト文芸が、かつて新書版ノベルスを中心に展開していたミステリー小説の後継として、手軽に読むことができるミステリーを求める読者の受け皿になっているという側面をもっていることも重要だろう。このほか近年では、雪村花菜『紅霞後宮物語』シリーズ（〔富士見L文庫〕、KADOKAWA、二〇一五年—）、吉川トリコ『マリー・アントワネットの日記』シリーズ（〔新潮文庫nex〕、新潮社、二〇一八年—）などをはじめ、かつてのコバルト文庫が刊行していたようなファンタジー小説の受け皿としても機能し始めている。

このとき、コージーミステリーとは、事件の謎を探偵が明らかにしていくミステリー小説とは異なり、日常のなかに生じた謎を、探偵ではない市井の主人公が探偵役となって明らかにしていくというジャンル小説である。もともとは、アガサ・クリスティのミス・マープル（Miss Jane Marple）シリーズなどを端緒とするものであり、英語圏のミステリーでは伝統的に書き継がれてきたジャンル小説の一つだが、日本ではなかなか定着してこなかった。

こうした事態が生じた要因の一つとして、特に日本の本格ミステリー、新本格ミステリーで男性による作者―読者共同体が構築されていて、実際にはミステリーは多くの女性読者を抱えていたものの、基本的には男性を中心として編成されてきたことが挙げられる。コージーミステリーは、謎解きと同時に女性が生活や家事をするうえで役に立つ情報を組み込んで、小説を読みながら読者がそれを学ぶ／知ることができるという様式を、クリスティの時期からすでに含んでいたものである。その意味で、小説を通じてある職業でどのような働き方をしているのかをみせていくことができる「お仕事小説」や、食べ物を題材にする内容はコージーミステリーと非常に相性がよく、ライト文芸がこうした物語を基本とする以上、ある意味で必然的に入り込んでくる可能性を含んでいたものだった。

このようにコージーミステリーは、女性を明確に想定読者としてはじめて成立するジャンルである。その意味で、このジャンルを取り込んだライト文芸の隆盛は、小説におけるジェンダー編成や、現代におけるジャンル小説のあり方を考えるうえでも一つの視点を与えてくれるものだといえる。

注

（1）大橋崇行「ジャンルの変容と「コージー・ミステリ」の位置――ライト文芸から見た現代の小説と批評」、西田谷洋編『文学研究から現代日本の批評を考える――批評・小説・ポップカルチャーをめぐって』所収、ひつじ書房、二〇一七年

コラム

ウェブ小説からみる出版業界の新しい形

並木勇樹

はじめに

二〇一七年に小説サイト「カクヨム」(https://kakuyomu.jp/) に投稿されたライトノベル『異世界転生したけど日本語が通じなかった』はウェブ上で話題を呼び、タイトルを『異世界語入門　〜転生したけど日本語が通じなかった〜』と変えてKADOKAWAから書籍化・刊行された。本書の編集に関わった者として、また出版業界に関わる者として、この作品が書籍化され出版されたこと自体が、業界の変化を表していると考えている。

本書は、主人公が異世界でその世界の言語を学習していくさまを描くライトノベルである。異世界に転移した八ヶ崎翠（やつがざきせん）は、そこで出会った美少女シャリヤが発した言葉の意味がわからないことに愕然とする。翠はライトノベルの愛読者であり、彼が知っている異世界転生・転移というジャンルの物語では、異世界で日本語が通じることが「お約束」だった。しかし彼が転移した世界では、日本語が通じなかったのである。折しも戦時下にあったその異世界で、翠は戦闘に巻き込まれながら、シャリヤと話をするため異世界語習得に挑む。

この作品の特徴は、その「異世界語」にある。本作の異世界語である「リパライン語」は、英語や中国語などの現実にある言語を少しアレンジした、というようなものではなく、固有の文法、語彙、文字などをもつ、人工言語なのである（人工言語とは自然発生的にできた言語ではなく、人工的に作られた言語であり、有名なものとしてエスペラント語などが挙げられる）。その言語としての強度・緻密さが、ウェブ上で話題を呼んだ。[1]

本作は、「本を発売してはじめてその内容が読者の目に触れる」という従来の出版システムのなかでは、見いだされ世に出ることはなかったと考えられる。「緻密に設計された人工言語のライトノベル」という新奇性がどれほど読者に受け入れられるかわからない状況では、通常の書籍制作よりも膨大な作業が必要になることが予想される本作（人工言語の校閲・校正には多大な困難が予想され、また人工言語の文字を書籍上でどのように表すかという部分についても試行錯誤が必要になるからである）を出版することは難しい。しかしながら、この特殊な作品は、商業書籍となって世に出た。この出来事自体が、ライトノベル業界、ひいては出版業界全体の変化を体現している。

それでは、本作はどのようにして生み出され、出版されるに至ったのか。書籍化に関わった者の一人として、このことについて振り返りたい。さらに、この一つの出版の新しい形を踏まえ、出版業界全体の変化についても考えたい。

ウェブ小説という新しい物語生成の形

『異世界語入門　～転生したけど日本語が通じなかった～』という特殊な書籍が世に出た背景を考えるにあたり、まず作品が生まれた状況を考える必要がある。二〇一七年に「カクヨム」で公開された『異世界転生したけど日本語が通じなかった』は、いわゆる「ウェブ小説」と呼ばれるものだった。まず、このウェブ小説という新しいライトノベルの形態について確認し、本作がどのように生まれたのかを考えたい。

ウェブ小説とは、文字どおりウェブ上に投稿された小説である。ウェブ小説の誕生には、「小説投稿サイト」という形のウェブサイトの誕生が欠かせなかった。小説投稿サイトがなかった時代、アマチュア小説家が自らの創作物を公開する場は、同人誌などに限られていた。これらの場では、当然作品が読者の目

©Fafs F. Sashimi／藤ちょこ／株式会社KADOKAWA

図1　Fafs F. Sashimi『異世界語入門　～転生したけど日本語が通じなかった～』株式会社KADOKAWA、2018年7月

に触れる機会も限られる。しかし、小説投稿サイトができたことで状況は一変する。アマチュア小説家が作品を公開し、そしてその作品が多くの読者の目に触れる、巨大な場ができたのである。例えば日本最大級の小説投稿サイトである「小説家になろう」(https://syosetu.com/)は二〇〇四年に個人サイトとして開設されたが、一〇年に法人化し、[2]一九年七月現在、六十万作以上の作品が投稿され、登録者数は百五十万人を超えている。[3]このような場ができ、そこに投稿されるものとして生まれた小説。それがウェブ小説なのである。

小説投稿サイトでは、アマチュア小説家の作品の読者が自らもアマチュア小説家になり、作品を発表するという流れが生まれる。この流れには、ウェブ小説の一つのジャンルである「異世界転生もの」が大きな役割を果たした。このジャンルには、物語のテンプレートがある。現世でうだつの上がらないサラリーマンがトラックにはねられ、気がつくと現世の記憶をもったまま異世界に転生している。彼は異世界に転生した際に「チート能力」と呼ばれる強力な能力を手に入れ、その力をもって異世界で比類なき強さを誇り、美少女に囲まれる、というような型である。この型を用いると、そのなかの要素を埋めていくことで物語を作ることができ、小説執筆未経験者が初めて挑戦するハードルが下がる。多くの読者に、創作の門戸が開かれたのである。こうして、ウェブ小説家の数、またウェブ小説の作品数は飛躍的に増えていった。

小説投稿サイトの誕生とウェブ小説という形態の生成・拡大、そして異世界転生ものというジャンルの形成。「カクヨム」で公開されたウェブ小説『異世界転生したけど日本語が通じなかった』は、そのなかで現れた一つの特殊な作品だといえるだろう。異世界転生ものという型のなかで、異世界でも日本語が通じるという「お約束」があったからこそ、日本語が通じないというジャンルを逆手にとった物語が生まれた。多くの異世界転生もののウェブ小説があったからこそ、そのなかから、強度と緻密さをもった人工言語という突出した要素が付与された物語が生まれた。そして、小説投稿サイトという文学場が生まれ、巨大化したなかだったからこそ、つまり数多くのウェブ小説家が生まれたからこそ、そのなかから人工言語を作り出せる著者が生まれたのである。

ウェブ小説の登場によって生まれた新たな出版の形

それでは、このようにして生まれたウェブ小説『異世界転生したけど日本語が通じなかった』は、どのように書籍化され、『異世界語入門 ～転生したけど日本語が通じなかった～』（Fafs F. Sashimi、Lーエンタメ小説、二〇一八年）として出版されるに至ったのか。

ウェブ小説が作られ、読者に読まれる過程は、従来の出版業界のそれとは大きく異なっていた。

これまでのライトノベル作品は、様々な出版社の様々なレーベルが実施する新人賞を受賞して書籍化・出版されるという形が一般的だった。もしくは、すでにデビューした作家が、デビューしたレーベルの編集者と一緒に作り上げた作品が出版されていた。つまり、作家と出版社のライトノベルレーベルの編集者たちが作品を作り、読者の目に触れるのは、それが出版されてからだった。

しかしウェブ小説は、それが作者によって作り上げられていく過程のなかで、小説投稿サイトに投稿され、まず読者の目に触れる。すると、書籍として出版される以前から、作品を応援するファンがつく。彼らはまさにその作品の「最初の読者」であり（従来の商業出版書籍の最初の読者は、編集者である）、作品が人気を獲得するにつれ、そういった読者は作品を「ファンとして自分が育てた」という意識をもちやすくなるだろう。実際に、作品に読者がつき、彼らがコメントを寄せて勧めることで、さらに多くの人の目に触れる。そういった意味で、ウェブ小説は作家と、そして読者によって作り上げられるといっていい。

ウェブ小説『異世界転生したけど日本語が通じなかった』も、読者の注目を集めていた。そしてファンの応援によって話題を呼び、その結果として、当編集部が書籍化を打診したのである。冒頭で書いたとおり、「緻密に設計された人工言語のライトノベル」は非常に特殊で新奇性があるものであり、そのようなライトノベルがどれほど読者に受け入れられるかをデータもない状態で判断するのは、編集部・編集者にとって非常に難しい。加えて、人工言語・リパライン語の文字をどう書籍上で表すかなど、書籍化に際して様々なハードルがあった。にもかかわらず当編集部が本作を書籍化・出版したのは、この小説がウェブ上で人気を博しており、読者・ファンが多くいて、彼らの推す声があったからにほかならない。『異世界語入門　～転生したけど日本語が通じなかった～』の出版には、ウェブ小説の読者が大きな役割を果たしたのである。

従来の、作家と編集者が作品を作り上げて書籍化・刊行する出版に対して、ウェブ小説の出版では、作家と読者が作品を作り上げる。ウェブ上に投稿された小説を、読者が読み、ファンになって応援することで、その作品は出版されるのである。これは、新しい出版の形といっていいだろう。これまでは作品を享受する立場にあった読者が主体的に作品に関わる。この新しい出版の形では、読者がこれまで以上に重要な立場にあるといえるのである。

出版業界全体の変化

ウェブ小説の誕生とその書籍化・出版は、新しい形の出版の一つの事例にすぎない。しかしここには、出版業界全体の変化に関わる重要な要素が含まれている。

まず、インターネットという場の出現によって小説や漫画、エッセーなどのコンテンツを公開し、不特定多数の読者に読んでもらう機会が多くの人にもたらされたことである。インターネットが一般に普及する以前、不特定多数の人々に情報を届けることは、マスメディアの特権だった。つまり書籍化や雑誌掲載など出版・メディアのルートに乗せるしか、多くの読者に読んでもらう手段はなかった。しかしインターネットの出現によって、ウェブ上に様々な形の場ができた。小説投稿サイトやＳＮＳ（ソーシャル・ネットワーキング・サービス）、ブログサイトなど、アマチュアがその創作物を公開して多くの読者に読んでもらう場は、現在多岐にわたっている。その結果、創作とその発信のハードルは限りなく下がった。出版社は、一般ユーザーによってウェブ上で発信されたコンテンツを「ＵＧＣ」（User Generated Content）と呼び、小説や漫画といったコンテンツの新たな生成の仕組みとして注目している。

また、読者へのコンテンツの届け方の変化も見て取ることができる。情報が氾濫するいま、これまでのように誰も詳しい内容を知らない書籍を単に書店に並べるだけでは、読者にその存在を知ってもらうことさえ難しい状況になってきている。最近では、コンテンツや作家、また書籍レーベルのファンを育て、そのファンコミュニティーに向けて書籍を届ける、またコアなファンに作り手と一緒になって書籍を読者に届けてもらうという試みも出てきている。コンテンツの読者、ファンを、出版の仕組みのなかに取り込んでいるともいえるだろう。

このようにみていくと、「メディア」や「作家」と「読者」との境界が非常に曖昧になり、「出版業界」自体の輪郭がぼやけてきている様子が見て取れる。出版不況といわれる昨今、書籍の市場という意味での出版業界は縮小しているかもしれない。しかし、様々な形の作家やファンを巻き込んだ広義の出版界は、拡張を続けているのである。

注

（1）マッハ・キショ松「架空の言語をゼロから解読していくおもしろさ　ネット小説「異世界転生したけど日本語が通じなかった」が話題に」（「ねとらぼ」二〇一七年九月六日〔https://nlab.itmedia.co.jp/nl/articles/1709/06/news054.html〕［二〇一九年七月三十日アクセス］）など。

（2）まつもとあつし「〈「ネット投稿小説」の現在〉第3回　小説家になろう〜「場」の提供に徹底する先駆者」（「マガジン航」〔https://magazine-k.jp/2017/06/03/contemporary-web-fiction-03/〕［二〇一九年七月三十日アクセス］）から。

（3）「小説家になろう」（https://syosetu.com/）［二〇一九年七月三十日アクセス］から。

コラム

中国のネット小説事情

「起点中文網」のファンタジーカテゴリー「玄幻」を中心に

朱沁雪

はじめに

大陸のネット小説は開始当初（一九九四年）、BBSやフォーラムで掲載されることが多かったが、作品数と読者数の不断の増加に伴い、ネット小説投稿の専門サイトも出現した。本コラムではネット小説投稿サイト「起点中文網」（https://www.qidian.com/）によって促進した中国独自のファンタジージャンルである「玄幻」のあり方を解明したい。

「玄幻」とは何か

中国大陸ではファンタジーのジャンルを表す固定的な言葉がないため、「玄幻」および「奇幻」「魔幻」は並存し混同されることが多い。「起点中文網」の創立者兼CEOである宝剣鋒の言葉では、中国大陸のBBSやフォーラムで二〇〇一年に最もはやっていた三大ファンタジージャンルは「玄幻」「奇幻」「魔幻」である。彼によると、「玄幻」は中国特有の玄学思想をメインの要素として取り入れたジャンル、「奇幻」は日本の神道、妖怪と怪奇幻想の概念、およびヨーロッパ伝統神話を取り入れたジャンル、「魔幻」はアメリカをメインにした騎士と龍、および魔法系統要素を取り入れたジャンルである。(1)

そのうち、「玄幻」は外来ファンタジーを表す「奇幻」「魔幻」と異なり、一九八八年に香港の作家黄易（こうえき）がSF的な小説を創作するために生み出した「科学と東洋西洋の玄学の融合」という小説ジャンルに由来する。(2)

中国大陸へ渡った「玄幻」は科学要素を減らし、「東洋西洋の玄学」を中心にパターン化した物語を描くファンタジージャンルになり、ネットにとどまらず急速に一般化していく。近年は、猫膩『択天記』（全八巻、吉林美術出版社→人民文学出版社、二〇一五―一七年）、唐家三少『闘羅大陸』（全十四巻、太白文芸出版社、二〇〇九―一〇年）、天蚕土豆『闘破蒼穹』（全二十七巻、湖南少年児童出版社、二〇一〇―一二年）などの人気玄幻小説がドラマ、マンガ、ゲームにされるメディアミックス現象も起きている。

ネットで成長した「玄幻」は、ネット小説特有の誰でも書きやすいフォーマット、パターン化した物語という特徴をもっている。日本の「なろう系」のように、「起点中文網」の「玄幻」を代表とするネット小説は「起点文」と呼ばれることもある。さらに二〇一七年、「起点中文網」は政府組織の中国作家協会が連携し、「玄幻題材創作高級研修班」という玄幻小説の作家育成プログラムを開催し、玄幻作家を量産化している。(3)

「玄幻」と「起点中文網」

「玄幻」の展開を促したのは「起点中文網」である。二〇〇一年、宝剣鋒ら六人のネット作家が「玄幻」小説の同好グループ「玄幻文学協会」を立ち上げ、ファンタジー作品をメインに発表し始めた。「玄幻文学協会」は二〇〇二年五月十五日、「起点中文網」（以下、「中文網」と略記）に改名した。現在では、「中文網」が中国最大のネット小説投稿サイトになっている。

「中文網」のサイトカテゴリーの変遷から「玄幻」の特徴と展開がみられる。「玄幻中文協会」および「中文網」の初版と現時点のカテゴリーを表にまとめてみた（表１）。

表１の下線部が示すように、二〇〇二年の時点で「玄幻文学協会」に掲載されていたのはほとんどがファンタジー系のオリジナル作品と転載作品である。「玄幻」は武侠（中国風剣劇）と同じカテゴリーに分類され、西洋風のファンタジーは「魔幻」に、日本・韓国のファンタジーは「奇幻」に分類されている。

「日韓奇幻」に中国語版の田中芳樹『アルスラーン戦記』〔亚尔斯兰战记〕（亜爾斯蘭戦記）（全十六巻〔角川文庫→カッパ・ノベルズ〕、角川書店→光文社、一九八六—二〇一七年）がみられる。改名後の「中文網」では、「奇幻」「魔幻」の分類がなくなり、「玄幻武侠」は二つのカテゴリー「玄幻魔法」と「武侠異侠」に分裂している。そして、現在は「奇幻」が再び現れ、ファンタジー作品が「玄幻」「奇幻」に分けて掲載されている。

現在、大陸のネット小説投稿サイトは「魔幻」をカテゴリーにすることが少なく、おおむね中華ファンタジーを「玄幻」に分類し、西洋ファンタジーを「奇幻」に分類する傾向がある。

そのうち、「玄幻」は「中文網」で最多の作品数を有し、二〇一七年まで総作品数の三四パーセントを占めている。次に「都市」（一八パーセント）、「仙侠」（一二パーセント）、「奇幻」（七パーセント）となっている。(4)「玄幻」の物語展開は以下のパターンが最も多

表1　「玄幻文学協会」「起点中文網」のカテゴリー（下線は引用者）

サイト名	カテゴリー	ファンタジー系カテゴリーの小分類
玄幻文学協会	玄幻武侠、西欧魔幻、日韓奇幻（2002年3月27日）	なし
	玄幻魔法、武侠異侠、歴史軍事、都市言情、推理霊異、科幻動漫、散文詩詞（初版/2003年6月9日）	玄幻、魔法
起点中文網	玄幻、奇幻、武侠、仙侠、都市、現実、軍事、歴史、遊戯、体育、科幻、懸疑霊異、女生網（「起点女生網と同じアドレス」）、軽小説（現時点/2019年7月20日）	玄幻： 東方玄幻（中華風世界観）、 異世大陸（SF、欧米ファンタジー要素）、 王朝争覇（架空の中華風王朝）、 高武世界（国家設定がなく、武力スキルを手に入れた人が統治者になる）
		奇幻： 史詩奇幻（エピックファンタジー）、 剣与魔法（ヒロイックファンタジー）、 黒暗幻想（ゴシック、宗教、ウィッチクラフト要素がある）、 現代魔法（魔法要素のある現代もの）、 歴史神話（西洋と中国の伝統神話を元にした世界観）、 另類幻想（その他）

Wayback Machine（インターネットアーカイブ〔https://web.archive.org〕で記録したデータ（〔www.cmfu.com〕の2002年3月27日時点、2003年6月9日時点）および「起点中文網」（〔www.qidian.com〕［2019年7月20日アクセス］）のデータによって作成した

い。①主人公は天才タイプ（様々な知識やスキルを身につけている）と凡人タイプ（最初は一般人あるいは事故に遭遇して一般人になったが、道具入手、他人の援助などのきっかけによって強くなる）に分けられ、冒険の展開につれてモテキャラになる。②最終目標を達成するために様々な困難やバトルを乗り越えてレベルアップする。③主人公のレベルアップを促進するゲーム風世界観と任務がある。例を挙げると、互いに競い合う実力者や国家が世界を統一すること、スキルマップ（武術、仙人修行、神通力などの中華風スキル）は世界で修行して最強者になること、事件の解決を通して手がかりを収集して最も大きな謎を解くことなどである。

ここで、「玄幻」の人気作品をいくつか紹介したい。

老猪『紫川』：優秀な武将である主人公は自分の軍隊を立ち上げて紫川家族のために戦い、西川大陸を統一する（王朝争覇、二〇〇二年［小分類と掲載開始年、以下同］）。

天蚕土豆『闘破蒼穹』：天才少年の主人公はすべての能力を失い、指輪に憑依する幽霊に手伝わされ闘気大陸の頂点の守護者になる（異世大陸、二〇〇九年）。

蚕繭里的牛『武極天下』：平凡な少年が魔法の道具を手に入れ、武道の修行のために闘い、天運国で最強の武道家になる（東方玄幻、二〇一三年）。

また、異世界転生要素をもつ唐家三少『闘羅大陸』（東方玄幻、二〇〇九年）と猫膩『将夜』（東方玄幻、二〇一一年）では主人公が中華風の異世界に転生し、バトルを通して最強者になる物語を描いている。しかし、同じく転生要素をもつ乱『全職法師』（異世大陸、二〇一五年）は平凡な少年が異世界の魔法学園に転生し、「図騰獣（トーテム）」を探すために冒険する物語が描かれる。これは魔法使いのキャラクターと魔法学園の要素があるため、「玄幻」「軽小説（ライトノベル）」という二重のカテゴリーに区分される異色な作品である。(5)

また、「中文網」は人気作品から抽出したパターンを読者検索用のキーワードとして「作品流派」にまとめている。次のキーワードは「玄幻」小説の人気作品によって抽出した物語のパターンを細かく分類している。

練功流：主人公が武力技能をレベルアップすることによって物語が進行するパターン。
廃柴流：平凡な主人公があるきっかけでどんどん強くなるパターン。
争覇流：主人公が敵の団体や国を征服し覇王になるパターン。

なお、「中文網」での「軽小説」はカテゴリーの一つにすぎない［小分類：原生幻想（オリジナルのファンタジー）、青春日常、爆笑吐槽（ギャグ・ツッコミ）、衍生同人（二次創作）］。そのうち、「原生幻想」の作品特徴は「玄幻」と比較するとキャンパス、萌えキャラ、日本文化などの日本のラノベ要素が盛り込まれている。二〇一九年の人気作品を例にとると、軽語江湖『奶爸的（イクメンの）異界餐廳（レストラン）』（原生幻想、二〇一七年）で萌えキャラのロリ（小羅莉）はヒロインとされ魔法世界での冒険物語を描いている。藍天的白『地下城玩家（プレイヤー）』（原生幻想、二〇一九年）は主人公が魔王になるためにダンジョンでゴブリンを召喚し働かせる物語であり、魔王、ダンジョンなどのＲＰＧ要素が盛り込まれている。また、明月地上霜『我修的可能是假仙』「インチキ仙人修行」（爆笑吐槽、二〇一七年）は「玄幻」の人気題材である修仙（仙人になる修行）を選んだが、「玄幻」でなく「軽小説」に分類される作品である。主人公がゲームシステムと融合し、修仙学校で非日常的なことにツッコミを入れながらキャンパス生活を過ごす物語であり、多様なネタ、はやり言葉を使うツッコミ役の主人公が描写されている。「軽小説」の上位作品は、日本のサブカルチャーを多用し日本のライトノベルを想起させるところが多い。この点は「玄幻」に属する作品の特徴と明らかに異なっている。

「玄幻」と「起点中文網」姉妹サイト

「中文網」は男性読者向けの投稿サイトであり、同じ運営会社の「起点女生網」（https://www.qdmm.com/）は女性読者をターゲットにした姉妹サイトである。「女生網」は「玄幻」の作品を女性向けにした「玄幻言情（ロマンス）」というカテゴリーを設置し、少女や若い女性を主人公とし男性キャラと恋をしながら冒険を展開する物語を掲載している。

人気が高まった「玄幻」は大陸、香港、台湾などの中華圏に限らず、英語圏でも知られている。英語圏読者のため、人気作品の英訳版と海外のオリジナル作品を掲載する国際版サイト「起点国際版」（https://webnovel.com）はファンタジーカテゴリーをEastern FantasyとFantasyに分け、それぞれ「玄幻」と「奇幻」に対応している。各カテゴリーのイメージアイコンは、Fantasy／奇幻は西洋風のドラゴン、Eastern Fantasy／玄幻は中華風のドラゴンである（図1・図2）。

しかし、「玄幻」と「奇幻」のカテゴリーは全投稿サイトで統一されているわけではない。各ネット小説投稿サイトによって「玄幻」と「奇幻」を分けたり、合わせて同じカテゴリーに分類したりしていて、小分類に至っては「東方玄幻」「西方奇幻」「玄幻奇幻」「玄幻仙侠」「科幻奇幻」など入り乱れている。

おわりに

本コラムでは「玄幻」を中心にして中国ネット上のファンタジー小説について紹介した。「起点中文網」は「玄幻」「奇幻」を用いて中国と外来のファンタジーを区分している。パターン化した「玄幻」の展開は、中国のゲーム世代から影響を与えられていると考えられる。また、「起点文」の成り立ちと日本の「なろう系」との関連性について今後は注目する必要がある。

注

（1）宝剣鋒「中国網絡文学発展史」（https://zhuanlan.zhihu.com/p/32876011）

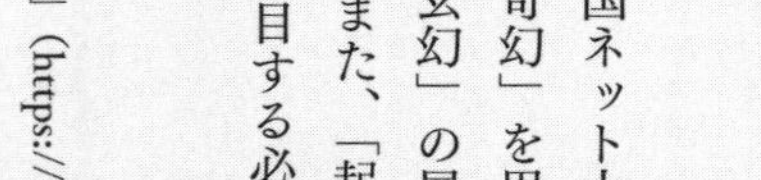

図1　「起点中文網」のカテゴリーアイコン
（出典：「起点中文網」〔www.qidian.com〕［2019年7月20日アクセス］）

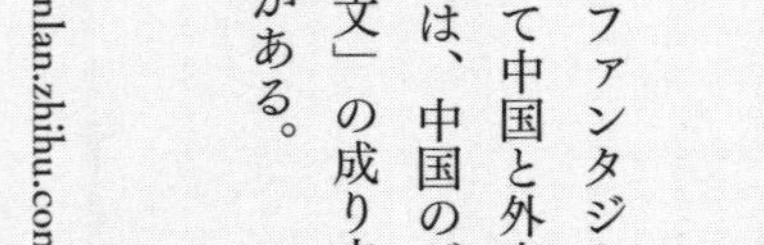

図2　「起点国際版」のカテゴリーアイコン
（出典：「起点国際版」〔webnovel.com〕［2019年7月20日アクセス］）

［二〇一九年七月二十日アクセス］

（2）黄易「作者簡介」『月魔』博益出版社、一九九六年。初版は一九八八年。

（3）「玄幻題材創作高級研修班報名開始」「起点中文網」（https://www.qidian.com/news/detail/41934275）［二〇一九年七月二十日アクセス］

（4）「閲文集団（00772.HK）102頁深度報告——中国網絡文学領導者」方正証券、二〇一八年、四一ページ（複数カテゴリーに属する作品は重複統計されている。）

（5）前述の作品は「起点中文網」の「網絡文学大事記」で取り上げられた代表作である（「網絡文学大事記」［https://acts.qidian.com/2018/6175251/index.html］［二〇一九年七月二十日アクセス］）。

第2部

創作空間としてのメディア

第５章

遍在するメディアと広がる物語世界

メディア論的視座からのアプローチ

山中智省

はじめに

私たちの周りには、数多くの「メディア」がある。

例えば新聞、雑誌、テレビといったマスメディアのほか、「Facebook」「Twitter」「LINE」などのＳＮＳ（ソーシャル・ネットワーキング・サービス）に代表されるインターネット上のソーシャルメディア、「YouTube」を筆頭とする動画共有サービスに加え、小説、マンガ、アニメ、ゲームをはじめとした表現媒体、あるいはパソコンやスマートフォンなどの情報通信機器、ＣＤやＤＶＤのような記憶媒体など――。まずはこのあたりが思い浮かびやすいだろうか。また、近年は特にＳＮＳの急速な普及に伴い、誰もが手軽に情報を広く発信・共有できるようになったことから、社会の「メディア化」[1]と呼ばれる現象も進行しつつある。したがって、「メディア（media）」という語が意味する「媒体（何かと何かの仲立ちとなるもの）」とは、いまや一方向的な情報伝達にとどまらず、双方向的なコミュニケーションを媒介するモノやコトとして捉えておく必要があるだろう。

他方で、これらの存在を前提に特定の物語を他／多メディアに拡大再生産していくメディアミックスが盛んな今日では、戦略的に複数のメディアをまたぎながら作品が供給されるため、そうした動向に合わせた物語受容や創作活動の実践も珍しいことではない。読者がとある物語を小説で読み、派生作品の数々を同時並行で楽しみながら、ときには自分の思いや考えをSNSで共有して、二次創作を投稿サイトに掲載する――といった行為や光景は、もはやありふれたものといえるだろう。このように現代のメディアとは、物語の生産と受容、それに伴う情報発信・共有のあり方とも深く結び付いているものなのだ。そして現在、メディアミックスを含む物語の他／多メディア展開はすっかり常態化したものの、新興メディアを取り込んだ新しい展開手法が次々に登場し、その様相はますます多様で複雑なものになりつつある。

こうしたなか、変容を続けるメディアの動向に着目した批評や評論、学術研究が活発におこなわれており、最近は入門書や論集の出版もあとを絶たない。例えば日本のメディアミックスを対象とした研究に限ってみても、マーク・スタインバーグらをはじめとした複数の成果を挙げることができる。[2] メディアに関する諸相とは、まさにいまホットな研究トピックなのだ。なお、これらの取り組みは総じて「メディア論」とも呼ばれ、端的には「コミュニケーションを媒するメディアに着目した、知の領域のこと」[3] を指している。現在は「メディアはメッセージである」という警句で知られるマーシャル・マクルーハンのメディア論[4] をはじめ、様々な理論が各領域で展開されており、人間、社会、文化の変容はもちろん、メディアと物語の関係性に迫るためにも重要な視座と見なされているのである。

以上を踏まえて本章では、ライトノベルなどの小説を交えたメディアミックスをめぐる関連動向のうち、現状を知るうえで示唆に富むと考えられる近年の事例を取り上げながら、メディア横断的な物語の生産と受容の具体相へとアプローチしていく。そして、これらの動態把握におけるメディア論的視座の必要性を再確認したい。

1　「読んでから見るか、見てから読むか」の現在

さて、現在盛んにおこなわれているメディアミックスの歴史をひもとくと、有力な一源流と見なされているのは

一九七〇年代後半以降、主に角川書店周辺で活況を呈した通称「角川商法」と呼ばれるビジネスモデルである。これは、角川書店発行の横溝正史『犬神家の一族』、森村誠一『人間の証明』、赤川次郎『セーラー服と機関銃』などの小説をもとに映画を製作し、サウンドトラック等の関連商品を同時展開することで生じる高い相乗効果によって、原作小説の大々的な広告や販売促進を狙ったものであった。そして、この商法は当初から大きな成功を収めた結果、以後の「角川映画」(5)に隆盛をもたらす原動力になる一方で、その基本戦略は今日の文学や文芸、ライトノベルへと受け継がれていくことになる。(6)なお「読んでから見るか、見てから読むか」という有名なキャッチコピーに象徴されるとおり、小説と映画の双方で供給される作品に対して、メディア横断的な物語受容を促していた点も目立った特徴であった。

また、このような「角川商法」のモデルを踏襲して大規模な他／多メディア展開を実施したもののうち、近年の代表的な成功例として記憶に新しいのは、アニメーション監督・新海誠の長篇アニメ映画をめぐる一連のメディアミックスだろう。まず、二〇一六年八月に公開を迎えた『君の名は。』は周知のとおり、国内の興行収入が二百五十億円を突破する大ヒット映画となったわけなのだが、この現象の一端を占めた映画と小説（ノベライズ）のメディアミックスも、非常に興味深い様相を呈していたのである。

同作のノベライズは六月以降、新海が執筆した「原作小説」という扱いの『小説 君の名は。』（〔角川文庫〕、ＫＡＤＯＫＡＷＡ、二〇一六年）を皮切りに、外伝小説である角川スニーカー文庫版（二〇一六年）と前掲『小説 君の名は。』を児童文庫化した角川つばさ文庫版（二〇一六年）が、映画本篇に先駆けて順次刊行された。この最中、「Twitter」上の「新海誠作品ＰＲスタッフ」公式アカウントでは「〔『小説 君の名は。』の：引用者注〕あとがき＆解説→映画→角川文庫本文→スニーカー文庫→映画がおススメ！」(7)という広告ツイートが見受けられたのである。つまり『君の名は。』では、映画とノベライズが相互補完関係にあると明示することによって、二つのメディアを横断／往還した物語受容を公式側が推奨していたわけなのだ。その結果、特に新海の著作は百万部超の売り上げを記録して、年間本ランキングの文庫部門第一位を獲得するに至ったのである。(8)

こうした映画と小説の関係性や受容のあり方を提示する広告宣伝は、二〇一九年七月公開の次作『天気の子』でよりいっそう顕著になっていく。例えば本篇公開前に初版五十万部で刊行された新海の著作『小説 天気の子』（〔角川文庫〕、KADOKAWA、二〇一九年）は他作品のノベライズとともに、「映画が2倍楽しめる 新海誠の物語の世界」とPRされたのである（図1）。一方、新海自身は映画版と小説版を「基本的には同じもの」と語りながらも、「メディアの違いに起因」する描写の差異として、「小説とは、ストーリーと表現を切り離せないメディアのことである。だから同じ人物の同じセリフであっても、映画と小説では場合によって仕込み方が変わってくる」(9)と説明していた。すなわち、同一クリエイターが各メディアの特性を踏まえ、統一性や均一性を担保した作品／物語のバリエーションを生み出し、同時にその受容を効果的／戦略的に実現しえたこともまた、大ヒットを生む重要な一因だったと考えられるのである。(10)

さらに『小説 天気の子』では「Twitter」に代表されるSNSを駆使して、小説読者の情報共有・発信を促す取り組みが積極的に進められていた。その一つが、ちょうど同作の累計発行部数が六十二万部に到達する二〇一九年八月後半に始まった「読書感想文ツイッターキャンペーン」である。賞品も用意されたこのキャンペーンは、「#小説天気の子感想文」というハッシュタグ（投稿のカテゴライズ検索に使用するタグ）をつけた感想ツイートの投稿を読者に促すもので、不特定多数の人々による口コミの誘発とともに、ハッシュタグを利用した感想の一括閲覧・共有を可能にするものだった。また、同年九月公開の伊藤智彦監督による長篇アニメ映画『HELLO WORLD』のメディアミックスでは、野崎まどの原作小説と伊瀬ネキセのスピンオフ小説を、新興の小説投稿サイト「LINEノベル」やそのアプリで期間限定公開のうえ、「Twitter」の「読書感想コメントキャンペーン」との連携展開をおこなったのである。

まさにSNS隆盛の時代ならではのこのような取り組みは、広大なインターネット空間

図1　新海誠『小説 天気の子』（〔角川文庫〕、KADOKAWA、2019年）刊行時の書店販促用POP

を介した読者共同体の形成や可視化の契機であり、同時に、現代の読者を取り巻く「多様なメディアが融解した中でのネットワーク化された読書」[11]の「メディア化」を示す証左でもあった。だからこそ、「読んでから見るか、見てから読むか」の現在のうち、特に読者の受容面を捉える際には示唆に富む動向といえるだろう。

2　多様で複雑なライトノベルをめぐるメディアミックス

続いては、個々の展開規模は大小様々であるものの、多彩なメディアミックスをコンスタントに実施しているライトノベルへと目を向けたい。以前から「現代における物語受容のきわめて特徴的な様態を示」し、「物語の変容を示す重要な指標」[12]と見なされてきたライトノベルは、いまなお多種多様な作品を世に送り出している。また、最近では長篇アニメ映画（劇場版）のほかに、「聴く本」を謳うオーディオブックや2・5次元舞台[13]といった新規の展開先も交えながら、メディアミックスによってバリエーション豊かな物語をマンガ、アニメ、ゲーム、映画、音楽など、幅広い媒体へと拡大再生産しているのである。

さて、ライトノベルに限った話ではないものの、メディアミックスの起点や展開先、派生作品の登場順は各事例で異なるため、それに合わせて物語の広がり方や受容のされ方も当然ながら変わってくる。マーク・スタインバーグが述べているとおり、メディアミックスとは「ただの商業的な戦略」ではなく、「表現の形式であり、複数の異なる断片からなる、より大きなメディアの世界を構築するための方法である。（略）たとえそれが商業的でも、表現としての実践である」[14]という特性をもつ。ゆえにメディアと物語の関係性に迫るためには、メディアミックスという現象に連なるメディアや作品の数々を、テクストの総体を成立させる諸ネットワークのなかに位置づけなければならない。[15]となれば、実際の分析時には横濱雄二が指摘した「作品の空間的時間的展開」[16]への注目が不可欠になってくる。

ただし別稿[17]でも触れたとおり、ことにライトノベルをめぐるメディアミックスは近年、多様化・複雑化の様相を呈しているため、「作品の空間的時間的展開」を含む全容の把握は必ずしも容易ではない。なかでも二〇一〇年代に盛り上がりをみせたウェブ発の作品群、具体的には「小説家になろう」(https://syosetu.com/)や「カクヨム」(https://kakuyomu.jp/)といった、インターネット上の小説投稿サイトに出自をもつものは十分な注意が必要だろう。

例えば、『このライトノベルがすごい!2019』(宝島社、二〇一八年)で文庫部門第四位(新作では第二位)に入ったしめさば『ひげを剃る。そして女子高生を拾う。』(〔角川スニーカー文庫〕、KADOKAWA、二〇一八年―)(図2)は、二〇一七年三月から「カクヨム」で連載された「剃り残した髭、あるいは、女子高生の制服」を改題刊行した書籍版で、現在はコミカライズも進められている。こうしたなか、ウェブ連載版(ウェブ版)はいまも閲覧可能な状態で「カクヨム」上に残されており、書籍刊行後も読者のレビューが増え続けているのだ[18]。したがって、メディアミックスの起点や物語受容の様態を検討する際にはこのウェブ版の存在と、そこから派生していった作品群との関係は無視できない。

また、前掲『このライトノベルがすごい!2019』の単行本・ノベルズ部門で第五位の伏瀬『転生したらスライムだった件』(〔GCノベルズ〕、マイクロマガジン社、二〇一四年―)の場合、こちらもやはり「小説家になろう」で二〇一三年から一五年まで連載されたウェブ版[19]を残したまま書籍化を果たし、

図2　しめさば『ひげを剃る。そして女子高生を拾う。』第1巻(角川スニーカー文庫)、KADOKAWA、2018年

図3　『転生したらスライムだった件』の書籍版(伏瀬、第1巻〔GCノベルズ〕マイクロマガジン社、2014年)とコミック版(川上泰樹、第1巻〔シリウスコミックス〕、講談社、2015年)

マンガ化、アニメ化、ゲーム化といったメディアミックスがおこなわれた。ここでもウェブ版を起点に派生作品が順次登場してくるのだが、ウェブ版を改稿した書籍版の刊行後、一五年に「月刊少年シリウス」（講談社）での連載を経て単行本化された川上泰樹作画のコミック版は、書籍版をもとに制作されている[20]（図3）。そして、一八年に放送されたテレビアニメはウェブ版でも書籍版でもなく、後発のコミック版を原作に据えていたのである[21]。

以上の事例をみてもわかるとおり、ライトノベルをめぐるメディアミックスの様相を捉えていくうえでの難しさとは、展開先の多さや異なるメディア同士のつながり、派生作品の登場順に起因するものだけではない。端的にいうならばウェブ発の作品群を筆頭に、ライトノベルを交えたメディアミックスがもたらす作品／物語のバリエーションは、何が何の「原作」でどこからの「派生作品」なのか、そもそも何を基準に「原作」と見なすのかなどについて、とかく判断に迷いやすいのだ。むしろ、それらがメディアを横断しながら併存し受容されている昨今の状況からすれば、特定の作品を唯一無二の「原作」として特別視する見方そのものが、もはや実態になじまなくなってきているのである。

3　「アダプテーション」が発生するポイントはどこか

メディアミックスについてはこれまでにも、「データベース消費[22]」や「フラット化[23]」などをキーワードにしながら、「ある作品が同時に他媒体の作品の広告であり、特権的な〈原作〉は存在せず、相互参照的な「物語群」だけが存在する[24]」という特性が指摘されてきた。本章が取り上げたメディアミックスの事例もまたしかりだが、このような状況は特に、近年のライトノベルで活況を呈するウェブ発の作品群に顕著だった。なればこそ、複数のメディアにまたがった作品の総体を一つのテクスト、あるいはコンテンツと見なして、個々の作品／物語のバリエーションが物語世界全体やその背景文化、メディア、ジャンルのなかで、どのような位置にあるのかを見極めることがやはり肝要になる[25]。

また、先ほどの『転生したらスライムだった件』の事例を思い返してみると、表面上は一見フラットな関係にみえる「物語群」であっても、バリエーション同士の参照関係は意外と複雑であったりする。仮に、物語世界全体を把握しようとしたならば、今度は相互の「間テクスト性」や「間メディア性」の問題へと着目していくことが求められる。この場合、例えばリンダ・ハッチオンが提唱した「アダプテーション論[26]」のように、拡大再生産されていく物語を「アダプテーション（翻案）」の観点から分析することで、「原作」との差異などを肯定的に捉える理論の導入が有効だろう。さらにいえば、「アダプテーション論」をはじめとした研究的アプローチの有効性を高めていくうえでも、実際にいつ、どこで「アダプテーション（翻案）」が発生しているのかというポイントの把握は非常に重要であり、だからこそ、メディア論的視座によるメディアミックスの動態把握は必要不可欠なプロセスなのである。

ここで注意しておきたいのは、とりわけ小説投稿サイトに出自をもつ作品の場合、メディアミックスの範疇とされる事柄が従来とはやや異なっている点だ。そのことを示唆しているのが、以下に挙げた「カクヨム」編集長・萩原猛の発言である。

――書籍化する際には、作品に対しての編集作業も入るのですか？

萩原　基本的には各レーベル・各編集者の判断に委ねる部分が大きいですね。なので、カクヨム編集部としての統一した指針のようなものはありません。

なので、ここからは個人的な話となりますが、僕は書籍の編集もやっているので、横書きのWeb小説から縦書きの本にする時点でそれは〝メディアミックスである〟という考え方を持っています。

ウェブで読みやすい横書きの小説と、紙で読みやすい縦書きの小説は絶対に違うものとなりますので、書籍化の際にはコミカライズくらいのレベルで作品を1度解体して、新しいメディア（＝本）に適した形へとつくり変えるということをしています。[27]

おそらく「メディアミックス」と聞いて一般的に想起されやすいのは、それこそ「角川商法」を彷彿させる大規模展開や小説のマンガ化、アニメ化、ゲーム化といったメジャーな他／多メディア展開だろう。しかしながら、実際には前述の萩原の発言にみられるように、現在進行形の「メディアミックス」とそれに伴う「アダプテーション（翻案）」は、想定よりもずっと身近で、かつ小規模なところから動き始めているのだ。ウェブ発の作品群が主にライトノベルの周辺で隆盛を誇っている昨今、多様で複雑な様相を呈しているメディアミックスには、こうした小規模化の傾向も現れているのである。

おわりに

私たちの周りには、数多くの「メディア」がある。それらはまた、メディアミックスを追い風に「複合」をたび繰り返しながら、これまでにない新たな諸動向を生み出していく。本章でみたメディアミックスの各事例から浮かび上がってくるのは、まさしくこの点にほかならない。

思えば、本章が特に着目してきたライトノベルは、親和性をもつ多彩な文化、メディア、ジャンルなどを貪欲に取り込みながら発展を遂げ、現代日本の物語文化[28]の一端を担うまでになった「複合的な文化現象[29]」である。昨今ではそれと同様の現象が、小説を交えたメディアミックスの周辺はもちろんのこと、本書収録の別稿でも言及しているライト文芸、ウェブ小説、児童文庫などにも現れているというのは、はたして「ライトノベルの浸透と拡散」とみるか、はたまた「小説のライトノベル化」なのか――。この点についてはいまだ意見が分かれるところだろう。

とはいえ、いずれにしても現代の物語の生産・供給・受容に関わる動態をつぶさに捉えていくうえでは、メディア論的な視座が不可欠なのは間違いない。いうなればそれは、メディアが遍在する物語世界の〝いま〟を歩んでいく道を見いだすための視座なのだ。

注

(1) 渡辺武達／金山勉／野原仁編『メディア用語基本事典 第2版』(世界思想社、二〇一九年) によれば、「メディア化」とは「メディア提供情報依存社会」のことであり、「生活上の直接的対話よりも経済・政治・文化等、社会の全局面においてメディアの役割が決定的な状況をいう」(二四一ページ) とされている。

(2) 例えば、マーク・スタインバーグ『なぜ日本は〈メディアミックスする国〉なのか』(大塚英志監修、中川譲訳〔角川E-PUB選書〕、KADOKAWA、二〇一五年)、大橋崇行／山中智省編著『ライトノベル・フロントライン3――特集 第2回ライトノベル・フロントライン大賞はこれだ!』(青弓社、二〇一六年) 所収の小特集「メディアミックスの現在」、大塚英志編『動員のメディアミックス――〈創作する大衆〉の戦時下・戦後』(思文閣出版、二〇一七年) など。

(3) 水越伸「メディア論の視座」、水越伸編著、飯田豊／劉雪雁『メディア論』所収、放送大学教育振興会、二〇一八年、一五ページ

(4) M・マクルーハン『メディア論――人間の拡張の諸相』栗原裕／河本伸聖訳、みすず書房、一九八七年

(5) 中川右介『角川映画 1976―1986 増補版』(角川文庫)、KADOKAWA、二〇一六年

(6) 詳細については、川崎拓人／飯倉義之「ラノベキャラは多重作品世界の夢を見るか?」(一柳廣孝／久米依子編著『ライトノベル研究序説』所収、青弓社、二〇〇九年)、前掲『なぜ日本は〈メディアミックスする国〉なのか』などを参照。

(7) 新海誠作品PRスタッフ (@shinkai_works) の二〇一六年七月二十八日午前八時十九分のツイート (https://twitter.com/shinkai_works/status/758441601362300928) [二〇一九年九月二十日アクセス]

(8) 「2016年 年間本ランキング、『小説 君の名は。』ミリオン突破!話題の『天才』『ハリー・ポッター』最新刊もBOOK総合上位を席巻」「ORICON NEWS」二〇一六年十二月一日 (https://www.oricon.co.jp/special/49579/) [二〇一九年九月二十日アクセス]

(9) 新海誠『小説 天気の子』(角川文庫)、KADOKAWA、二〇一九年、二九七ページ

(10) 長篇アニメ映画のメディアミックスで、アニメーション監督が映画と小説の双方を手掛けたほかのケースとしては、例えば細田守監督の『おおかみこどもの雨と雪』（二〇一二年）、『バケモノの子』（二〇一五年）、『未来のミライ』（二〇一八年）のノベライズ（いずれも角川文庫、KADOKAWA）がある。

(11) 上田祐二「マルチメディア時代の読書とその教育」、山元隆春編『読書教育を学ぶ人のために』所収、世界思想社、二〇一五年、二二〇ページ

(12) 一柳廣孝「はじめに」、前掲『ライトノベル研究序説』所収、一四ページ

(13) 二〇一九年九月現在では、秋田禎信『魔術士オーフェンはぐれ旅』シリーズ（〔富士見ファンタジア文庫〕、富士見書房）、アネコユサギ『盾の勇者の成り上がり』シリーズ（〔MFブックス〕、KADOKAWA）、成田良悟『デュラララ!!』シリーズ（〔電撃文庫〕、KADOKAWA）などの舞台化事例が確認できる。

(14) 前掲『なぜ日本は〈メディアミックスする国〉なのか』四三ページ

(15) 小林義寛「メディア・ミックス・コミックス――マンガが読者と出会う場所」、吉田則昭編『雑誌メディアの文化史――変貌する戦後パラダイム 増補版』所収、森話社、二〇一七年、三三四―三三五ページ

(16) 横濱雄二「第7章 メディアミックス――そういうのもあるのか」、山田奨治編著『マンガ・アニメで論文・レポートを書く――「好き」を学問にする方法』所収、ミネルヴァ書房、二〇一七年。なお「空間的時間的展開」について横濱は、「メディアミックス作品の空間的展開としては、他媒体への展開や類似作品の叢生、受容の様態や受容者の動きなどが考えられる。同じく時間的展開としては、物語内部の時間的展開と、ある媒体から他媒体へ広がるにあたっての時間的な差異との双方がある」（一六五ページ）と説明し、特にこれまで考察が不十分だった「時間的展開」への注目を促している。

(17) 拙稿「多様化・複雑化していくライトノベルの／とメディアミックス」、前掲『ライトノベル・フロントライン3』所収

(18) しめさば「ひげを剃る。そして女子高生を拾う。」「カクヨム」（https://kakuyomu.jp/works/1177354054882739112）［二〇一九年九月二十四日アクセス］

(19) 伏瀬「転生したらスライムだった件」「小説家になろう」（https://ncode.syosetu.com/n6316bn/）［二〇一九年九月二十四日アクセス］

(20) 伏瀬、GCノベルズ編集部編『転生したらスライムだった件8・5 公式設定資料集』（GCノベルズ）、マイクロマガジン社、二〇一六年、二九九―三〇〇ページ

(21) ただしテレビアニメの「原作」欄には、コミック版の作画を担当した川上泰樹に加え、ウェブ版と書籍版を執筆した伏瀬、書籍版のイラストを担当したみっつばーの三者がクレジットされている。

（22）東浩紀『動物化するポストモダン――オタクから見た日本社会』（講談社現代新書）、講談社、二〇〇一年
（23）遠藤知巳編『フラット・カルチャー――現代日本の社会学』せりか書房、二〇一〇年
（24）前掲「ラノベキャラは多重作品世界の夢を見るか？」二九―三〇ページ
（25）この点に関する示唆に富む先行研究としては、例えば大橋崇行「マンガ、文学、ライトノベル」（小山昌宏／玉川博章／小池隆太編『マンガ研究13講』所収、水声社、二〇一六年）、玉井健也「物語・ゲーム・ライトノベル――ウェブ小説と物語論の関係」（「東北芸術工科大学紀要」第二十五号、東北芸術工科大学、二〇一八年三月）、同「ウェブ小説に見る物語構造と虚構性――『転生したらスライムだった件』を事例として」（「東北芸術工科大学紀要」第二十七号、東北芸術工科大学、二〇二〇年三月）などが挙げられる。
（26）リンダ・ハッチオン『アダプテーションの理論』片渕悦久／鴨川啓信／武田雅史訳、晃洋書房、二〇一二年
（27）須賀原みち「小説投稿サイト「カクヨム」編集長インタビュー「編集者は危機感を持ってほしい」」「KAI-YOU.net」（https://kai-you.net/article/28006）［二〇一九年九月二十七日アクセス］
（28）大橋崇行『ライトノベルから見た少女／少年小説史――現代日本の物語文化を見直すために』笠間書院、二〇一四年、二五四―二五七ページ
（29）前掲「はじめに」一三ページ

第6章

三つのメディアの跳び越えかた
丸戸史明『冴えない彼女の育てかた』を例に

山田愛美

はじめに

『冴えない彼女の育てかた』（富士見ファンタジア文庫〔KADOKAWA〕）は丸戸史明のライトノベルで、二〇一二年七月から一七年十月にかけて本篇十三冊が刊行され完結した。[1] また、アニメ化がされており、第一期が一五年一月から三月まで、第二期が一七年四月から六月までフジテレビ「ノイタミナ」枠で放送された。本作は、アニメ第二期放送中の二〇一七年三月の時点で、ライトノベルのシリーズ累計が二百五十万部を突破したという情報[2]もある、富士見ファンタジア文庫のヒット作品である。『冴えない彼女の育てかた』は著者・丸戸史明のライトノベルデビュー作だが、それ以前に著者は美少女ゲームのシナリオライターとして活動していた。美少女ゲームの代表作に『パルフェ――ショコラ second brew』（戯画、二〇〇五年）、『世界でいちばんNGな恋』（HERMIT、二〇〇七年）、『WHITE ALBUM2――introduction chapter』（Leaf、二〇一〇年）、『WHITE ALBUM2――closing chapter』（Leaf、二〇一一年）などがある。なかでも、著者がシナリオを担当した『この青空に約束を――』（戯画、二〇〇六年）は、「美少女ゲームアワード２００６」でシナリオ賞、ユーザー支持賞、純愛系作品賞をそれぞれ受賞し、大賞に抜擢されている。[3] このように、『冴えない彼女の育てかた』執筆以前、著者は美少女ゲームシナリオライターとして高く評価されていた。

一般的に、美少女ゲームとは一人のプレーヤーを想定した、アニメ風のイラストで描かれた女性キャラクターとの恋愛の成就を目的とする、男性向けのアドベンチャーゲームあるいはシミュレーションゲームのことを指す。[4]美少女ゲームが登場し始めたのは一九八〇年代で、当時はポルノ表現に特化していたが、九〇年代以降、テキストを読む行為を前面化したビジュアルノベル形式のゲームが流布し、キャラクターや物語の要素も注目されるようになった。[5]このような美少女ゲームは「データベース消費」の観点から論じられてきた側面がある。[6]「データベース消費」に関する議論を踏まえて、「美少女ゲームで発展した萌えや物語類型は、ライトノベルのイラスト、キャラクター、物語といった要素に大きな影響を与えたのである」[7]と、美少女ゲームのライトノベルへの影響も指摘されている。

『冴えない彼女の育てかた』はライトノベル刊行と併行して、アニメが第一期・二〇一五年一月から三月まで、第二期・一七年四月から六月まで、フジテレビの「ノイタミナ」枠で放送された。先に触れたように、ライトノベルや美少女ゲームは「データベース消費」に基づいて論じられることが多いが、本章では『冴えない彼女の育てかた』について、美少女ゲーム、ライトノベル、アニメ、それぞれのメディアおける表現の特性に着目にしてみたい。

1　「会話劇」としての『冴えない彼女の育てかた』

ライトノベル版『冴えない彼女の育てかた』の表現方法について、著者は以下のように述べている。

――初めてライトノベルを書くにあたって、ゲームシナリオとの違いで苦労したことはありましたか？

会話劇ですから、会話に会話をずっとかぶせていくという表現方法なんですね。でも読者にはわかりにくかったようで、一巻が出たときには相当叩かれました。地の文もあるんですが、それはあくまでキャラクターの心情を表すものであって、「誰々がなになにをした」というような状況の説明はあまり必要ないと思っていました。（略）それで一巻はどうしたかというと、ほとんど会話文でつなげて、地の文はなくしたんですね。つまりゲームと同じ手法です。ゲームの場合は状況が画面に出てくるので、地の文はいらないんですね。でも、ライトノベルには画面がありません。だからわかりにくくて叩かれたと（笑）。[8]

ここでは、美少女ゲームとライトノベルの表現方法の違いとして、キャラクターの会話文と地の文の比重について言及している。たしかにライトノベルと異なり、美少女ゲームは会話文だけで進められていても不自然ではない。例として、丸戸の前作である『WHITE ALBUM2――introduction chapter』序盤のテキストとプレー画面を参照する。

雪菜「あの、実行委員さん…」
春希「いや、実行委員はこいつだけで、
　俺は単なる手伝いなんだけど…」
親志「E組の早坂。よろしく～」
雪菜「あ、そなんですか？
　えっと、それでですね…」
男子生徒１「あ、いたいた春希。
　ラグビー部の屋台の許可ってどうなった？」
春希「それなら昨日通しといた。
　申し送り事項は全部まとめて部長に渡したから」

男子生徒1「お、サンキュ。いつも悪いな。」
春希「…と、話の腰を折ってごめん。
　で、なんだっけ。」
雪菜「その、今さらこんなこと言うの、
　本当に申し訳ないって思うんですけど…」(9)

基本的に、美少女ゲームはプレーヤーがパソコンのキーボードをクリックしてテキストを読み進めていく仕組みである。画面には背景絵やキャラクターの立ち絵が映し出され、さらにそれと同時にキャラクターのセリフや効果音、BGMなどの音声が再生される。図1の例では、学校の廊下が描かれた背景絵と主人公を除くキャラクターの立ち絵が画面に映されている。さらに、キャラクターの立ち絵がストーリーの進行に沿って変化し、キャラクターの表情や動作が表現されている。おのずと、物語が進行している場所、物語に関与するキャラクターについて、テキストでの描写は不要になる。

また、例に挙げた場面に登場する男子生徒1というキャラクターは主要キャラクターではないが、彼の登場によって、主人公・春希が多くの生徒から文化祭の仕事を引き受けているという状況説明の代替になっている。この男子生徒1に関してテキストでの描写はないが、「男子生徒1」という表示があること、主要キャラクターとは別の声でセリフが再生されること、立ち絵がないことから、男子生徒1が主要キャラクターではないという判別が可能である。以上のように、背景絵やキャラクターの立ち絵などの視覚的な情報、効果音やBGMなどの聴覚的な情報といったテキスト以外の情報が、美少女ゲームには多分に含まれている。

図1『WHITE ALBUM2――introduction chapter』Leaf、2010年

ここで、「会話劇」で構成したという、ライトノベル版『冴えない彼女の育てかた』第一巻「プロローグ」を参照してみたい。


「舞台は東京から飛行機で一時間くらい南の離れ小島でさ……」

放課後の教室は、斜めから差し込む夕陽で赤く寂しく輝いている。

(略)

「ねぇ……」

「言い忘れてたけど、この世界では『神界』と『魔界』と『人間界』が共存してて……」

「あと、技術も進歩してて、主人公の家にはメイドロボが三体もいるんだけど……」

「あのさ……」

(略)

「あ、ついでにヒロインには全員に一つずつ得意な武術があって……」

「いい加減黙れぇぇぇぇ〜!!!」

(略)

さっきから目の前でわめき散らしてた女が軽くうつむいて頭を押さえる。

と、そいつの表向きのトレードマークとも言える金色の髪が、さらさらと軽く音を立てて肩からこぼれ落ちる。

その、初対面の男なら間違いなく一瞬で目を奪われる、細工物のような金髪に白磁のような肌。

英国人の父親と日本人の母親を持った日本育ちの同級生。

澤村・スペンサー・英梨々。[10]

この引用はライトノベル版『冴えない彼女の育てかた』第一巻の「プロローグ」、つまり本作の冒頭であり、主人公・倫也と英梨々の会話から物語は始まる。基本的に地の文は「俺」の一人称で、放課後の教室に「俺」の声が響いているという描写がある。しばらくは「俺」の一人語りが続き、その声を聴く人物は、「俺」のセリフの間に挟まれる「ねぇ……」「あのさ……」というセリフによって表現されている。しかし、その人物はそれらのセリフ以前に地の文で描写されていないため、「俺」のセリフなのか「俺」以外の人物のセリフなのか、この段階では不明瞭である。「いい加減黙れぇぇぇぇ〜!!!」以後は「俺」と「俺」の話を聞いていただろう人物との会話がしばらく続き、続く引用部の「(略)」のあとになってはじめて、そのキャラクターについて地の文で言及されるのである。ここで、その人物が複数人でなく一人であること、「女」であること、またその容姿が描写される。引用にあるように性別や容姿は描写されるものの、依然としてキャラクターの動作や表情については地の文では触れられないのである。

著者が述べていたように、ライトノベル版『冴えない彼女の育てかた』は多くが会話文で構成されていて、地の文で説明されていない情報が多い。しかし、地の文以外の情報を巧みに利用して、説明が補足されている箇所がある。次節では、そのような工夫をライトノベル版『冴えない彼女の育てかた』からひもといてみることにする。

2 挿絵の活用

ライトノベル版『冴えない彼女の育てかた』の、挿絵を利用して読者に有効に情報を伝えている箇所をみてみよう。

図2に示したのは、主人公・倫也がメール添付の画像を開き、それを見て驚愕するという場面である。ここで注目したいのは、文面で記述のない情報が挿絵で提示されている点である。文面の記述は倫也がメール添付の画像を

開いて絶叫したという描写にとどまっていて、倫也の携帯電話に送られてきた画像がどのようなものかという描写はない。したがって、読者は倫也が見た画像についての情報を、文面ではなく挿絵から解釈することになる。

文面で描写されてない情報を挿絵が補完する例は、ライトノベルでは決して新しくはないが、[11]『冴えない彼女の育てかた』ではこれらの表現が美少女ゲームから着想されたとも考えられる。ゲーム『WHITE ALBUM2――closing chapter』にこれと類似する表現があるため、そちらを参照したい。

図３―１のイラストには、左に描かれている女の子が、喫茶店の窓越しに主人公に向かって手を振るという状況が描かれている。それについては、イラストと同時に「雪菜が、笑顔で手を振っていた」とテキストでの描写がある。しかし、一方の図３―２の状況についてはテキストでの描写はない。そのため、プレーヤーは図３―２の状況をイラストのみから解釈することになる。図３―１では、視点人物である主人公が手を振る女の子を見ているが、二枚目では主人公はその様子を見ておらず、右に描かれる黒い髪の女の子がそれを見ている。基本的に『WHITE ALBUM2』のテキストは主人公の一人称で語られているため、主人公が関知しない出来事について表現できないという意味もあるだろう。しかし、それ以上に、同じ背

図3-1　『WHITE ALBUM2――closing chapter』Leaf、2011年

図3-2　同ゲーム

図2　丸戸史明『冴えない彼女の育てかた』第2巻（富士見ファンタジア文庫）、富士見書房、2012年、247ページ

景、構図の二枚のイラストの差分によって、左に描かれる女の子の泣いている姿が強調されるのである。

いま一度ライトノベル版『冴えない彼女の育てかた』に戻り、挿絵を活用している例をもう一例参照する。次に挙げる例では、三枚の挿絵が連続して使用されている。

「倫也……あたし、あたし、あたしっ」

「え……っ!?」

そして次の瞬間。

英梨々が切羽詰まった声を上げ……

俺の視界が、急に、真っ暗に、なった。

それと同時に、俺の唇に、何か、柔らかいものが

……

「うあああああああああああああああああああ～～～！！！」

そして、一拍遅れで、英梨々のキンキンに響く超特大の超音波が。

って、え、どうやって？

図4-1　丸戸史明『冴えない彼女の育てかた』第7巻（富士見ファンタジア文庫）、KADOKAWA、233ページ

図4-2　同書234-235ページ

図4-3　同書236-237ページ

「……倫理、君っ」
「詩羽先輩!?[12]」

この例では、二三三ページから二三七ページにわたる挿絵のあと、ページをめくった二三八ページにその場面について文面での描写がある。つまり、該当する場面の文面での描写よりも挿絵が前のページに配置されているのである。この場合もまた、読者は文面より先に挿絵から情報を得ることになる。二三三ページから二三七ページに及ぶ挿絵と、その次のページに配置される文面を照合してみよう。まず、倫也と英梨々の会話、「倫也……あたし、あたしっ」「え……っ!?」は図4―1の挿絵に該当する記述である。一行空きのあと、「そして次の瞬間」として図4―2の挿絵の状況が語られる。そして、その後、英梨々の絶叫がとどろく図4―3の挿絵の部分は、文面では「そして一拍遅れで」と表現されている。一行空きや「そして次の瞬間」「そして一拍遅れで」という間を表す表現から、この場面は三段階の物事の進行を描写したいという意図があると考えられる。一行空きは使用されているものの、この部分を説明する文面が二三八ページの一ページ分に収まっているため、以上の三段階の出来事を描写する文面が一気に読者の目にとまってしまう。そこで、見開き三ページにわたる挿絵をこの文面の前に挿入し、ページをめくるという読者の行為とともに「そして次の瞬間」「そして一拍遅れで」という間を効果的に表現したのである。

以上のように、ライトノベル版『冴えない彼女の育てかた』には文面に記述がない事柄を挿絵が表現したり、文面に挿絵が先行したりする例があり、それが物語の落ちやクライマックスとして有効に機能している。

3 アニメとの比較

先述したように、『冴えない彼女の育てかた』はライトノベル刊行と併行してアニメの放送がされた。ライトノベル版『冴えない彼女の育てかた』では会話文が多く使われていたが、アニメではどのように表現されているか。本節では、ライトノベル版とそれに該当するアニメの場面について例を挙げてみていきたい。


「さ……澤村さん!?」

「こんにちは、加藤さん」

（略）

「なんでスケッチブック持ってるの？」

「美術部員の必需品だから」

「で、なんで今スケッチしてるの？　それもわたしを」

（略）

「できた！」

「え、なにが？」

「ほら、あなたの『ムッとしたときの表情』！」

「…………」

「良く描けてるでしょ？　うん、ようやく掴んだわ、あなたの特徴」

「……わたし、全然こんな顔してないよぅ」

「してるわよ？　今のあなた、さっきからずっとこんな感じ」
「してないって。怒ってないんだってば、わたし……」[13]

例に挙げたのは、英梨々が恵の表情のスケッチをする場面で、この場面はライトノベル版では引用のように会話文だけで描写されている。地の文は一切ないが、会話文や記号を使って巧みに状況説明がなされている箇所だといっていい。例えば、恵と英梨々が「澤村さん」「加藤さん」とお互いの名を呼び合うことで、二人の会話であると判明する。英梨々が恵の表情をスケッチしているという状況の説明については、「なんでスケッチブック持ってるの？」「で、なんで今スケッチしてるの？　それもわたしを」という恵のセリフによってなされている。また、「ほら、あなたの『ムッとしたときの表情』！」「良く描けてるでしょ？」という英梨々のセリフがあることで、恵に英梨々が完成したスケッチを見せたという状況が読者に伝わるようになっている。そして、「……わたし、全然こんな顔してないよぅ」と恵が言いながらも、二重鍵括弧が付され強調されている『ムッとしたときの表情』であることが暗に示される。

同内容のアニメでの場面を参照すると、ライトノベル版に比してキャラクターの会話量は少なく、さきほど確認したような状況説明のためのセリフは省略されている。また、ライトノベル版では視覚情報として表現されていなかった、英梨々が描いたイラスト、またそれと似た恵の表情が視覚情報として提示される。あわせて、二人の会話の最中は恵の顔が意図的に隠され、英梨々がスケッチを完成させたあとに、恵の表情が画面にアップになるように演出されている。このように、アニメ版では状況説明のための会話文は省略され、その一方でライトノベル版では明記されていなかった、キャラクターの表情や動作に関する情報が追加されるのである。

キャラクターの動作や表情という点で、ライトノベル版で最も不明瞭なのはそのキャラクターの特性上、加藤恵というキャラクターである。[14]キャラクターについて紹介する各巻の「プロローグ」では、彼女は以下のように描写されている。

「残念だったね、みんな協力してくれなくて」

「……ああ、いたんだっけ」

（略）

今まで忘れ去られていたことにもさほど文句も言わず、まるっきり普通なしゃべりでありきたりな会話を紡ぎ出す。

ビジュアル的には……まぁ、見た通り。

一年以上、一緒の学校に通っていたはずだったのに、つい一月前までまるっきり印象に残っていなかった同級生。

加藤恵[15]。


「ところで、さっきから何やってんだ加藤？」

（略）

仕方ないから、さっきからこっちの騒動にまるっきり関与せずに、教室の隅でステルス性能をフルに発揮していた〝四人目〟へと話しかける。

（略）

いたねそういえば……

こんなところにも、四月の頃から何も変わっていない奴が。

可愛いと綺麗が中途半端に同居した、なぜか注目を浴びない淡麗な容姿。

ボリューム中くらいのいまいち特徴に欠けるボブカット。

英梨々より高く、詩羽先輩より低い背丈。

ついでに、英梨々よりは豊かで、詩羽先輩よりは貧しい……
なんだろう、この目立たなさも立派な様式美……なのか？[16]

第一巻「プロローグ」では、恵について口調は「普通なしゃべり」、容姿は「見た通り」と形容されている。もちろん、特筆すべき特徴がないということではあるが、彼女がどのような口調、容姿なのか記述されていないに等しい。第二巻「プロローグ」についても同様で、英梨々と詩羽との比較でしか恵の特徴は記述されない。

『冴えない彼女の育てかた』では、引用のように倫也、英梨々、詩羽の三人が恵を気にとめずに口論を続け、最後に恵の存在に気づくという展開が繰り返され、物語の落ちになっている。引用した第一巻の「プロローグ」では、英梨々と詩羽が姿を消し、恵が倫也に話しかけることで倫也が彼女について思い出す。そこで初めて恵について地の文で描写される。第二巻「プロローグ」では、倫也が恵に話しかける時点で初めて恵の存在が描写される。ライトノベル版の地の文はおおかた倫也の一人称であるため、倫也が関知しない事柄についての描写はない。倫也が恵の存在を認識した時点で、初めて彼女の存在は地の文で描写されるのである。[17] では、主人公の一人称の地の文がないアニメでは、どのように描写されているか。

図5はライトノベル版と同様、倫也、英梨々、詩羽の三人が口論をしている場面で、三人の口論がしばらく続いたあと、最後に恵の存在に気づくという展開である。基本的に、口論をしている三人が画面に映っているが、図5のように、時折、恵の姿が画面の端に描かれているカットが挟まれる。そのような恵に目もくれずに三人は言い争いを続ける。恵が会話に参加しようと言葉を発し、彼らが恵の存在に気がついたところで、恵の姿が画面に大きく映し出される。ライトノベル版では、倫也が恵の存在を思い出す、または恵が倫也に話しかける時点で初めて恵が

図5　『冴えない彼女の育てかた』第5話、フジテレビ系、2015年

描写された。しかし、このアニメの例では画面の隅に恵の姿が描かれたカットが挟まり、視聴者はその姿を目にすることができるようになっている。また、ライトノベル版では恵の特徴があまり説明されておらず、物語の落ちとして登場する彼女の存在感がアニメに比してやや希薄であった。一方、アニメでは最後に恵の姿が画面に大写しになって強調され、物語の落ちとしてより有効に機能するようになったといえる。ライトノベル版の刊行とアニメの放送が併行されたことで、それぞれの表現形態の相違から、双方が内容面で補完し合う可能性のある例といえるだろう。

おわりに

美少女ゲーム、ライトノベル、アニメというメディアの相違によって、それぞれの表現の特性がある。美少女ゲームはテキストのほか、背景絵や立ち絵などの視覚情報、セリフや効果音、BGMなどの聴覚情報を伴っていた。そのため、テキストを会話文だけで進めたほうが、それらのテキスト以外の情報を有効に活用できた。一方、ライトノベルは基本的にテキストで進行し、美少女ゲームのような視覚情報・聴覚情報が少ないため、美少女ゲームのように会話文を多用すると状況説明やキャラクターの動作・表情の描写が不十分だった。その分、ライトノベル版『冴えない彼女の育てかた』では会話文に状況説明を盛り込んだり、挿絵を有効に活用するなどの工夫が施され、それを補っていた。アニメでは、状況説明にあたる地の文や会話文は省略され、視覚情報・聴覚情報がそれらの代替として機能していた。そのほか、ライトノベル版では描写されていなかったキャラクターの動作や表情が表現されていた。

以上のように、『冴えない彼女の育てかた』を例に挙げ、それぞれのメディアでの表現方法について概観できたように思う。「はじめに」で触れたように、ライトノベルや美少女ゲームは「データベース消費」を用いた分析が多かったが、表現の面で他メディアとは異なる特有の表現方法が発想されているのである。

注

(1) 本篇のほか、番外篇や短篇集の位置づけである「FD」1―2、「Girl's Side」1―3、「Memorial」1―2が刊行されている。

(2) 「ファンタジア文庫刊『冴えない彼女の育てかた』がシリーズ累計250万部を突破 最新CM映像も公開中」「ラノベニュースオンライン」(http://ln-news.com/archives/50303/post-50303/)〔二〇一九年七月二十五日アクセス〕

(3) そのほか「主題歌賞」を受賞している。「☆☆☆美少女ゲームアワード2006 結果発表!!☆☆☆」(http://moe-gameaward.com/prize/2006/ranking.html)〔二〇一九年九月十七日アクセス〕

(4) 東浩紀『ゲーム的リアリズムの誕生――動物化するポストモダン2』(講談社現代新書)、講談社、二〇〇七年、一九四ページ

(5) 山中智省「美少女ゲーム」、一柳廣孝/久米依子編著『ライトノベル研究序説』所収、青弓社、二〇〇九年、一五二―一五三ページ

(6) 東浩紀は「データベース消費」について、コミック、アニメ、ゲーム、ノベル、イラストなどの作品の深層にあるものは、物語ではなく、キャラクターであるとし、「そのキャラクターもまた、萌え要素のデータベースからから引き出されたシミュラークルにすぎない」「それらを消費するとは、単純に作品(小さな物語)を消費することでも、その背後にある世界観(大きな物語)を消費することでも、さらには設定やキャラクター(大きな非物語)を消費することでもなく、そのさらに奥にある、より広大なオタク系文化全体のデータベースを消費することへと繋がっている」としている(東浩紀『動物化するポストモダン――オタクから見た日本社会』〔講談社現代新書〕、講談社、二〇〇一年、四五ページ)。

(7) 前掲「美少女ゲーム」一五二―一五三ページ

(8) 「丸戸史明&深崎暮人インタビュー」、丸戸史明、ファンタジア文庫編集部編『冴えない彼女の育てかたMemorial』(富士見ファンタジア文庫)所収、KADOKAWA、二〇一八年、二七八ページ

(9) 『WHITE ALBUM2――introduction chapter』(Leaf、二〇一〇年)のテキスト部分を引用。

(10) 丸戸史明「プロローグ」『冴えない彼女の育てかた』第一巻(富士見ファンタジア文庫)、富士見書房、二〇一二年、五―七ページ

(11) 佐藤ちひろ「表現のパイオニア――ライトノベルが切り開く地平」(前掲『ライトノベル研究序説』所収)で、マン

ガ的なイラストと文章を融合させたライトノベルの表現として、『バッカーノ！1931鈍行編――The Grand Punk Railroad』（成田良悟、〔電撃文庫〕、メディアワークス、二〇〇三年）の例が挙げられている。

（12）丸戸史明『冴えない彼女の育てかた』第七巻（富士見ファンタジア文庫）、KADOKAWA、二〇一四年、二三八ページ

（13）丸戸史明『冴えない彼女の育てかた』第二巻（富士見ファンタジア文庫）、富士見書房、二〇一二年、二四〇ページ―二四四ページ

（14）『冴えない彼女の育てかた』に登場する加藤恵以外の女性キャラクターは、注（4）で取り上げた「データベース消費」の理論に基づいて描写されている。

（15）前掲「プロローグ」『冴えない彼女の育てかた』第一巻、一八―一九ページ

（16）丸戸史明「プロローグ」、前掲『冴えない彼女の育てかた』第二巻、二一―二二ページ

（17）ライトノベル版『冴えない彼女の育てかた』第四巻（〔富士見ファンタジア文庫〕、KADOKAWA、二〇一三年）の「プロローグ」のように、恵のセリフは書かれるが、倫也にそれが聞こえていないため、地の文では恵の存在は描写されないという例もある。

第7章

学校図書館とライトノベルの交点

ライトノベルは学校図書館にどのような可能性をもたらすのか

江藤広一郎

はじめに

学校図書館という空間に、ライトノベルが置かれるようになってすでに十年以上の歳月が流れている。だが、学校図書館とライトノベルの関係について言及した論考はあまりない。次から次に刊行され、はやりすたりも激しく、ライトノベルという言葉が定義されにくい[1]というのも一つの要因だろう。

しかし、実際に読まれる／読まれないということは別として、学校図書館にライトノベルが存在しているという事態そのものにはしっかりと目を向けなくてはいけないはずだ。ライトノベルを単なる置物のような蔵書としてしまうのではなく、相互に有効なあり方を見いだしていくことを試みなくてはならない。そこで、本章では、学校図書館のなかでも、中学・高校に注目し、いままでの学校図書館とライトノベルの関係を整理する。さらに、それぞれの研究の現在を照らし合わせ、どのような可能性が拓けるのかを探っていく。このことは、新学習指導要領で学校図書館が重要視されている[2]ことからも一定の意義があるはずである。

1　中学・高校図書館とライトノベル

一口に学校図書館といっても、小学校から大学・専門学校までの学校図書館があり、すべて含めると、各図書館利用者の要求のレベルは多岐にわたる。これらをひとくくりにして調査するとしたら、条件を細かく規定した限定的なものか、あるいは非常に大ざっぱで輪郭がぼやけたものにならざるをえない。そこで、そうした問題を回避し、ライトノベルと学校図書館を考えていくにあたり、中学・高校の図書館を主な調査対象とした。その理由としては、まず、ライトノベルが小・中・高校の各読書調査(3)の結果に登場しているということであり、中学・高校では、広い範囲でライトノベルとの直接的ないし間接的な接点が見て取れるからである。

次の理由として、「ヤングアダルト」との関わりを挙げたい。

二〇〇四年から二〇〇五年にかけての時期は、角川書店の『ザ・スニーカー』、富士見書房の『ドラゴンマガジン』といったライトノベル雑誌で「ライトノベル」という用語が使われ始めた時期とも重なり合っている。逆に言えば、これらのライトノベル雑誌において、二〇〇三年頃までは「ライトノベル」という用語は確認できない。その代わりに用いられていたのは、「ヤングアダルト」や「ジュニアノベル」という、一九八〇年代以前から続く用語だったのである。(4)

右に引用した大橋崇行の論によれば、現在、ライトノベルと呼ばれているジャンルは、以前は「ヤングアダルト」や「ジュニアノベル」という言葉で表現されていた。言い方を変えれば、明確に区別できないものとしてライトノベルとヤングアダルトが捉えられていたといえる。そしてここに、ライトノベルとの接点がもう一つうかがえる小学校図書館を考察対象に選ばなかった理由もある。

ヤングアダルトとは、「「子どもと大人の間の世代」つまり「子どもでも大人でもない世代」のこと」を指し、出版物としては「具体的には中高校生を中心とする十三歳から十九歳を想定していますが、実際の読者は二十代から三十代と幅広い層」(5)を対象としている。このヤングアダルトに向けたサービスが公共図書館、学校図書館で一九九〇年代に流通していく。(6)

こうしたヤングアダルトと図書館サービスの関係の実態を考えると、ヤングアダルトの範囲外である小学校の図書館とライトノベルの関係を論じる際には、中学・高校とは別の枠組みで臨む必要があるだろう。

一方、ヤングアダルトの年齢の実情に鑑みて、大学図書館についても考慮したい。例えば、古くは鶴見大学が図書館でライトノベルの特集を組んだ事例(7)に代表されるように、大学図書館でも組織として積極的な受容がかなり早い段階でおこなわれたことがある。だが、大学進学率の割合からも、「朝の読書」などの各調査と比べると、年齢層に対する調査がどうしても部分的な把握にならざるをえない。加えて図書館の専門性も強くなることから、建前上は全員が通う義務教育である中学校や、文科省によると進学率が九八パーセント超(8)の高校（義務教育ではないうえに工業や商業などに重きを置いた学校があることには留意すべきだが）とはありようが異なるだろう。それに伴って、図書館そのものだけでなく、利用者のニーズも中学・高校と比べて個に依拠した部分が大きくなると考える。また、大学図書館という施設は学校図書館法(9)の対象外であり、大学設置基準(10)に基づいていることからも、調査対象として並列化するべきではないだろう。

あらためてまとめれば、次のようになる。

①中・高生とライトノベルの接点が確認できる点

②ヤングアダルトとライトノベルが不可分であり、かつライトノベルという言葉が定着したタイミングではすでに学校図書館に「ヤングアダルト・サービス」が知られていたという点(11)

この①②がともに重なり合う中学・高校の学校図書館は、「学校図書館とライトノベル」の関わりを考えていくうえで重視すべきものである。この判断によって、本章は中学・高校の学校図書館とライトノベルの関係を考察する。

2 これまでの教育空間とライトノベル

では、これまで、学校図書館を含めた教育現場はどのようにライトノベルを受容してきたのか。そのほとんどは、最初に一言触れたように、扱いに窮するものだったことがうかがえる。「ライトノベル」という言葉が定着するようになって間もなくの二〇〇八年、ライトノベルの蔵書について、「学校図書館」で触れられたものを参照したい。

ライトノベルを蔵書として受け入れている学校図書館は次のような悩みをかかえながら利用に供している。

①内容が興味本位で扇情的なものもあり、健全な人間形成に資する者であるか判断に苦しむことが多い。
②シリーズものが多く、一冊受け入れてしまうとシリーズが完結するまで買い続けなければならず、図書予算を圧迫する。
③シリーズものを読破するまで特定の生徒が何十冊も購入希望を出してくることもあり、一部の利用者を益する結果になっている。
④無断帯出、紛失が多い。(12)

このように、内容やシリーズ冊数の多さ、特定の生徒の希望だったりすることなどが問題となっている。また、この記事と同じ年の十月五日付「朝日新聞」の「声」のコーナーには、「ライトノベル学校で必要か」と題する十四歳の投書が掲載された。

ライトノベルは（略）表紙などのデザインがアニメ的な少女趣味の感じのものが多い。（略）派手な演出や扇情的描写からマンガに近いと思いました。

この種の本が学校の図書館でも、たくさん購入されています。僕は古典文学が大好きですが、そのような本を読んでいる人はほとんどいません。（略）

学校の図書館は、人気があるからといってライトノベルを安易に増やすのではなく、僕たちの考える材料となり感動できる本を集め、親しむことのできる環境をつくって欲しいと思います。[13]

「僕には今、心配なことがあります」という一文から始まる右の文章だが、学校図書館の「ライトノベル」の蔵書に対する意見として、前述の記事と共通している部分がある。ライトノベルの内容が利用者の「成長」にどれだけ寄与することができるのか疑問を抱いている点、「扇情的」であるという点、また、利用者が一部に限られている点、が挙げられるだろう。

ちなみに、後者の投稿に関しては、同投書コーナー内で、十月十二日付[14]と十月三十一日付[15]に、十六歳と四十八歳の読者からの反応がみられる。両日の投稿ともに、内容の稚拙さ、軽薄さがあるということには言及しながらも、イラストやメディアミックスの多さなど、ライトノベルに多くみられる特徴を、肯定的に捉えようとしたものである。ただし、いずれにせよライトノベルでなくてはいけないというほど、深く言及しているわけではない。

そして、これらの問題提起から約十年が経過した段階でも、同様の観点からの問題が起きている。

左記の引用は、大阪府門真市の公立中学校が、生徒の希望によって公費で購入したライトノベルが「わいせつ扇情的」とされ大阪市の市議会で問題になったことを、産経新聞社が「性犯罪」のニュースタグをつけて取り上げた記事である。

生徒らの「ライトノベルが読みたい」というリクエストを受け、当時の図書室担当の女性教諭がインターネットで検索。人気作品を無作為に選び、内部決済を経て注文していた。十四日の門真市議会常任委員会で、この一部について「表紙がエロ扇情的。女性を性的愛玩物として描く本を図書室に置くのは生徒にとってもよくない」と市議から批判があった。学校も書籍が届いてから「性的感情の刺激が懸念される」と貸し出しや閲覧の対象としておらず、市教育委は取材に「配慮が必要だった」とした。(16)

ここから、ライトノベルの扱いに関して、学校図書館は十年間、本質的な問題を抱えたままであったということがいえるだろう。もちろん、一例でしかなく、積極的に活用し成功している学校図書館もあるのかもしれないが、そうした方法や考え方はこれまでのところ、共有し周知されるには至っていないといえるのではないか。右の問題も、ライトノベルの享受に関し、受け身に回った扱いに終始してしまっているからこそ起きる問題だ。

そういった状況のなかで、ライトノベルの教育利用を追っていくと、「朝の読書」や「ビブリオバトル」での利用が挙げられる。朝の読書推進協議会の「朝の読書（学校）で読まれた本」調査(17)では、中・高生の部門で何年にもわたってライトノベルが登場しているのだ。次に「ビブリオバトル」についてだが、全国高等学校ビブリオバトル、全国中学ビブリオバトル公式サイト「ビブリオバトル」(18)によると、「ビブリオバトル」とは「出場者がお薦めの一冊を持ち寄り、聴衆がどの本を一番読みたくなったかを多数決で決める知的書評合戦」のことをいい、教育現場の活用では「二〇一六年度以降、中学や高校の教科書で取り上げられ、教育現場でも注目されるようになった」という。ビブリオバトルの全国大会も二〇一四年から開催され、現在では中学校から大学までの各カテゴリーでバトルがおこなわれている。全国大会の「過去の出場者データ」(19)をみていくと、ライトノベルを選んでいる出場者が毎年いることがわかる。必然的に、「ビブリオバトル」を教育現場で採用したところでは、少なからず「ライトノベル」との接点が生まれているとはいえるだろう。しかし、「朝の読書」にしろ「ビブリオバトル」にしろ、あくまで「結果的に選ばれた」という側面があることを忘れてはいけない。つまり、教育者側の視点に立ったときに、積極的に「ライトノベル」でなくてはいけない理由はなく、価値を確立・獲得するには至らないからだ。

ここまでみてきたように、教育空間で、ライトノベル固有の価値は見いだしにくいのが現状である。

3　今後の学校図書館とライトノベル

二〇一七・一八年改訂の学習指導要領で、学校図書館には大きな役割が求められている。一九五三年の学校図書館法発令以来、学校図書館は「学校教育に欠くことのできない基礎的な設備」であり、「学校の教育課程の展開に寄与する」設備として説明されてきた。しかし今回は、新学習指導要領で注目を浴びた「アクティブ・ラーニング」や、一七年二月十四日に発表された次案でそれに変わって登場した「主体的・対話的で深い学び」という言葉と密接に結び付けられたのである。「これからの学校図書館の整備充実について（報告）」を確認する。

学校図書館は、近年では、読書活動の推進のための利活用されることに加え、調べ学習や新聞を利用した学習など、各教科等の様々な授業で活用されることにより、学校における言語活動や探究活動の場となり、主体的・対話的で深い学び「アクティブ・ラーニングの視点からの学び」を効果的に進めていく役割が一層期待されている。[20]

そして、「教育委員会や学校等にとって参考となるよう、学校図書館の運営上の重要な事項についてその望ましい在り方を示す」ことを目的とした「学校図書館ガイドライン」[21]でも同様に、「主体的・対話的で深い学び（アクティブ・ラーニングの視点からの学び）を効果的に進める基盤としての役割も期待」などと記されているのである。その学校図書館にライトノベルが現状で配架されていることから、新指導要領の範疇で、何ができるかということを当然考えていかなくてはいけない。

高見京子と稲井達也は、右の公的文書を引用したのち、「「主体的・対話的で深い学び」（アクティブ・ラーニング）と学校図書館は切り離すことができず、また、あるべき姿と重なることも多いことに気づく」とし、「時代がやっと学校図書館に追いついてきたともいえるのでないでしょうか」と述べる。「今まで学校図書館が大切にしてきたことを時代に合わせてさらに発展させるためには、理念上だけではない、それぞれの場での努力が必要[22]」と留保はしながらも、学校図書館自体は、新指導要領のなかでの教育支援で有効であると指摘する。

では、こうした状況のなかで、ライトノベルはどのような立ち位置を獲得することができるだろうか。

ライトノベルの特質、またそのアニメ、マンガとの浸透性を前にすると、活字による本のみを読書だと見なすというのも、今日の読書をとらえる上では窮屈になってきます。少なくとも〝一冊〟としてカウントされる読書量は、読書を正確にとらえるには覚束ない単位であるように思われてきます。このとき、アニメやマンガなどはいわゆるサブカルチャーであるとして、一冊の活字の本を読むという読書対象の境界線の揺らぎを無視することもできるでしょう。しかし、その後にはすぐに、ライトノベルのような別の、読書の境界に揺らぎをもたらす何かに直面することになるのです。このようにマルチメディア時代の読書は、多様なメディアが融解した中でのネットワーク化された読書として成立しています[23]。

右は上田祐二の指摘によるものだが、このような「読書」の枠組みでライトノベルを捉えた場合、「日本十進分類法（NDC）」で「913.6」[24]とくくることや、「活字による本のみを読書と見なす」という考え方を中心にライトノベルを扱うことは窮屈であるように感じる。

「学校図書館ガイドライン」や「これからの学校図書館の整備充実について」が各都道府県教育委員会教育長などに配布され、学校図書館に求められる役割（是非はともかく）が明確になったいま、「ライトノベルの読書」のあり方そのものを同時に見直さなくては、どれだけ「主体的・対話的で深い学び」と親和性がある空間に積極的に置かれようと、少なくとも「教育的価値」は認められないのではないか。第2節でも触れたように、過去十年間以上、ライトノベルに対して同じような悩みを抱え続けている学校図書館を含めた教育空間の現状を思えば、そのように考えられるはずだ。

話が前後するが、上田の捉え方のほかにも、山中智省が日本近代文学会大会の場で提起した「出版メディアとしてのライトノベル」といった見方も登場してきている。これは、メディア論の視座を援用し、ライトノベルを「若年層の読者を積極的に獲得することを企図した出版メディア」という枠組みで捉え直し、「書物（モノ）の形態やパッケージ、コンテンツの内容だけでなく、作家・作品の生産、流通、受容をめぐる出版のシステムやネットワーク、読書と読者の関係など「ライトノベル」の成立に関わる諸要素に目を向け」て扱っていくという考え方(25)である。

こうした考えを援用することで、ライトノベルを従来の「読書」から脱却を図り、より多角的な存在として位置づけていくことが可能となる。

ライトノベルがアニメーションやマンガと親和性が高く、もはやほとんどの作品がメディアミックスを前提としていて、実際にそうなっていることは、取り立てて指摘することでもない。しかし、教育現場では扱いづらかったこうした性質も、「ライトノベルの読書」の枠組みをシフトすることで、学校図書館での教育として大きな役割をもつ可能性を秘めていると捉えることができるのではないか。

4　ICT教育とライトノベル

次に、文部科学省が「アクティブ・ラーニング」とともに推し進めているICT教育とライトノベルの相性のよさを考えてみたい。まずは、現行の学習指導要領と比べて、次期学習指導要領では「言語能力」と「情報活用能力」の位置づけが大きく変わったと指摘する堀田龍也の言葉を参照する。なお、引用箇所にある「(抜粋2参照)」には、次期学習指導要領の「第1章　総則」から、「第2款　教育課程の編成」の「2　教科等横断的な視点に立った資質・能力の育成」の「(2)」が引いてある。

> 現行の学習指導要領にも「言語能力」や「情報活用能力」という言葉は記載されていました。しかし、今までは教科の目標が先にありきで、教科の目標を学習する過程で、「言語能力」や「情報活用能力」が身につくとよいというスタンスでした。
>
> しかし、次期学習指導要領では、さまざまな教科で「主体的・対話的で深い学び」をおこないます。この「主体的・対話的で深い学び」を子供たちがおこなっていくためには、情報をやり取りするための「言語能力」と、情報を収集・整理・比較・表現・伝達するための「情報活用能力」が不可欠です。ですから、次期学習指導要領の総則には、「言語能力」と「情報活用能力」は、「学習の基盤となる資質・能力」であるから、教科横断的に習得させようと書かれたのです(抜粋2参照)。パラダイムシフトと言ってよい大転換です。[26]

堀田は次期学習指導要領では、子どもたちの「主体的・対話的で深い学び」のために、情報をやりとりする「言語能力」と、情報を収集・整理・比較・表現・伝達する「情報活用能力」が不可欠であり、それを教科横断的に習得させようとしているとみている。

続けて、堀田は、これらを実現するためには「今まで通りの「黒板とチョーク」や「紙」だけで十分と言え」ないため、ICTの拡張が急務であるとする。

こうした背景を意識したときに、ライトノベルのような、もともとメディア横断的な性質をもつものは非常に有効性が高いといえるだろう。文字媒体とともに、アニメーション、漫画、あるいは実写映画などとともに、表現を比較していくことがたやすくできるからだ。メディアごとの差異や特徴を簡単に検討することができる。それは、同時に各メディアの表現の長短を押さえることにもつながり、自己表現を試みる際にも、幅を広げる結果になるだろう。

ＩＣＴの波及は、当然、図書館にも広がっている。例えば、『「探究」の学びを推進する高校授業改革[27]』の実践篇で紹介されている蔵書が十八万冊を超える中央大学高校・中学の図書館では、吹き抜けを利用した大型スクリーンや合計百十台のパソコンが常設されているということである。それらの機器を利用した授業では、生徒が学校図書館内の様々なメディアの違いを学んでいるようだ。

言うまでもなく、この規模の図書館を即座に作り出すことは不可能だ。しかし、一つの作品でありながら、メディア横断的な性質をもつライトノベルは、様々な点で効率よく、こうした学習を可能にする素材だといえる。このような点を図書館で議論し、問題意識を共有することで、単なるライトノベル受容にとどまらない、別の「読書」素材に学習を移して広げていくこともできるのではないか。

一方で、ライトノベルを教材化する際の作品選定の難しさは残り続けるだろう。しかし、角川つばさ文庫のような児童文庫レーベルが十年以上前に誕生していることも頭に入れておかなくてはいけない。いわゆる古典的な「名作」の傍ら、『涼宮ハルヒの憂鬱』などもそのラインアップに加わっている[28]。児童文庫や「名作」を権威と見なすかのような言い方には大きな問題があるのは重々承知しているが、あえていうならば、いわゆる「名作」とともに並ぶライトノベルならば、「ライトノベル」に抵抗を感じる人にも違う視点をもたらすのではないか。

ライトノベルが最初から、ヤングアダルトをターゲットとしている側面があるため、生徒もアクセスしやすく、またメディア横断を前提とした独自な「読書」媒体と見なすことができる。それは、今後の教育場面では非常に導入しやすい教材へと変化する可能性を秘めているはずだ。

従来の、単に生徒からリクエストがあったとか扇情的描写への警戒ばかりを話題に挙げるのではなく、ライトノベルが学校図書館に置かれている/置かれてしまっている以上は、有効活用する術を見いだしていきたいものである。

おわりに

本章では、ライトノベルの研究の動向と、学校図書館が現在置かれている状況をみていくことで、新しい「学校図書館のなかのライトノベル」を模索した。

その結果として、アクティブ・ラーニングやICTといった新学習指導要領で重要視されている部分で大きな役割を担うと考えられる学校図書館と、ライトノベルをメディア横断コンテンツとして捉える見方を提示し、その交点を探ることで、今後の教育のシーンに導入しやすい要素があることを確認した。

実際の現場への円滑な導入にはまだまだ抵抗や現実的な問題があることは間違いないが、本章が「学校図書館のなかのライトノベル」に現状以上の存在意義を与えるきっかけになれば幸いである。

注

(1)「ライトノベル」という言葉の定義の難しさについては、大橋崇行『ライトノベルから見た少女/少年小説史――現代日本の物語文化を見直すために』(笠間書院、二〇一四年、二六ページ)に詳しい。

(2) 文部科学省「平成29・30年改訂 学習指導要領、解説等」([http://www.mext.go.jp/a_menu/shotou/new-cs/1384661.htm]［二〇一九年九月三十日アクセス］)が各校種にわたって言及している。

(3) トーハンの「朝の読書で読まれた本」調査や、毎日新聞社と全国学校図書館協議会が合同でおこなっている「学校読書調査」などを参照されたい。前者は、トーハン公式ウェブサイト内の「朝の読書」([https://www.tohan.jp/csr/asadoku/]［二〇一九年九月三十日アクセス］)で閲覧可能である。後者は、調査結果が、毎日新聞社から毎年四月に『学校読書調査』の書誌名で刊行されていて、各年で閲覧可能である。

（4）前掲『ライトノベルから見た少女／少年小説史』五八ページ

（5）ＹＡ出版会「ＹＡってなに？」(http://www.young-adult.net/)［二〇一九年九月三十日アクセス］

（6）「ヤングアダルト・サービス」の流通については、大橋崇行「中学生・高校生による読書の現状とその問題点——ライトノベルの位置と国語教育、読書指導」（「東海学園大学研究紀要——人文科学研究編」第二十一号、東海学園大学、二〇一六年、一二ページ）で言及している。

（7）鶴見大学図書館ブログ「ライトノベルコーナーを新設」二〇一〇年一月八日（http://blog.tsurumi-u.ac.jp/library/2010/01/post-fd9e.html）［二〇一九年九月三十日アクセス］

（8）文部科学省「文部科学統計要覧（平成30年版）」「学校教育総括」（http://www.mext.go.jp/b_menu/toukei/002/002b/1403130.htm）［二〇一九年九月三十日アクセス］

（9）「学校図書館法」「e-Gov 電子政府の総合窓口」（https://elaws.e-gov.go.jp/search/elawsSearch/elaws_search/lsg0500/detail?lawId=328AC1000000185）［二〇一九年九月三十日アクセス］。文部科学省が公布した学校図書館法の第二条に、「この法律において「学校図書館」とは、小学校（盲学校、聾学校および養護学校の小学部を含む。）、中学校（中等教育学校の前期課程並びに盲学校、聾学校および養護学校の中学部を含む。）および高等学校（中等教育学校の後期課程並びに盲学校、聾学校および養護学校の高等部を含む。）」とある。大学図書館は「専門図書館」に分類される。

（10）「大学設置基準」「e-Gov 電子政府の総合窓口」（https://elaws.e-gov.go.jp/search/elawsSearch/elaws_search/lsg0500/detail?lawId=331M50000080028）［二〇一九年九月三十日アクセス］

（11）特に、②は学校図書館がヤングアダルトサービスの枠組みのなかで、ライトノベルと向き合わざるをえないという問題を内包している。本章では、そのこと自体が抱える問題については踏み込まず、現状を確認するにとどめたい。

（12）小林功「ライトノベルの選択」「学校図書館」二〇〇八年十二月号、全国学校図書館協議会、三八ページ

（13）竹内寿明「ライトノベル学校で必要か」「朝日新聞」二〇〇八年十月五日付

（14）坂本昌平「ライトノベル面白いですよ」「朝日新聞」二〇〇八年十月十二日付

（15）石黒順子「読書の入り口ライトノベル」「朝日新聞」二〇〇八年十月三十一日付

（16）「公立中学校の図書館に〝わいせつ扇情的〟ライトノベル 生徒の要望で公費購入、大阪・門真市」「産経ＷＥＳＴ」二〇一七年六月十六日（https://www.sankei.com/west/news/170616/wst1706160035-n1.html）［二〇一九年九月三十日アクセス］

（17）前掲「朝の読書」

（18）全国高等学校ビブリオバトル、全国中学ビブリオバトル公式サイト「ビブリオバトル——21世紀活字文化プロジェク

ト」（https://katsuji.yomiuri.co.jp/）［二〇一九年九月三十日アクセス］

（19）同ウェブサイト

（20）文部科学省「これからの学校図書館の整備充実について（報告）の公表について」（http://www.mext.go.jp/b_menu/shingi/chousa/shotou/115/houkoku/1378458.htm）［二〇一九年九月三十日アクセス］

（21）文部科学省「別添1「学校図書館ガイドライン」」（http://www.mext.go.jp/a_menu/shotou/dokusho/link/1380599.htm）［二〇一九年九月三十日アクセス］

（22）高見京子／稲井達也『「探究」の学びを推進する高校授業改革――学校図書館を活用して「深い学び」を実現する』学事出版、二〇一九年、四四ページ

（23）上田祐二「マルチメディア時代の読書とその教育」、山元隆春編『読書教育を学ぶ人のために』所収、世界思想社、二〇一五年、二二〇ページ

（24）日本の学校図書館を含む多くの図書館で用いられている図書の標準分類法。一九二九年に最初のものが流通し、改訂を重ね、現在（二〇一九年九月三十日）は十訂（二〇一四年）に至る。そのなかで、「913.6」は日本文学の小説にあてはまる。小林康隆編著、日本図書館協会分類委員会監修『ＮＤＣの手引き――「日本十進分類法」新訂10版入門』（「ＪＬＡ図書館実践シリーズ」、日本図書館協会、二〇一七年）に詳しい。

（25）山中智省「若年層向けエンターテイメント小説がもたらした「読書」のかたち――一九八〇年代の富士見書房周辺から」、日本近代文学会二〇一八年度秋季大会個人発表資料、二〇一八年十月二十八日

（26）堀田龍也「次期学習指導要領で求められる「ＩＣＴの環境整備」と「教育の情報化」」「学校現場のＩＣＴ活性化マガジンChieru. web Magazine」（http://www.chieru-magazine.net/magazine/2017-junior-magazine/entry-19586.html）［二〇一九年九月三十日アクセス］

（27）前掲『「探究」の学びを推進する高校授業改革』

（28）「角川つばさ文庫」（https://tsubasabunko.jp/）。二〇〇九年三月創刊。『涼宮ハルヒの憂鬱』は二〇〇九年六月に「つばさ文庫」から再度刊行されている。

コラム

学校教育を取り込むライトノベル

佐野一将

教育社会学で、学校教育は特に次の二つの社会的機能を担うとされている。[1]一つが社会に求められる能力を向上させる役割。これは学校教育の「社会化」機能と呼ばれる。もう一つが、社会化機能で向上された能力をもとに、人を適切な位置に振り分ける役割。これは「選抜・配分」機能と呼ばれる。ここで問題となるのが、「社会化」され「選抜・配分」される基準となる能力とは何を指すのか、ということだ。従来はテストの点数などで測ることができる数値化された学力だけが能力とされていた。しかし現代で求められる能力は学力にとどまらず、コミュニケーション能力などを含めた人間としての全体性に及ぶ。[2]こうした能力をめぐる認識の変化は、「学力低下」や「ゆとり教育」に関する言説、[3]推薦入試やＡＯ入試（アドミッションズオフィス入試）での大学合格者数の増加[4]などに表れている。

谷川流『涼宮ハルヒ』シリーズ（角川スニーカー文庫〕、角川書店、二〇〇三年―）をはじめとして、学校を舞台にすることが多いライトノベルも、こうした時代の潮流とは無関係ではない。むしろ時代の変化を忠実に反映させることで物語を成立させている作品も存在する。ここでは二〇〇〇年代と一〇年代の人気作を比較することで、ライトノベルが現実の学校教育をどのように利用しているのかをみていきたい。

まずは学校教育の「社会化」機能を軸に読み解いていく。ここでは孤独な主人公が部活動を通じて人間関係を築いていくライトノベルとして、二〇〇〇年代は平坂読『僕は友達が少ない』（〔ＭＦ文庫Ｊ〕、メディアファクトリー→ＫＡＤＯＫＡＷＡ、二〇〇九―一五年）、一〇年代は渡航『やはり俺の青春ラブコメはまちがっている。』（〔ガガガ文庫〕、小学館、二〇一一年―）を取り上げる。

『僕は友達が少ない』は、ミッション系の私立聖クロニカ学園が舞台であり、友達作りを目的として創部された「隣人部」での人間模様を主に描いている。主人公の羽瀬川小鷹は、「隣人部」の部員やその関係者とは友好的な関係を築くものの、彼の髪形や言動を怖がるクラスメイトからは避けられ、教室では孤独な日々を過ごしている。それに対して『やはり俺の青春ラブコメはまちがっている。』は、千葉市立総武高校を舞台にして、生徒から依頼を受けてそれを解決することを目的とした「奉仕部」での人間関係が物語の中心になっている。主人公の比企谷八幡は「奉仕部」の部員とは深いつながりをもつ一方で、教室では進んで存在感を消して孤独を貫く。

両者とも、主人公が部活では深い人間関係を築いているにもかかわらず、教室では孤独である点では一致する。ところが、このような人間関係を成り立たせる力学に、大きな違いがある。

小鷹は一貫して友達を作ることに前向きである。彼は「隣人部」に入部する以前から友達を作る努力をしているが、それに失敗してクラスメイトを怖がらせ、さらに孤独になる、という悪循環に陥っている。入部のきっかけこそクラスメイトの三日月夜空に押し切られてのことだったが、部活動には積極的に参加し、そこでの活動を楽しんでいる。小鷹は一連の行動を自分の意志に基づいておこなっているのだ。

一方の八幡は孤独を否定しない。自らを「ぼっち」と自認し、教室内でも一人静かに過ごす。学校内のヒエラルキーで自身が最下層にいることを自覚していても、進んでそんな状況を打破しようとはせず、むしろそれを固定化する言動をとる。「奉仕部」に入部することになった理由も、顧問の平塚静に「孤独体質の更生」を命じられたからであり、そこでの活動も労働と見なして消極的にしか取り組まない。

このような人間関係や部活動に対する主人公の姿勢の違いは、どこからくるのだろうか。学校教育の「社会化」機能を踏まえると、顧問の存在が浮かび上がってくる。(5)

「隣人部」の顧問は高山マリアという十歳の少女である。勉強はできるが幼い言動が目立つ彼女は、夜空にだまされて顧問を務めることになった。そんなマリアは、物語中盤で特別非常勤講師になるまで学校の教員ではなかった。特別非常勤講師となったのも、「隣人部」を公明正大に継続するためのポーズにすぎず、これ以降はマリアが実際に授業をおこなったり、顧問として部員を監督したりすることはない。つまりマリアの立ち位置は部員たちと変わらず、彼女の存在は「隣人部」を維持するためのピースにすぎない。

他方、「奉仕部」の顧問は平塚静という二十代後半の国語教師である。彼女は正規の教員であり、生活指導や学校行事の担当をするなど、生徒指導にも深く関わる人物だ。そんな静は「奉仕部」にも顧問として大きな影響を及ぼしている。静は八幡や部長の雪ノ下雪乃に、悩める生徒のために奉仕することを義務づける。さらに彼ら二人を競争させることで、部活動をより効率よく運営する方策をとる。加えて静は依頼人を見つけだしたり、学校行事のたびに「奉仕部」を参加させたりするなど、活動の機会も頻繁に与える。静は「奉仕部」を強力に管理する顧問なのだ。

こうした比較から、顧問の立ち位置の違いが主人公の部活動への意識を決定づけていることが見て取れる。二〇〇〇年代の代表的なライトノベルでは学力を能力の中心に据えていたため、生徒の人間関係にまで教師が関与する必要はない。そのため友達作りが目的の「隣人部」では、マリアの顧問としての力は皆無であり、活動は部員たちの主体性に沿っておこなわれなければならない。小鷹が友達作りに前向きな理由は、そうでないと「隣人部」に所属する意味がないからだ。一方の一〇年代では、人間関係を良好に保つスキルも学校で向上されるべき能力に含まれる。そのため、八幡の孤独性は教師の静からみると無視できない問題となる。だからこそ八幡は自分の意思とは無関係に静の影響力が強い「奉仕部」に入部させられ、彼女の命令によって孤独性から脱却することを強いられる。

次に「選抜・配分」機能に注目してみよう。ここではともに学校の成績が物語の展開と密接に結び付いている作品として、二〇〇〇年代は井上堅二『バカとテストと召喚獣』（〔ファミ通文庫〕、エンターブレイン→ＫＡＤＯＫＡＷＡ、二〇〇七―一五年）、一〇年代は衣笠彰梧『ようこそ実力至上主義の教室へ』（〔ＭＦ文庫

J」、KADOKAWA、二〇一五年―）を取り上げる。

『バカとテストと召喚獣』の舞台である私立文月学園には、テストの点数に応じた強さをもつ召喚獣を召喚できる「試験召喚システム」という独自のシステムがある。この召喚獣はクラス単位でおこなわれる対抗戦「試験召喚戦争」で主に用いられる。物語は成績が最下位のFクラスの生徒たちが、最上位のAクラスを目指してテストの点数に限らない戦略を駆使し、上位クラスと対等以上に戦っていく様子を描く。一方、『ようこそ実力至上主義の教室へ』の舞台となる国立高度育成高等学校には、クラスの成績に応じて学校の敷地内で使用可能なポイントが支給される「Sシステム」がある。物語はクラス成績が最下位のDクラスの生徒たちが最上位のAクラスを目指して様々な試験を勝ち抜いていくことで進んでいく。

一見すると同じような学校制度、話の展開のようにみえるが、「選抜・配分」機能というフィルターを通すと違いが現れる。『バカとテストと召喚獣』では従来の「選抜・配分」機能を反映するように、筆記テストの点数だけがクラス分けや召喚獣の強さの基準になっている。また「試験召喚システム」に関する事項は校則として明記されていて、Fクラスの生徒たちはシステムの内容を事前に熟知したうえで対策を立てることが可能である。

では、『ようこそ実力至上主義の教室へ』はどうか。「Sシステム」で測られるクラス編成やポイント査定の基準が学校から開示されることはまれで、むしろ隠蔽される。そのため生徒たちは自力で基準を明らかにしなければならず、その基準は、テストの点数、授業態度やコミュニケーション能力などの人間性、部活動などの実績、入学前の経歴など、多岐にわたる。こうした評価基準の曖昧さは、折々におこなわれる特別試験の多様性にも現れている。

ここに「試験召喚システム」と「Sシステム」の根本的な違いがみられる。前者は評価基準が狭く明瞭、かつ入学前に示されているが、後者は評価基準が広く曖昧で、かつ入学後もその全容を知ることはできない。

こうしたシステムの違いは、キャラクターの行動心理と深い関わりをもつ。『バカとテストと召喚獣』では各クラスの教室設備にランク差がある。Ｆクラスの生徒たちは劣悪な環境を改善するために、新学期当初から積極的に「試験召喚システム」に参加していく。この積極性の背景には、学力の低さをそれ以外の部分で補うことができるという自信や、クラス間の差が教室での学習環境でしか現れない以上、成績最下位のＦクラスには払うべき代償がないという一種の開き直りがあるだろう。

他方、『ようこそ実力至上主義の教室へ』では、ポイント支給額の差がそのまま日常生活の質の差に直結する。さらにこちらでは、通常の定期試験で一科目でも赤点をとると退学処分が下される。そのためＤクラスの生徒たちは、自らの人間としての全体性を否定されたうえで、自分の生活を守るため、という消極的な態度で「Ｓシステム」を受け入れざるをえない。現に入学後一カ月で支給ポイントをゼロにするほど自由に過ごしていたＤクラスの生徒たちは、「Ｓシステム」が自分たちに都合が悪い制度とわかると、生活態度を改め、テスト勉強に励み、クラスメイトと協力するようになる。

ここまで学校教育の二つの役割をもとに二〇〇〇年代と一〇年代の作品を比較してきたが、その両方で学校がもつ機能とキャラクターの行動心理とが密接に関わることが浮き彫りとなった。ここで扱った二〇〇〇年代の作品では、キャラクターたちの主体性がいかんなく発揮されているが、一〇年代のキャラクターには受動的な部分が目立つ。

突き詰めれば、自らの全体的な能力を測られ、それを強制的に向上させられる二〇一〇年代の学校は、個性が強いキャラクターたちにとって居心地がいい場ではなくなっているのではないか。例えば『俺の妹がこんなに可愛いわけがない』（電撃文庫〕、アスキー・メディアワークス、二〇〇八年―）で、学業部活ともに優秀で活発な性格の高坂桐乃をメインヒロインに据えた伏見つかさが、『エロマンガ先生』（電撃文庫〕、ＫＡＤＯＫＡＷＡ、二〇一三年―）では、一転して重度の引きこもりで内気な性格の和泉紗霧をメインヒロインとして登場させたのは、作者自身の願望(6)だけでなく、時代が要請した結果といえるのかもしれない。

注

（1）以下の学校教育の機能に関する記述は、本田由紀編『現代社会論——社会学で探る私たちの生き方』（〔有斐閣ストゥディア〕、有斐閣、二〇一五年、三一ページ）による。

（2）松下佳代編著『〈新しい能力〉は教育を変えるか——学力・リテラシー・コンピテンシー』（ミネルヴァ書房、二〇一〇年）二ページを参照。

（3）これらの言説に関しては、佐藤博志／岡本智周『「ゆとり」批判はどうつくられたのか——世代論を解きほぐす』（太郎次郎社エディタス、二〇一四年）三七ページに詳しい。

（4）例えば、二〇一八年七月三十日におこなわれた第二十回OECD/Japanセミナーでの山田泰造の公演資料に同様の指摘がある（山田泰造「大学入学者選抜改革の動向」〔http://www.mext.go.jp/component/a_menu/other/detail/__icsFiles/afieldfile/2018/09/11/1407981_05.pdf〕［二〇一九年七月二十三日アクセス］）。

（5）本来部活動は教育課程外の活動である。しかし二〇一七年告示の「中学校学習指導要領解説 総則編」や、一八年告示の「高等学校学習指導要領解説 総則編」では、「部活動については、（略）学校教育の一環として、教育課程との関連が図られるよう留意すること」と定め、部活動の教育的効果を高めることを促している。文部科学省「中学校学習指導要領（平成29年告示）解説［総則編］」（https://www.mext.go.jp/component/a_menu/education/micro_detail/__icsFiles/afieldfile/2019/03/18/1387018_001.pdf）［二〇一九年七月二十三日アクセス］、同「高等学校学習指導要領（平成30年告示）解説［総則編］」（https://www.mext.go.jp/content/1407073_01_1_2.pdf）［二〇一九年七月二十三日アクセス］

（6）伏見つかさへのインタビュー記事による（「『エロマンガ先生 妹と開かずの間』発売記念！伏見つかさ先生&かんざきひろ先生インタビュー後編」「アキバBlog」〔http://blog.livedoor.jp/geek/archives/51421359.html〕［二〇一九年九月三十日アクセス］）。

コラム

ライトノベルで卒業論文を書く人へ

「ぼっち」がメジャーになる瞬間

須藤宏明

私が勤務する日本文学科で新入生に「大学では、好きな文学を好きなだけ読むことです。何より、漢文、古典から現代文学まで幅広く読むことが、肝要です。具体的には記紀、万葉集から中世、近世の文学、漱石、鷗外に始まる近代文学、そして村上春樹やライトノベルといったアップトゥデートな現代文学まで、片っ端から読んでください。それらすべては研究の対象であり、卒業論文のテーマになります」と言うと、必ず「えっ、ライトノベルでもいいんですか？　それでも卒業論文になるのですか？」という反応が返ってくる。

「ライトノベルでも」の「でも」は、まことにライトノベルに失礼である。しかし、ついこの間まで高校生であり、学校によっては教室にライトノベルを持参することさえ禁止している中・高があると聞くぐらいだから、彼らにとってライトノベルは規範の文学外であり、悪書の類いと認識されていたのかもしれない。私個人としては『ハルヒ』（谷川流、〔角川スニーカー文庫〕、角川書店、二〇〇三年―）、『文学少女』（野村美月、全十六巻〔ファミ通文庫〕、エンターブレイン、二〇〇六―一一年）、『やはり俺の青春ラブコメはまちがっている。』（渡航、全十四巻〔ガガガ文庫〕、小学館、二〇一一―一九年）などは、『ごんぎつね』（新美南吉、「赤い鳥」一九三二年一月号、赤い鳥社）、『一房の葡萄』（有島武郎、「赤い鳥」一九二〇年八月号、赤い鳥社）に続く、一人ぼっち、集団のなかでの孤独をテーマにした良書だと確信している。高校で使うサブテキストの『国語便覧』の近代文学史の年表には、ライトノベルをぜひ掲載するべきである。国語教育改革が叫ばれ、実際に学習指導要領改訂が議論されている最中だから、ライトノベルの『便覧』へのエントリーはいまが機かもしれない。

あるいは、ライトノベルを読むことはオタクと認定され、結果、学級内でのカーストから彼ら自身が排除されることを恐れていたのかもしれない。基本的にオタクの日本語翻訳は「研究」なのであるから、オタクはオタクとしてもっと堂々とオタクを自負すればいいことなのである。しかし、中・高ではなかなか堂々とオタク、研究者を名乗ることは難しいのが現状だろう。ライトノベル愛好者は学級内では、マイナーな部類だったのだろう。

しかし、日本文学科に集まる学生の多くは、ライトノベルの読書経験がある。中・高でマイナーだったオタク生徒は日本文学科に入ってくると、多数の同類学生がいることに驚く。彼らはオタクゆえに他者との交流がやや苦手なところがあり、最初は戸惑いを感じているようだが、一週間もするとあちらこちらでオタクグループができている。それぞれのグループはそれぞれ違ったオタク内容を有しているようであある。それがまた独特のコアな雰囲気を醸し出しているのが、何とも日本文学科らしくて安心する。彼らはやっと居場所を得たということだ。ようやく体に合う水を得たのである。教室内でオタク特有の話題、会話が横行している。マイナーがメジャーに転換する瞬間である。彼らはここではじめてオタクであることを自任し、実にアクティブにオタク活動を開始する。

容姿に無頓着としか思えないような黒っぽい服を着た数人の男子学生が学生食堂でたむろしてゲームやライトノベルの表紙議論に夢中になっている光景は、実にいいものである。そのうちの一人が私のゼミ生だったので、一度「君たち、いつも一緒で仲がいいな」と声をかけると「ええ、僕たちはドウシですから」という返答がきた。同士、同志、どちらの変換なのか、なぜ友達ではいけないのか聞こうかと思ったが、おそらく長い解説がつくと思い、その場を立ち去った。彼らのこの豊富な無駄な知識は、何とか社会活用できないものだろうかと真剣に思ったりする。けれども、もともと、文化とは「無用の用」であるのだから、そのうち彼らも何らかの文化の担い手になればいいと思い、明るく鬱屈する青年たちを頼もしく眺めている。

ところが、小学校教員養成の学科の学生は、意外にもライトノベル体験者は少ない。なかには二〇二〇年のいまになって「ライトノベルとは何ですか」と質問する教員志望の学生もわりと多い。そういう学生にライトノベルを簡単に紹介すると「やはり、教員になるには、ライトノベルは読んでおかなければならないのでしょうか」とほぼお決まりのように聞いてくる。真面目なのはいいのだが、「この子は、本質的に何もわかってないな」と思いながら、必ずしも読まなければならないものではない、それより芥川龍之介や「赤い鳥」をじっくり読んだほうがいいように思うと答えることにしている。ライトノベルを読めとは言わない。この小学校教員志望者は、本当に文学作品が好きなのだろうか、教育、教師にとってのアイテムとしてしか文学作品をみていないのではないだろうかという疑念が頭をよぎる。

一方、オタクなライトノベル愛好者の学生は、実にライトノベル作品が好きである。ライトノベルは立派な作品である。小説としての作品である。したがって、作品論が立派に成立する。三好行雄が生きていたら、確実に『作品論の試み』（至文堂、一九六七年）にライトノベルを収録していると思われる。ライトノベルは、おおむね、学園ものと異界ものの二つに大別できるが、その二つの物語世界に共通するのは一人ぼっちである。元来、「ぼっち」は児童文学の特質である。『赤い蠟燭と人魚』（小川未明、「東京朝日新聞」一九二一年二月十六日付―二十日付）、『ごんぎつね』『一房の葡萄』などの古典的児童文学の名作は「ぼっち」が主題である。それが、ライトノベルに連続しているということだけである。べつに目新しいテーマではない。ということは、従来の作品論の方法でライトノベルは十分読み解けるということだ。読み解けるということは、それは作品研究にもなるということである。

基本的に孤独、つまり一人ぼっちとは関係性の問題である。一人ぼっちには二通りの状況がある。一つは、たった一人隔絶された場所、孤島などにいるオンリーワンの一人の状態である。『太平洋ひとりぼっち』（堀江謙一、「ポケット文春」、文藝春秋新社、一九六二年）の状態である。『野火』（大岡昇平、「展望」一九五一年一月号―八月号、筑摩書房）での主人公がたった一人で逃走する一人ぼっちの孤独である。もう一つは、集団のなかに存在はするが、他者と関係性がとれず、一人ぼっちになっている状態である。教室や人なか、都市空間にはいるが関係性が薄い、あるいはディタッチメント状態である一人ぼっちである。ひいては、これは、天皇の孤独にもつながる。ライトノベル、特に学園モノでは、圧倒的にこのディタッチメント状態のテーマが多い。その場合、たいてい「ぼっち」と表記されている。「ぼっち」の表記の意味は、教室のなか、人混みの孤独である。この問題を主題にした作品が『やはり俺の青春ラブコメはまちがっている。』である。この小説はテーマが「ぼっち」に絞られていて、作品論にはなりやすい。近年も私にこの作品で卒業論文を提出した男子学生がいた。一度、ライトノベル研究会に参加した学生である。

おおまかな論旨は次のようなものである。

「比企谷八幡は集団の中で「ぼっち」という位置を頑なに守ろうとする。そのことによって、自己の存在を確認する。八幡にとって「ぼっち」という言葉は、自らの意見を「ぼっち」という主語を用いることで、さも自分の意見が「ぼっち」すべての総意であるかのように語る。八幡にとっては「ぼっち」は「孤独者の集団」であるともいえる。そう語ることで自分は本当に孤立した存在ではないということを、無意識的に刷り込んでいる。本作品での「ぼっち」という言葉は単純に「一人ぼっち」の略称ではなく八幡の自己を本当に孤立させないための繭のようなものなのである。彼の「ぼっち」とは自身を肯定し、自身の変化を否定するための繭である。八幡の「ぼっち」は世の中すべての「ぼっち」たちとの共通の思念なのである。八幡自身が心のよりどころとし、救いにしているのである」

実際に提出された文章に私が多少手を加えたが、論者の主張は変えていない。

この卒業論文を指導しているときに難儀したのは、あらかじめ、書きたいことと結論はあるのだが、実際に本文を引用しての論証がなかなか進まないことだった。「もっと本文をもってきて、「ぼっち」の特徴を書きなさい」と言っても、長々と粗筋を書いてくるだけなのである。「だから、これは粗筋であって論証、作品論ではないでしょう」と言っても、また粗筋がくる。こういうことを二、三回繰り返し、これではだめだと思って「論証はいらないから、ヒッキーの発言で、君の好きなセリフを抜き出してきなさい。ヒッキー語録ですね」と言うと、これは見事にもってきた。抜粋すると、

「ぬるいコミュニティで楽しそうに振る舞うなど自己満足と何も変わらない。そんなのは欺瞞だ。唾棄すべき悪だ[1]」

「孤独の痛みなんて今さら何てことないですよ！慣れてますから！[2]」

「本来ぼっちというのは誰にも迷惑をかけない存在だ。人と関わらないことによってダメージを与えない。究極的にエコでロハスでクリーンな生き物だ[3]」

というようなものである。これが提出されてからは、このセリフを一つひとつ意味づけしていき、何とか論文らしくなって進みも早くなった。つき物が落ちたようだった。

この抜き出しと引用で明らかなように、論者は主人公の比企谷と同化している。つまり、論者自身が「ぼっち」であり、その心情が文字化され、示されているところに論者は魅了されているのである。卒業論文を書く以前に、作品として論者は「ぼっち」の世界に浮遊し、埋没し、それを楽しんでいたのである。それが「論文」なるものを書かなければという段階になり、楽しんで浮遊していた世界から離れてしまい、パニクって行き詰まったのだろう。それが好きなヒッキー語録を思い出すにあたり、舞い戻ってきた、ただそれだけのことなのだ。

畢竟、これが作品論の土台である。対象作品が好きであること、その作品世界に埋没していること、これが前提である。この前提に基づき、細かな本文解釈、テクスト分析がおこなわれるということだ。この点、ライトノベル愛好者の学生は、作品世界への埋没という土台があるから安心である。埋没しすぎてコスプレ世界にいく学生もいるがそれはそれでいい。また、文字世界に戻ってくればいいだけのことである。たやすいことだ。

だが、問題もある。それは、ライトノベルを卒業論文に選ぼうとする学生の多くが、ライトノベルだけしか読んでいないということである。夏目漱石、森鷗外、志賀直哉、芥川龍之介、谷崎潤一郎、川端康成、三島由紀夫などはほとんど読んでいない。ましてや古典や漢文が苦手ときている。文学教養としての基礎と土台がないということだ。ライトノベルを読むなとは決して言わない。しかし、ライトノベルしか読まない大学生は否定する。学生証をもつ意味がない。今後、大学でライトノベルを研究対象とする学生には、少なくとも日本近代文学史とそれらの作品を読んでいることを必須としなければならないように思う。

とはいえ、ライトノベル愛好者の学生にとって、これらの作品群は、彼らの生きる救いになっていることは確かだ。引きこもりがちになっても、社会のなかで「ぼっち」になっても、引きこもり「ぼっち」を楽しみながらも、同時にほかの世界を求めている。ほかの世界と出会おうとしている。何かしらの出会いを求めて、彼らはライトノベルの世界に入っていく。そして、リアルな現実にライトノベル世界との差異や同化を確認し、大学という空間で論理的に作中人物の心情を分析することを学び、訓練する。いいことだと思う。「ぼっち」が生き残るための「ぼっち」の文学、それが大学教育でのライトノベルである。

注

（1）渡航『やはり俺の青春ラブコメはまちがっている。』第一巻（ガガガ文庫）、小学館、二三三ページ
（2）渡航『やはり俺の青春ラブコメはまちがっている。』第二巻（ガガガ文庫）、小学館、三六ページ
（3）渡航『やはり俺の青春ラブコメはまちがっている。』第三巻（ガガガ文庫）、小学館、一九ページ

コラム

ラノベ編集者の仕事

松永寛和

はじめに

物語を生み出す小説家と、キャラクターを描き出すイラストレーター。ライトノベルの作者といえば、この両者だが、ほかにもライトノベルには陰ながら作品に大きな影響を与える存在がいる。それが編集者と呼ばれる人間である。あとがきなどで謝辞を述べられることも多く、ほかのジャンルよりも影響力が強いといわれることも多いライトノベルの編集者だが、その仕事とはどんなものなのだろうか。某ライトノベル編集部で働いた経験から、あらためて整理してみたい。ライトノベルはどのように作られるか。編集者の視点からみてみよう。

新作発掘

まず、何をおいても編集者のいちばんの仕事は新作発掘である。主な手段は三つある。一つは各レーベルがおこなう新人賞。歴史は古く、三十回を超えるものもある。数々の人気作家を生み出してきたライトノベルの登竜門である。

二つ目は、近年なくてはならない新作発掘ルートになっているウェブ小説のスカウトである。投稿小説サイトの最大手「小説家になろう」（https://syosetu.com/）のランキングは多くのレーベルの編集者がチェックしている。人気の作品であれば、ランクインして一週間以内に書籍化のスカウトがきているだろう。小説投稿サイトは、いうなれば読者が直接選ぶ新人賞のようなものだからだ。「小説家になろう」以外にも

「エブリスタ」（https://estar.jp/）やKADOKAWAが自ら運営する「カクヨム」（https://kakuyomu.jp/）など、多くの小説投稿サイトが存在する。次なるヒット作をつかむため、編集者は今日も投稿サイトをチェックしている。

そして三つ目が既存の作家の新作である。シリーズものはある程度流れに乗って巻数を重ねていくことも多いが、やはり新シリーズの一作目を生み出すのには苦労がある。作家にプロットを提出してもらい、編集者がこれは売れそうだと思えるまで修正を依頼し、あるいは一からやり直していく。これが長い場合は年単位で続くのである。その作家の勝負ができる強みは何かを考え、編集者も積極的にネタ出ししていく。まさに二人三脚でプロットを作り上げていくのだ。だからこそ、苦労した作品が増刷を重ねたときは、編集者はわがことのように喜ぶのである。

改稿作業

さて、書籍化が決定したとしても、作家が原稿を執筆してそのまま出版というわけではない。作品のクオリティーを上げるため改稿がおこなわれる。どの程度改稿するかはレーベルごとに、あるいは作品ごとに大きく異なる。ただ新人賞の場合は、編集部の多くの人間が読んでいるため、選考の過程で様々な意見が寄せられる。また、最終選考を担当する各レーベルのエース級の作家の意見はやはり鋭く、参考になる部分が大きい。新人賞の場合は比較的改稿が多いようである。

ウェブ小説の場合、よく問題になるのはいわゆる起承転結をどのように作るかである。というのも、ウェブ小説はエピソードの長さに制約がないため、そのまま書籍化しても盛り上がりもなく終わってしまうということがよくある。そのため、一巻の終わり部分に何かしらの盛り上がりやストーリーの解決を加筆するように依頼することがある。また、ウェブ小説は無料で読めるため、ウェブ版の読者にも買ってもらえるように付加価値がある加筆を提案することも多い。エピソードの追加や、大胆な場合はキャラクターを追加するなどして、ウェブ版から応援してくれた読者に少しでも新鮮に読んでもらえるよう努力する。

文字周り

さて、作家が作品を作り上げていく一方で、編集者にも文章を書く仕事が数多く存在する。手元にライトノベルがあれば見てほしい。多くのレーベルには粗筋がついている。こういった、書籍という商品を成立させるための、小説本文以外の文章を書くのも編集者の仕事なのである。粗筋以外にも、帯のキャッチコピーやキャラクター紹介などもある。もちろん、こういった部分まで自分でコントロールしたい作家は自身が執筆する場合もあるのだが、いちいち依頼するには煩雑だし、作品の中身に集中してほしいという気持ちもある。また、それだけではなく、こういった細部の部分を編集者が担当するのはこれらが作品の宣伝に含まれる部分だからでもある。

編集者が作品を担当するうえで常に考えているのが、作品の魅力をどのようにプロデュースしていくかということである。粗筋を書くにしても、目的はストーリーを説明することではなく、作品のおいしい部分を伝え、読者に期待感をもたせることである。宣伝的な文句は、物語を書くのとはまた別の技術が必要になる。作家とは違う分野で、編集者も文章力を磨いている。

イラストレーターの選定

ライトノベルならではの特徴といえば、作品それぞれの個性を際立たせるイラストの存在である。作品の改稿作業と並行して、編集者はイラストレーターとの作業も進めていく。巷ではイラストがよければライトノベルは売れるというような声も聞かれる。だが、実際はそんな簡単な話ではなく、イラストも作家もよくなければ売れないというのが正直なところである。実際、超有名イラストレーターが描いた作品が箸にも棒にも引っかからないということはよくある。

イラストと本文に親和性があり、質が高いコラボになるようにするのが望ましい。そのためには編集者も必死である。まずはイラストレーターの選定から仕事が始まるのだが、業界的な近況としては、これまで以上にイラストレーターの確保が困難になったというのが、ベテランの編集者からは聞かれる話である。イラストレーターが安定して働ける仕事として、シリーズ化すれば定期的に新刊が出るライトノベルは十分にうまみがある仕事だった。しかし、近年はソーシャルゲームが大量に依頼を出しているから、そちらとの取り合いになってしまっているのである。イラストレーターに依頼しても、ゲームの仕事でスケジュールが埋まっているから断られるということが往々にしてある。編集者としては難しいところだ。イラストレーターが決まらずに刊行が遅れるというのも珍しくない。また、巷では絵師ガチャなんて言葉も聞かれるが、編集部としてはどの作品にもベストなイラストレーターを見つけようと努力している。ただ、既存の作家であれば過去の実績、新人であっても大賞受賞やウェブ上での膨大なＰＶ（ページビュー）数などといったわかりやすい売りがなければ、イラストレーターの確保には苦戦するのが現実である。

イラストの発注

イラストレーターのスケジュールを押さえたら、順次イラストを発注していく。まず必要なのがキャラクターのデザインである。作家に各キャラクターごとの設定資料を作ってもらい、それをもとにイラストレーターがデザインを起こす。それをもとに、表紙や口絵、挿絵などのイラストを考えていく。あとはイラストレーターにお任せ、とみえるところだが、実はここからが編集者の腕の見せどころである。何も言わなくてもすばらしいイラストを上げてくれるイラストレーターもいるが、基本的にイラストレーターは文章の専門家ではない。そのため、作品を読み込み、何を描いてもらうのか決めるのは編集者の仕事なのである。

まず、最も目を引くところは表紙キャラクターの選定である。ヒロインのピンなのか、それとも主人公と並べるのか。白バックにするか、あるいは物語のテイストを伝える小物や背景を配置するか、編集者は知恵を絞ることになる。

意識するのは、作品のポジショニングである。その本を読んでも楽しめない人に届けても仕方がない。作品と読者との適切なマッチングを生み出すのが編集者の仕事である。そのために、絵柄の特徴や構図が、市場のなかでどのような物語と結び付けて理解されているのかを読み取り、表紙のイラストや帯のキャッチコピー、タイトルのロゴなどのなかにメッセージを埋め込んでいかなければならない。

これは時代時代によって変わっていくものなので説明が難しいが、例えば白バックのヒロインアップで、後ろに小さく主人公、という構図は非常にラブコメ的である。逆に主人公が強い、無双的な作品は主人公のほうがメインで描かれることが多い。売れている作品を見れば、表紙を見ただけでその作品にどのような「面白さ」が秘められているか、何となく伝わってくるはずである。もちろん、ありきたりの表紙を作るだけでは、市場のなかでは埋もれてしまう。異物感や、その作品独自の魅力も同時にアピールしていかなければならない。その意味では、強烈に違和感がある表紙がかえって売れてしまう場合もある。作品のポジションやオリジナリティーが伝わる表紙を発注して描いてもらうのが、編集者が目指すところである。

口絵や挿絵の指定も編集者の仕事である。書店で口絵をパラパラとめくり購買を決める方は多いだろう。口絵ではある程度ストーリーを伝えられるので、読者の期待感が高まる構成を意識する。挿絵の場合、見せ場のシーンをとるのはもちろん、ビジュアルがないと想像しにくいシーンに絵を入れることも考える。イラストを選定する過程で効果的な絵になるようなシーンがない場合には作家に加筆を頼むこともある。

おわりに

作家はイラストの専門家ではないし、イラストレーターも文章の専門家ではない。同時に、商品を作るということはマーケティング的な意識も必要になる。作家とイラストレーターだけでは押さえきれない部分をフォローし、両者の才能を発信するのが編集者の役割であり面白いところでもある。

作品がヒットすれば、コミカライズやアニメ化の打ち合わせ。あるいは交通広告やCMの作成、サイン会の同行など仕事は無限に広がっていく。あまり意識されないかもしれないが、編集者がいい仕事をしたときは、イラストの選定や広告に意図を感じるものである。そんな編集者の仕事を想像しながら読んでみるのも、ライトノベルならではの楽しい読書体験ではないだろうか。

コラム

VRがもたらす体験

VR（仮想現実）という新しいメディア

山口直彦

『狼と香辛料』（全二十三巻〔電撃文庫〕、メディア・ワークス→アスキー・メディアワークス→KADOKAWA）は支倉凍砂のデビュー作である。二〇〇五年の第十二回電撃小説大賞の銀賞受賞から始まり、一一年に本篇が完結。その後も現在まで外伝および続篇シリーズが執筆され続けている人気作品である。小説だけでなく、マンガ・テレビアニメ・ゲームなど多数のメディアミックスによってもファンを楽しませてきた。

そのメディアミックスの展開先に、新たに「VRアニメ」が加わった。二〇一八年七月十六日、同人サークルSpicy TailsはVRアニメ『狼と香辛料VR』の制作を発表、[1]その後クラウドファンディングによる資金調達を経て製作を進め、一九年六月三日にリリースした。[2]同作を作ったサークルSpicy Tailsは、支倉凍砂自身が代表を務めていて、ゲームのシナリオも支倉が担当している。それどころかキャラクターデザインは原作小説と同じ文倉十、声優はテレビアニメ版と同じ小清水亜美と福山潤、システム製作はゲーム制作会社のジェムドロップが担っていて、このゲームは一般流通路に乗らないため同人作品という扱いではあるものの、実質的に公式メディアミックスといって遜色ないスタッフによって作られている。リリースから三カ月と待たずに第二弾の制作決定も公表[3]されていて、期待の高さがうかがえる。

それでは、マンガ・テレビアニメ・ゲームに続く新たなメディアミックス先として選ばれた「VR（アニメ）」は、どのような楽しみ方を消費者に提供してくれるのだろうか。

メディアとアダプテーション

「物語」とは情報の一種であり実体をもたない無形のものである。情報を取り扱う（編集する、記録する、伝達する……）ためには無形の情報を具現化するための道具が必要であって、これを「メディア（媒体）」というが、メディアには単なる「伝達手段」を超えたはたらきがある。伊藤守は音の伝達を例にとって、「何か（音）が伝達されるとはいえ、その伝達されるもの（音）自体が問題なのではなく、その伝達を（不）可能ならしめている媒介性、これがMedium［メディアの語源であるラテン語：引用者注］という概念の核心をなしている」[4]と説明する。簡単にいえばメディアによって「伝わる内容」だけでなくメディアが「何を伝えうるか」にも着目しなければならないということだ。

メディアが変われば、その特性によって「何を伝えうるか」も変わる。どれほど丁寧に言葉を尽くしても日本語のジョークをニュアンスまで完璧に英訳することが不可能なのと同じで、メディアを移すという行為は物語そのものに多少なりとも影響を与えるし、ときには意図的に物語を操作することさえある（むしろ操作せざるをえない）。リンダ・ハッチオンは映画制作の用語である「アダプテーション（翻案）」という視点からこうした問題を論じ、批評理論として考える方法を示した。[5]

小説（文章）というメディアは「文字」を使った表現であるため、情報表現の自由度が非常に高い。登場人物の思考を心内表現にして直接書き表すこともできるし、物語の背景を端的に説明することもできる。その半面、感覚情報（五感）に関わる表現はいい意味でも悪い意味でも抽象的な説明しかできない、すなわち具象度が低い。「美しい顔立ちの娘は、ちょっと起こすのが忍びないほどによく眠っていた」は、『狼と香辛料』のヒロインであるホロの姿を表現した最初の記述だが、これを読んで読者が想像するホロの寝姿は各自違うだろう（仰向け？、横向き？、いびきをかいている／いないのか……など）。読者が自分の好みに合わせて想像する楽しみがある半面、どれほど言葉を尽くしても表現しきれない不透明な部分が文章表現には常につきまとう。

　表現の自由度が高く、感覚情報の具象度が低いという小説の特性を前提に考えれば、小説をほかのメディアにアダプテーションする行為は「何かの抽象度を下げる（具象化する）」かわりに「多少の自由度を犠牲にする」行為となる。例えば翻案先が「アニメ」だった場合、映像（人物の姿・動き・背景）・声・効果音については具象化されるが、登場人物の心の内を直接表現することは不可能になる。人物の表情や動きで表現する、漫符[6]のような特殊表現に頼る、セリフ化する、ナレーションにするなどの手法に置き換えるしかない。図1はテレビアニメ版『狼と香辛料』のホロの初出シーンである。毛皮にくるまって眠るホロの姿が具象化されていて、まさにこれこそが小説からアニメへアダプテーションした恩恵なのだが、原作の「美しい顔立ち」という表現はすべて絵による表現に回収されているため、アニメ版ホロの描写を見て「美しくない」と感じてしまう人がいる可能性が否定できないという副作用も生じている。

VRというメディア

　VRを簡単に説明すると、主にコンピューターによって作り出された仮想世界（を表現する刺激）をユーザーに与え、ユーザーの意識が作品世界のなかに連れていかれたように錯覚させる（これを没入と表現する）技術の総称である。没入のために大切なポイントは二つあり、一つは「外界の情報を遮断すること」、もう一つは「ユーザーの動きが仮想世界にリアルタイムで反映され、能動的に仮想世界へ関与しうること（インタラクション）」である。前者はユーザーに現実を見せず仮想世界へ

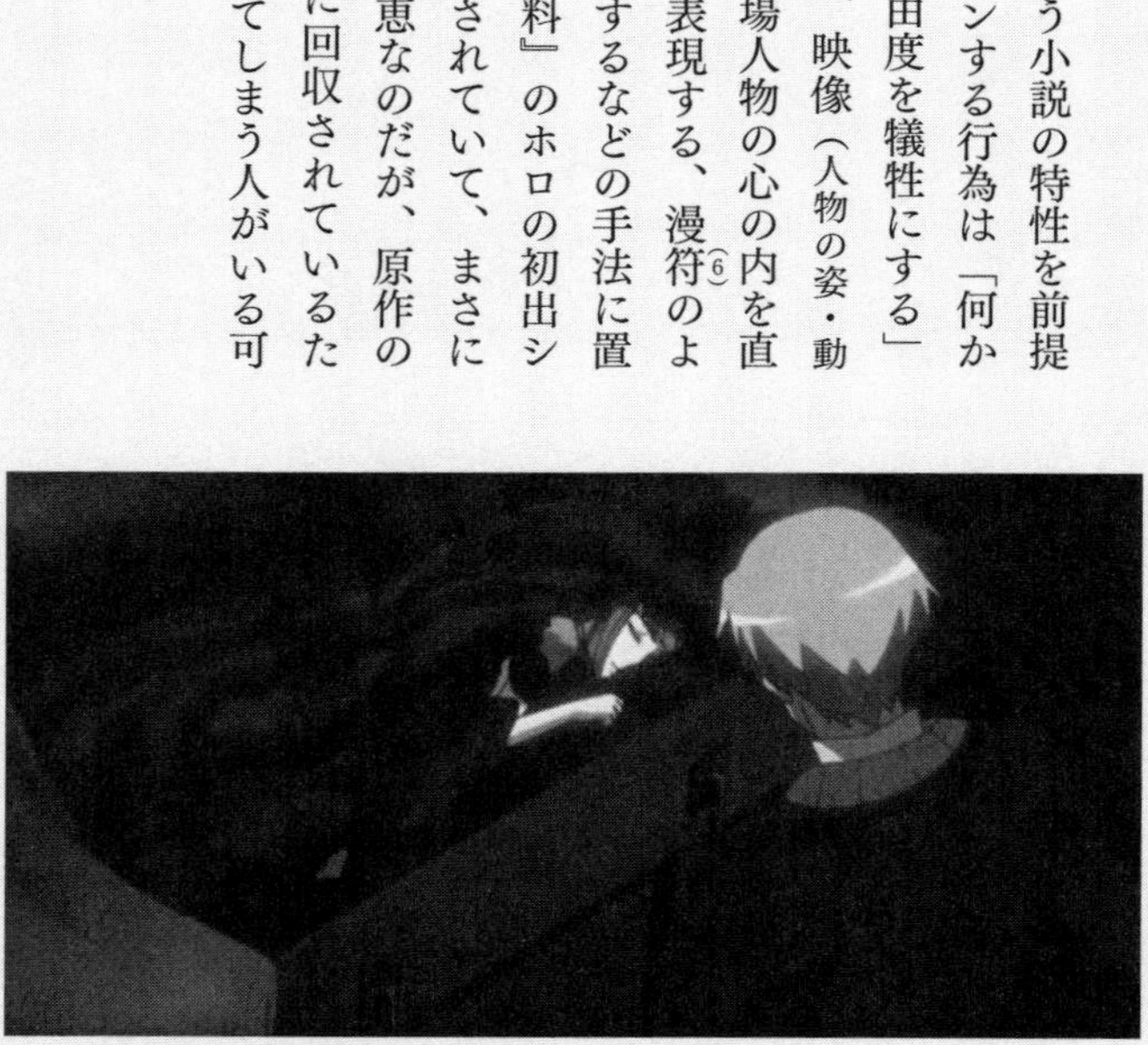

図1　『狼と香辛料』第1話、IMAGIN、2008年

集中させるために必要なことだが、それだけでは暗い映画館で映画を見ているのと大して変わらない。VRにとって最重要なのは後者のインタラクションである。

現在主流となっているVRの方式は、非透過型のHMD（ヘッドマウントディスプレイ）とイヤホンを用いて視覚と聴覚を刺激する。視野のほぼすべてが画面でカバーされ、HMD内蔵のセンサーによって顔の動きを感知しそれに合わせて視野を変化させる。また両手にコントローラーを装着する場合、仮想世界の腕が現実の手と連動して動く。単に映像を見るだけでなく、首や手の動きを通じて仮想世界に能動的に関与することで、より深い没入感と体験を得ることができる。

インタラクションは、小説でもアニメでも映画でも実現しえなかった領域だった。主要なメディアの特性をまとめたものを表1に示す。従来は「ビデオゲーム」がインタラクションを実現するほぼ唯一のメディアだったが、コントローラー（十字キーやキーボードなど）を仲介させなければならず、不自然さが残るインタラクションだった。VR技術が進化し

表1　主要メディアの特性

		小説	アニメ	ビデオゲーム	VR
台詞		◎（文章）	△（音声化できる範囲で表現）	◎（文章・音声）	◎（文章・音声）
登場人物の思考		◎（文章）	◆（セリフ化したり漫符を使うなど）	◆（文章化が許されれば◎）	◆（文章化が許されれば◎）
感覚情報	視覚	△（挿絵ほか）◆（文章化）	◎（動画）	◎（絵・動画）	◎（絵・動画）
	聴覚	◆（文章化）	◎（声・効果音）	◎（声・効果音）	◎（声・効果音）
	触覚	◆（文章化）	×	△（振動などだけ限定的に可）	△（振動などだけ限定的に可）
	嗅覚	◆（文章化）	×	×	×（研究中）
	味覚	◆（文章化）	×	×	×（研究中）
インタラクション		×	×	△（コントローラ操作による）	◎（体の動きを検出）

◎：直接表現できる　△：限定的に表現可　◆：代用表現が必要　×：表現が難しい・できない

たことで、首や手を動かすという自然な動きをそのまま仮想世界に反映させるインタラクションが実現したのである。塩瀬隆之は「VRでは、高度なグラフィックス技術よりもむしろこのリアルタイムの相互作用性こそが重要である[7]」と述べ、「VRは、われわれにとって第二の文字のような存在になるかもしれない[8]」とし、VRが新たなエクリチュールとなりうると指摘している。

インタラクションをデザインする

VR作品の楽しみは「聖地巡礼[9]」に通じる部分がある。「聖地巡礼」は聖地（舞台）が「実在し」かつ「現実的に移動可能な場所」でなければおこなえない。実写映像作品や、ロケに基づいて描いた作品であれば聖地巡礼ができることが多いが、ファンタジー作品はそもそもの舞台が実在しないため、本質的に「聖地巡礼」は不可能である。そこにVR技術を使えば、架空の世界を作り込み、そのなかにユーザーが飛び込んで動き回ることができる。VRは「ファンタジー世界の聖地巡礼」を実現する装置になるのだ。

冒頭で紹介した『狼と香辛料VR』（図2）は、ロレンスとホロが旅の道中に古い水車小屋でともに雨宿りのひとときを過ごすというストーリーである。本篇ではプレーヤーはロレンスの視点となり、小屋のなかを動き回るホロを目で追いかけながら会話を楽しむ。本篇とは別に用意されたふれあいモードでは、プレーヤーはコントローラーを利用してホロに触れたり、周囲にあるものを指したりしながら、ホロと相互にコミュニケーションをとって楽しむことが可能になっている。作品世

図2　spicy tails「『狼と香辛料VR』PV（ショートバージョン）」（https://youtu.be/cYt4iPHuBjs?t=28）［2020年3月18日アクセス］

界に浸るだけでなくキャラクターとの交流をも楽しめるという意味では、聖地巡礼以上の体験を味わうことができるのである。

VRというメディアが今後花開くかどうかは、VR技術が進歩することはもちろん、クリエイターがどのように魅力的なコンテンツを提供できるかがポイントになる。そのためには、VRの重要なメディア特性であるインタラクションをしっかり理解し、インタラクションを通じた新しい体験をデザインする感性が必要になる。VRはまだまだ発展途上である。これからどんな新しい体験を提供してくれるのか、私もいまから楽しみである。

注

(1) SpicyTails公式アカウント(@spicytails)の二〇一八年七月十六日午後六時のツイート(https://twitter.com/spicytails/status/1018782354452574208)[二〇一九年六月三十日アクセス]、Yoshitomo Nagai「『狼と香辛料VR』制作発表 二〇一九年配信予定」「MoguLive」二〇一八年七月十六日(https://www.moguravr.com/spicytails-vr/)[二〇一九年六月三十日アクセス]

(2) SpicyTails公式アカウント(@spicytails)二〇一九年六月三日午後三時四十七分のツイート(https://twitter.com/spicytails/status/1135437732728016896)[二〇一九年六月三十日アクセス]

(3) SpicyTails公式アカウント(@spicytails)二〇一九年八月二十九日午前五時四十一分のツイート(https://twitter.com/spicytails/status/1166813031185018881)[二〇一九年十月一日アクセス]

(4) 伊藤守「メディアの媒介性」、伊藤守編著『よくわかるメディア・スタディーズ 第2版』(やわらかアカデミズム・わかるシリーズ)所収、ミネルヴァ書房、二〇一五年、一〇ページ

(5) リンダ・ハッチオン『アダプテーションの理論』片渕悦久/鴨川啓信/武田雅史訳、晃洋書房、二〇一二年

(6) 主に漫画で用いられる意味をもった画像記号。『マンガの読み方』(〔別冊宝島EX〕、宝島社、一九九五年)などを参照。

(7) 塩瀬隆之「ヴァーチャルリアリティはフィクションに何をもたらすか」、大浦康介編『フィクション論への誘い――文学・歴史・遊び・人間』所収、世界思想社、二〇一三年、二四九ページ

（8）同論文二五二ページ
（9）本書第3部第9章「「聖地巡礼」発生の仕組みと行動」（金木利憲）もあわせて参照のこと。

コラム

ライトノベルとメディアミックス

特にアニメ化について

芦辺 拓

二〇一五年七月、東京の神保町シアターで「漫画から生まれた映画たち」という企画上映が開かれました。『サザエさんの青春』（原作：長谷川町子、監督：青柳信雄、東宝、一九五七年）、『あんみつ姫 妖術競べの巻』（原作：倉金章介、監督：仲木繁夫、東京映画、一九五四年）、『風流滑稽譚 仙人部落』（原作：小島功、監督：曲谷守平、新東宝、一九六一年）といったラインナップをみていると、アニメーション制作が未発達だった当時、漫画を映画化するというのは生身の役者によって実写化することにほかならなかったことがわかります。まして小説に関しては、アニメ化は一部の児童向け作品を除けばありえなかったといってもよかったのです。

新時代の少女小説を切り開いてコバルト文庫のスターとなり、ライトノベルの源流の一つといっても過言ではない氷室冴子の作品のアニメ化が『海がきこえる』（「月刊アニメージュ」一九九〇年二月号―九二年一月号、徳間書店）だけであり、それ以外はすべて実写映画・ドラマ化であったことは、いまから思えばかなり不思議に感じられるでしょう。もっとも、映画化された『クララ白書』（全二巻〔集英社文庫コバルトシリーズ〕、集英社、一九八〇年）、『恋する女たち』（〔集英社文庫コバルトシリーズ〕、集英社、一九八一年）も初刊本のイラストは、いわゆるアニメ絵ではありませんでした。このことは、何が小説とアニメを隔て、のちには結び付けたかを示唆しているように思われます。

何をもってライトノベルの初アニメ化と称するかは難しく、ソノラマ文庫から出た高千穂遙『クラッシャージョウ』（朝日ソノラマ→早川書房、一九七七年―）の劇場映画化（監督：安彦良和、一九八三年）か、同じ作者がハヤカワＳＦ文庫から出した『ダーティペア』（早川書房、一九八〇年―）のテレビアニメ化（日本テレビ系、一九八五年）か議論の分かれるところでしょうし、そもそもこれらの原作をライトノベルと呼んでいいのかという問題もあります。

ライトノベルか、そうでないかという点では、議論の分かれようがない神坂一の『スレイヤーズ！』（富士見ファンタジア文庫〔富士見書房→ＫＡＤＯＫＡＷＡ〕、一九九〇年―）がテレビアニメ化されたのは一九九五年。したがってこの時期にはライトノベルからアニメへという流れが、すでに確立していたとみるべきでしょう。

そうした時代を遠くに感じさせるほど、ライトノベルとアニメの親和性はいまや強く、メディアミックスの代表といえるものになっています。と同時に、アニメ化はライトノベルの作者にとっても読者にとっても最も望ましい展開となっていて、例えば、ライトノベル文庫の新人賞からデビューし、ウェブ小説サイトも発表の舞台とされているある作家は「やっぱり自分の作品はアニメになってほしいですよ。アニメ化は大きな目標であり、ライトノベル作家にとってのステータスです」と語ります。

では、その実態はどうか。紙の本に関しては低落傾向にあるといわれるライトノベルですが、それでも二〇一八年の刊行点数は千九百点、うち新作六百点（ラノベニュースオンラインによる）を数え、一方、ブックオフオンラインの「メディア化情報アーカイブ」によれば、同じ年の原作つきテレビアニメ百七十七作のうちライトノベル関連として数えられるものは三十二本となっています。

もちろんこれは比較の対象にはなりません。というのも、本の刊行年とアニメの放映年は異なっているのが普通ですし、しかもライトノベルは巻数を重ねることが多いため、刊行点数は作品数とは一致しないからです。アニメ化率を割り出すためには、ライトノベルの点数ではなくタイトル数を知らなければなりませんが、これは容易なことではありません。さらには同一アニメの一期・二期をどうカウントするかという問題もあります。

これに関し、ライトノベルレビュアーで、『このライトノベルがすごい！』（宝島社、二〇〇四年―）にも協力している秋野ソラさんは、あくまで体感であることを前置きしながら、「アニメ化されるライトノベルは一パーセント弱ぐらいではないか。一方、コミカライズの数はここ数年で爆発的に伸びていて一割以上おこなっているという印象があります」と話します。ちなみに前出のラノベニュースオンラインによると、二〇一八年にスタートしたライトノベルの漫画化作品は二百十三に上ります。

参考までに、ライトノベルさらにはアニメの作品供給源として、見逃せない地位を占めるウェブ小説について、「小説家になろう」（https://syosetu.com/）での作品発表から第五回ネット小説大賞を受賞した鷹樹烏介さんは、ある講演で大づかみな数字であることを前提にしながら、「「小説家になろう」からは四百分の一の確率で書籍化デビューし、コミカライズされるのが三千分の一、実写をふくめた映像化が三万二千分の一」という試算を出しています。

これは二〇一七年時点での総作品数を六十万と概算、同年までの書籍化千五百二十四、コミカライズ二百十五、映像化は「小説家になろう」の認知度が高まった一四年以降の作品をピックアップした結果とのこと。ここからは、ウェブ小説からの進出が狭き門ではあれ、侮れない勢力となっていることがうかがわれます。

こうした数字が出ること自体、ウェブ小説の書き手と読み手にとって、アニメ化が書籍化の次のステップであり、どうかすると最終目標となってしまうほどに重要視されていることを示すものでしょう。

では、書き手と読み手をつなぐ売り手――書店では、アニメ化やコミカライズをどうみているのでしょう。大阪府下で店舗展開するヒバリヤ書店のコミック専門店「ＣＬヒバリヤ」の村上末佳さんに直接聞いたところ、次のような答えがありました。

「アニメ化が決定してから動いたのでは遅いし、企画が進行中とわかった段階でお客さまの反応があるので、ネットの情報や漫画関連のニュースサイト「コミックナタリー」に注目しているのは、一般の読者さんと同じですね。アニメ化企画があるとわかった段階で、全巻を目につくところに移しますが、お客さまの目がすぐいくのはコミカライズですね。いまのライトノベルは、よほどパンチの利いた設定でないと原作からは入ってもらえないという現実があり、その点ウェブ小説は「「小説家になろう」で評価されて待望の書籍化！」というふうにうたえる点が有利です」

またコミカライズについては、コミック担当者としての立場から、

「特に大きく動いたのは『オーバーロード』と『幼女戦記』で、特に後者はコミカライズによって売れた作品といえます。漫画家さんの手で原作では語られない設定を補完したり、文字だけではピンとこない展開に構成力を発揮したりすることも珍しくありません」

と、原作やアニメに対する解説本としての効用を述べます。村上さんによれば「アニメはすべてを満足させてしまい、原作には向かわせないこともある」という怖さもあり、メディアミックスといっても単純なウィンウィン関係ではなさそうです。

売り場で若い読者に絶えず接している村上さんによると、彼らもライトノベルやそのコミカライズの長いタイトルは覚えきれないようで、スマートフォンに書影を映して「この本ください」と言ってくるそうです。また漫画と同様、習慣化したシュリンク包装については、「本に封入された特典を目当てに買う人が増えたので、シュリンクなしには戻れない」とのこと。となれば、いよいよ立ち読み不可能となるわけで、宣伝や広報のあり方も、一般書籍とは変わってくることでしょう。

それは余談として、さらに作品作りに最前線で関わる老舗文庫レーベルの編集者に聞くと、

「率直にいって、いまのライトノベルの読者は三、四十歳代。しかしアニメ化すれば中・高生に届く可能性があります。しかし、普段からアニメ化を意識しているわけではなく、企画の売り込みは映像担当者に任せていますし、制作委員会が立ち上げられれば、そこの仕事になります。アニメ化決定となれば、書店展開や販売時期を決めますが、それ以上のことは特に仕掛けたりはしません。アニメ化は作品がハネるポ

イントではありますが、あくまで宣伝媒体であってゴールではない。それで作品が終わってしまっては困るのです」

と、意外なほどクールな答えが返ってきました。

とはいえ、ライトノベル―コミック―アニメを結ぶ紐帯が、既存文学では考えられなかったほど強くなっているのも事実。それがメディアミックスにとどまらず〝小説的想像力〟そのものを変えてしまいかねない、いまはその変化のただなかにあるのかもしれません。

第3部 文化変容とジェンダー

第8章

ライトノベルは「性的消費」か
表現規制とライトノベルの言説をめぐって

樋口康一郎

1　ライトノベルの表紙は「暴力」か

近年、性別や人種、民族、宗教などに基づく差別や偏見を防ぐために、政治的に公正な表現の使用を推奨するポリティカル・コレクトネス（以下、ＰＣと略記）が広く社会に浸透し、映画やテレビ、アニメ、漫画、ゲームなど、エンターテインメント系のメディアで強い影響力をもつようになった。制作現場でのハラスメントの告発や、マイノリティーをテーマにした作品の制作など、ＰＣの浸透は、現代の物語メディアにおける表象に変容をもたらしている。

こうした社会状況を背景として、アニメや漫画、ライトノベルなどのオタク文化は、「Twitter」を中心としたインターネット上で、たびたび厳しい批判を受けている。例えば、書店のライトノベル・コーナーで平積みにされたライトノベルの新刊、数冊の表紙を撮影した画像[1]を添付したうえで、「きょう書店で娘が心底嫌そうな顔で「お父さん、これ気持ち悪い……」と指さした光景。自分の属する性別の体が性的に異様に誇張されて描かれ、ひたすら性的消費の道具として扱われる気持ち悪さは想像できるし、それを子供の眼前に公然と並べる抑圧はほとんど暴力だよなと改めて思う[2]」と批判した「シュナムル」（@chounamoul）のツイート（二〇一八年九月八日）は大きな反響を呼び、ライトノベルの表紙での女性の身体表象を、フェミニズムと児童保護の立場から「性的消費」「暴力」と激しく非難するこのツイートを契機として、ライトノベルの表紙をめぐって様々な意見が飛び交うことになった。以下に論点を整理しながら、主なものを挙げておこう。

①女性の身体の「性的消費」であるという主張に同意（性表現規制賛成）。
②もともと青少年向けの小説は、性や暴力の表現を含むものであり、表現の自由は守られるべきだ（性表現規制反対）。
③BL（ボーイズラブ）など、女性向けの性的な書籍もある（性的消費を肯定する方向での男女平等）。
④オタク文化を愛好する女性もいる（オタク女性の立場からの反対）。
⑤ゾーニングで対処すればいい（ゾーニング）。
⑥図書館でのライトノベルの取り扱いについて（図書館の問題）。
⑦ライトノベル以外の性的な書籍や、武器など危険な情報を掲載する書籍も規制するのか（思想・表現の自由）。
⑧ライトノベルの表紙が、近年になって性的な面が誇張されるようになったというのは本当なのか（ライトノベルの歴史）。
⑨ライトノベルでイラストを描く際に、編集者に「エロ」の要素を求められた、というイラストレーターの証言（商業主義的な要請）。

このうち最も激しく議論されたのは、表現の自由と表現規制の対立をめぐる問題である。現在、アニメ・漫画での女性表象は、社会に広く流通する一方で、不快な差別的表現として批判する人も少なくない。一方で、漫画やアニメなどのオタク文化は、一九九〇年代以来、表現規制の問題に対応してきた長い歴史があり、議論が拡大した背景には、このような批判が表現規制につながるのではないかという危惧を抱く人々の存在があった。

右の事案にも顕著なように、近年の表現規制をめぐる議論は、SNS（ソーシャル・ネットワーク・サービス）、特に

「Twitter」上でおこなわれる点に特徴がある。「Twitter」は発信しやすい一方で、寛容さを欠き、対立をあおりやすく、人々の間に相互監視状態を作り、結果として社会秩序を強化してしまうことがある。このような社会状況では、対立する多様な言説の文脈を整理し、「対立」構造をほどいていく言説が必要だろう。

現在の表現規制をめぐる議論では、すでに三十年近くにわたる議論の蓄積があってもほとんど生かされず、共通理解がないまま激しい論争が繰り返されるという問題がある。表現規制について考えるには、どのような議論が蓄積されてきたのか、歴史的な経緯を確認する作業が不可欠だろう。本章ではまず表現規制をめぐる歴史と言説を確認しておきたい。

2　オタク文化と表現規制

マンガ・アニメなどの創作物の表現規制には、大きな波が四つある。①一九九〇年の有害図書騒動、②九九年の児童ポルノ法成立、③二〇一〇年の都青少年条例（「非実在青少年」）改正、④一四年の児童ポルノ法禁止改正法であり、そのつど、表現規制派と規制反対派の間で議論がなされてきた。[3]

一九九〇年の「有害図書騒動」は、九〇年八月、東京都生活文化局婦人計画課『性の商品化に関する研究』（東京都生活文化局婦人青少年部計画課、一九九〇年）の報告を受けた漫画批判の報道が広がると、九一年八月、和歌山県田辺市の主婦の地元新聞紙「紀州新報」への投書を契機として「コミック本から子どもを守る会」が結成され、全国に拡大した運動である。九一年には、五十を超える自治体から意見書・陳情書が国に届けられ、三十一道県で小学館、集英社などの大手出版社の漫画千三百十三冊が「有害」図書に指定された。また、山本直樹『ＢＬＵＥ』（光文社、一九九一年）も東京都から有害図書指定を受け、版元の光文社は破棄処分を決定した。

こうした動きに対して、一九九一年一月、出版倫理協会は、「成年コミックマーク」の導入を決定し、自主規制の対応を進めた。また、日本出版労働組合連合会の「出版の自由委員会」の設置、「「有害」コミック問題を考える会」による規制反対集会の開催、「コミック表現の自由を守る会」の結成など、反対運動が起こった。九二年五月には、日本性教育協会「青少年とマンガ・コミックスに関する報告書」で漫画の読書量と性体験の有無に関連性がないことが報告されたが、九三年に騒動が収まったのは、図書規制が進んだことで、運動が一定の成果を得たためだった。

一九九九年五月には、「児童買春、児童ポルノに係る行為等の規制および処罰並びに児童の保護等に関する法律」（児童ポルノ禁止法）が国会で可決された。これは、九六年にストックホルムで開催された「第一回児童の商業的性的搾取に反対する世界会議」で、児童ポルノの八割が日本発と批判されたことを契機として、児童を性的搾取や虐待から守り、児童の権利を保護することを目的に作られた法律だったが、漫画やアニメ、ゲームなどの創作物も取り締まりの対象になるという憶測が広がり、紀伊國屋書店で『バガボンド』（井上雄彦、〔モーニングKC〕、講談社、一九九八年―）、『あずみ』（小山ゆう、全四十八巻〔ビッグコミックス〕、小学館、一九九五―二〇〇九年）、『ベルセルク』（三浦建太郎、〔ヤングアニマルコミックス〕、白泉社、一九八九年―）などの漫画が一時店頭から撤去されるなど、混乱を招いた。また、二〇〇二年十月には、成人向けコミック出版社・松文館が刊行した『蜜室』（ビューティ・ヘア、〔別冊エースファイブコミックス〕、二〇〇二年）がわいせつ物にあたるとして、代表取締役、編集局長、漫画家の三人が逮捕され、裁判では罰金刑で有罪になった。

二〇一〇年二月には、石原慎太郎が都知事を務める東京都で、「東京都青少年の健全な育成に関する条例」改正案（都青少年条例）が提出された。改正案は、十八歳未満の「非実在青少年」が登場する性描写があるマンガなどの創作物を「不健全」図書に指定して販売規制をおこなうという内容であり、多くの反対運動が起こった。条例の第七条「二」の改正案は、以下のようなものである。

年齢又は服装、所持品、学年、背景その他の人の年齢を想起させる事項の表示又は音声による描写から十八歳未満として表現されていると認識されるもの（以下「非実在青少年」という。）を相手方とする又は非実在少年による性交類似行為に係る非実在青少年の姿態を視覚により認識することができる方法でみだりに性的対象として肯定的に描写することにより、青少年の性に関する健全な判断能力の形成を阻害し、青少年の健全な成長を阻害するおそれがあるもの。

この「非実在青少年」という用語は大きな話題になり、多くの関係者が批判した。BL小説家の水戸泉（ライトノベルでは「小林来夏」名義）は、「虐待を未然に防ぐ、虐待の被害にあった子供を速やかに救済する。そういう実効性を伴う条例だったら、心から賛成できます。けれどなぜそこに「非実在青少年＝創作物」への表現規制が含まれてしまうのか。その点にはまったく承服できません」[4]と述べ、児童虐待を防ぐという目的に対して、「非実在青少年＝創作物」への表現規制が含まれることへの疑念を表明している。また、ファンタジー小説家の五代ゆうは、次のように「非実在少年」という用語のネタっぽさを批判しているが、これは当時、多くの人が感じたものだった。

正直に言えば、ものかきのいやらしい根性で、「ちょっとほとぼりが冷めるまで待ってから、自分の原稿のネタに使わせてもらおうかな」と思ったほどだった。だってかっこいいではないか。『非実在青少年』。それこそライトノベルの中に登場しそうな、逆に言えば子供っぽくてフィクショナルな、中学生が授業中ノートにこっそり書きためるマンガや小説に出てきそうな、ぶっちゃけ「ネタくさい」、こんなネーミングのくっついた規制を、だれが本気で受け取ろうと思うだろうか。[5]

改正条例案は、一度は否決されたものの再提案され、十二月十五日、「作品に表現した芸術性、社会性などの趣旨をくみ取り、慎重に運用すること」という付帯決議によって可決された。
二〇一四年六月十八日には児童ポルノ禁止法が改正され、同年七月十五日から施行された。改正のポイントは単純所持への罰則が加えられたことであり、アニメや漫画、CGは規制の対象外となったが、漫画家や出版社などによって、表現の自由を脅かす可能性があるものとして批判がなされた。

3 表現規制の問題点

前節で取り上げた一連の表現規制をめぐる問題については、すでに一九九〇年の「有害図書騒動」の時点で、臨床心理学者の深谷和子が、次のように指摘している。

青少年の世界的な発達加速減少の一部である性成熟の前傾（早期化）と、社会的には晩婚化傾向が進む中で、いわば身体的な成熟期と社会的な成熟期（性行為が社会的に許容される時期）とのギャップが次第に拡大し長期化してゆく中で、青少年に性欲の抑圧と欲求充足の禁止を説く従来の性道徳は、世界的に見ても通用しないものとなりつつある。（略）自分の性をどう表現すべきかは、すぐれて個人的な問題であり、社会や行政が関与すべき問題ではない。大人の責務は、総合的な健全育成施策によって、青少年の性的「自己決定能力」を十分に育成することにあり、外部的な「規制」によって青少年を性や性的刺激から遠ざける方策に頼ろうとしても、これからの青少年の性問題には対応できないであろう。[6]

また、二〇一〇年、都条例をめぐる論争で、少女小説家の飯田雪子は、実作者／母親の立場から、「少女漫画や一部の小説における性表現については、実際のところ、数年前から不安は抱いていいました」としながら、「決して忘れてはいけないのは、子供はいつまでも子供ではないのだ、ということです」「大人に近づくにつれ、性的なものに関心を抱くのは当然のことですし、糾弾するようなことではありません[7]」と述べている。

子どもが成長する過程で性に関心をもつのは当然であり、性的な刺激から遠ざけることは不自然であるばかりか、青少年の性的な「自己決定能力」をスポイルしてしまう。避妊方法を教えれば、青少年の性行為を推奨することになるのではと怖れて性教育をおこなわず、その結果、性行為によって妊娠してしまう例を考えてみよう。厳格な性道徳を青少年に押し付けることは、青少年をむしろ追い詰める方向で作用する。

また、法学者の白田秀彰は、性表現規制の歴史を通観しながら、以前は、階層の高い者が階層の低い者に対して、「自分より道徳的に劣る者」を見いだして規制していく歴史だが、もはや成人に対して性表現が害になるという言説が通用しなくなったことで、一九七〇年代に世論が保守化し、性表現規制が強化される際に、「自らは政治的主体として決して声を上げることのない「青少年／未成年／児童」という領域」が見いだされていったと述べている。青少年に性道徳を押し付ける表現規制は、「青少年の保護」を根拠としておこなわれるが、実際には、性表現を規制したいという、社会の欲求に裏づけられているのである。(8)

4　表現規制問題を批評するライトノベル

二〇〇〇年代後半から一〇年代前半にかけてのライトノベルからは、児童ポルノ法や都条例など、十代の読者を対象とする表現を規制する動きに対して向き合う作品が登場し、多くの読者の支持を得るヒット作になった。

伏見つかさ『俺の妹がこんなに可愛いわけがない』（全十二巻〔電撃文庫〕、アスキー・メディアワークス、二〇〇八―一三年、通称『俺妹』）では、冴えない高校生の高坂京介は、自分を嫌っていると思っていた才色兼備の妹・桐乃が実は重度のオタクであることが判明し、オタク趣味に協力することで、妹と和解していく物語である。二〇〇〇年代に急速に拡大したオタク文化を題材とし、当時のオタク文化を象徴する作品になったヒット作だが、この作品では、中学生の妹が十八禁のアダルトゲームをプレーすることについて、第一巻では親との対決、第二巻では桐乃の親友でオタク文化に理解がない「あやせ」との対決を通じて、オタク文化への抑圧や誤解への対応が語られている。『俺妹』の第二巻では、「あやせ」は、次のように述べている。

「(略) その方がおっしゃるには、日本は世界でも有数の児童ポルノ供給国で、特に秋葉原には、そういったいかがわしいものが蔓延っているそうですね。とても深刻な問題だと思います……、この前衆議院でも『美少女アダルトアニメ及びゲームの製造・販売を規制する法律の制定に関する請願』というものが提出されたとその方にうかがいました」(略)

「はい、要約すると、アダルトゲームやアニメ等を規制しようというものです。これはもともと参議院議員らが提出した請願でして……ああいったものをやっていると、しらずしらずのうちに心を破壊され、人間性を失ってしまうんだそうです」[9]

「日本は世界でも有数の児童ポルノ供給国」は、一九九九年の児童ポルノ禁止法成立前後の言説を踏まえていて、二〇一〇年の都条例に至る動きが書き込まれている。

「非実在少年」条例の可決後、二〇一二年に刊行された赤城大空『下ネタという概念が存在しない退屈な世界』(全十一巻〔ガガガ文庫〕、小学館、二〇一二―一六年、通称『下セカ』) は、「公序良俗健全育成法」が成立し、高性能情報端末の常時装備によって性的な言葉＝下ネタが徹底的に抑圧された日本を舞台として、風紀優良校に在籍する主人公・奥間狸吉が、生徒会副会長で実はテロリストである華城綾女との出会いによって、下ネタテロ組織「SOX」のメンバーとして、青少年の性が管理された社会を転覆させようと、戦いに身を投じていく物語である。表現規制をおこない青少年の性の管理が実現した社会を設定し、「仮に表現規制派が望む世界が実現したとしたら、どんな社会になるのか」というシミュレーションの下での、近未来ディストピアSFになっている。

この作品での表現規制への最も強烈な批判は、性的な無知な生徒会長アンナ・錦ノ宮をめぐるエピソードである。規制派のトップ、ソフィア・錦ノ宮の娘であり、規制を当然のものと考えている生徒会長アンナは、主人公に恋心を抱くようになると、性知識がまったく欠如しているために、性欲と恋愛感情の区別がつかず、それが卑猥な行為であると気づかないまま、主人公に迫ってしまう。

また、二〇一四年刊行の第五巻では、同年に可決された児童ポルノ法改正での「単純所持」をネタにしている。

《子供を犯罪の被害から守り健全に育てる条例》
有り体に言ってしまえば、エロいものを持っているだけで罰せられるという素敵な条例だ。
新学期が始まってすぐ、華城先輩たちと条例の内容は一通り確認したけれど、なんかもうちんこぶら下げてるだけで逮捕されるんじゃないかって疑うレベルで……いやけどまさかそんなわけないよね？　ちんこの単純所持禁止とか、字面は面白いけど洒落にならんからね。ちんこは着脱式じゃないから。別売り不可だから。[10]

このように、『下セカ』は、表現規制の問題を本格的に取り上げ、全面的に下ネタを展開しながら、表現規制をめぐる言説を徹底的に批判するという、空前絶後の作品となった。

また、かじいたかし『僕の妹は漢字が読める』（全五巻〔ＨＪ文庫〕、ホビージャパン、二〇一一―一二年）は、『下セカ』とは反対に、「萌え」文学が主流文学として権威化し、「純文学」は隔離された特別地域でだけ許される近未来の日本を舞台とする物語だが、この作品もまた、表現規制をめぐる言説への反応として書かれた風刺小説であるといえるだろう。

このように、二〇一〇年前後は、表現規制を批判するライトノベル作品が書かれ、表現規制問題を批評する対抗言説が、ライトノベルの作品そのものから形成されていった時代であった。

5 PC／SNS時代の「公共」

冒頭で述べたように、PC／SNSが社会に広く浸透した二〇一〇年代に、アニメ・漫画などの創作物や表現に関わる「炎上」事案が頻繁に「Twitter」上で巻き起こり、アニメ・マンガ的な表現が、多くの人の目に触れる「公共」の場で使われることは適切かどうかについて激しい論争がおこなわれるようになった。以下に主な「炎上」事案を挙げてみよう。

〈オタク系コンテンツ関連の規制、および「炎上」事例〉

二〇一三年十二月　人工知能学会誌「人工知能」、女性型の家事用アンドロイドの表紙イラストが炎上（特に方針変更なし）。

二〇一五年八月　三重県志摩市公認の海女キャラクター・碧志摩（青島）メグを、公認から外すための署名活動（市は公認を撤回）。

二〇一五年十一月　岐阜県美濃加茂市によるアニメ『のうりん』とのコラボポスターが炎上（市は謝罪してポスターを撤去。ポスターが告知した企画自体は継続）。

二〇一七年五月　立命館大学の論文がBLを含むpixivのR―18小説を有害な情報のサンプルとして取り上げて炎上（のちに不適切であることを認めて撤回）。

二〇一八年三月　稀見理都『エロマンガ表現史』、自治体から「有害図書」に指定。性的文化の研究書の「有害」指定。

二〇一八年六月　沼津市で「ラブライブ!」キャラクター使用の下水道マンホールの蓋が破損される被害。

二〇一八年九月　ライトノベルの表紙を「性的消費」とするツイートが拡散・議論。
二〇一八年十月　NHKのノーベル賞解説サイト、バーチャルYouTuber「キズナアイ」の起用で炎上（NHKは翌月、eスポーツの番組のリポーターに、バーチャルYouTuber「ミライアカリ」を起用）。

これらの事例は「Twitter」で「炎上」し、議論されたものである。一九九〇年代以降、性表現規制の動きは常に存在してきたが、PC／SNSがネット上に新たな公共圏を作り出し、性表現批判の言説空間を形成するようになった現在、ライトノベルもまた新たな状況への対応を迫られている。[11]

そうした状況に対して、ライトノベルは、「ゾーニング」で対応してきたといえるだろう。近年、「アニメ風イラストつき小説」は、成人女性を中心とした一般層の読者向けの「ライト文芸」と男性読者向けの「ラノベ」に分化してきたが、前者が一般書籍、後者が漫画コーナーの棚に置かれることは、「ゾーニング」として機能する。第2節でみたように、都条例をめぐる論争で飯田雪子は、一部の漫画や小説の性表現に懸念を示しながら、「それではどうすればよいのか、と考えたとき、出てくる答は単純で、興味を持った子供のみが手に取れるようにしておけばいいのです。すなわちゾーニングです[12]」と述べているが、青少年の性への関心を守りながら、それらの性的表現を不快と感じる青少年を守るには、「ゾーニング」が最も妥当な対応策である。

また、現在のライトノベルを見渡しても、『俺妹』や『下セカ』のように、表現規制の動きに対して対抗言説を形作るような作品こそ見当たらないものの、ライトノベルが、現在のPCの動きに対して、まったく親和性を欠いているわけでもない。例えば、小説投稿サイト「小説家になろう」（https://syosetu.com/）発の平鳥コウ『JKハルは異世界で娼婦になった』（早川書房、二〇一七年）は、異世界に転生した普通の女子高生が、まったくチート能力に恵まれず、生活のために娼婦になる物語であり、性愛描写に満ちているが、男尊女卑的な世界のなかで、娼婦という弱い立場に身を置く女性の視点から、男性社会を批判する作品として口コミで話題となり、女性読者を中心に広く読まれることになった。このように、ライトノベルは周縁的存在であって、そのため、社会的な規範に束縛されないジャンルでもあるから、新たな表現を開拓する可能性を潜在させているように思われる。[13]

以上、述べてきたように、現在、表現規制の機運が再び浮上している背景には、①PCの浸透によるハラスメント意識の高まり、②SNSの普及による個人の意見の可視化、他者との対立の顕在化、③ライトノベルの売り上げの減少を補うための性表現の過激化といった、多様な文脈が存在する。PCの浸透によって男性社会の性差別が批判されるなかで、オタク文化がはらむ差別性が、あらためて批判対象として顕在化しているといえるだろう。

しかし、表現規制の歴史では、表現規制が青少年の性への関心を抑圧し、性の自己決定権を奪うことは、繰り返し指摘されてきた。中国では二〇一四年、BL小説を執筆する女性二十人が逮捕された事件以来、たびたびBL小説作家の逮捕が報道されているが、性表現規制の強化の先に、現代の日本でもそのような事態が起こりうることは想像できてしまう。そうした事態を回避するためにも、規制派と規制反対派の「対立」をほどいていくため、こうした議論の蓄積が周知されるとともに、合意形成に向けて持続的な対話を続けていくことが不可欠だろう。

注

(1) ツイートに添付された画像のなかでも特に目を引くのは、川上稔『GENESISシリーズ 境界線上のホライゾン』XI〈中〉（〔電撃文庫〕、KADOKAWA、二〇一八年）、川原礫『アクセル・ワールド』第二十三巻（〔電撃文庫〕、KADOKAWA、二〇一八年）の表紙イラストであり、胸をはだけているなど肌の露出度が高いイラストになっている。

(2) シュナムル（@chounamoul）二〇一八年九月八日午後十時四十八分のツイート（https://twitter.com/chounamoul/status/1038423907697446912）［二〇二〇年三月十八日アクセス］

(3) 表現規制の問題については、永山薫／昼間たかし編著『マンガ論争勃発――2007―2008』（マイクロマガジン社、二〇〇七年）、長岡義幸『マンガはなぜ規制されるのか――「有害」をめぐる半世紀の攻防』（〔平凡社新書〕、平凡社、二〇一〇年）、橋本健午『有害図書と青少年問題――大人のオモチャだった〝青少年〟』（明石書店、二〇〇二年）、園田寿／臺宏士『エロスと「わいせつ」のあいだ――表現と規制の戦後攻防史』（〔朝日新書〕、朝日新聞出版、二〇一六年）、山田太郎『「表現の自由」の守り方』（〔星海社新書〕、星海社、二〇一六年）、内藤篤『ワイセツ論の政治学――走れ、エロス！増補改訂版』（森話社、二〇一七年）などを参照。

（4）水戸泉（小林来夏）「陳情なう！」、サイゾー＆表現の自由を考える会『非実在青少年〈規制反対〉読本――僕たちのマンガやアニメを守るために！』所収、サイゾー、二〇一〇年、五二ページ
（5）五代ゆう「『非実在』な青少年と『不実在』な子供たち」、同書所収、一九ページ
（6）深谷和子「青少年の健全育成と社会環境」、清水英夫／秋吉健次編『青少年条例――自由と規制の争点』所収、三省堂、一九九二年、一五ページ
（7）飯田雪子「子供と性のあり方について」、前掲『非実在青少年〈規制反対〉読本』所収、八七ページ
（8）白田秀彰『性表現規制の文化』亜紀書房、二〇一七年、一八〇ページ
（9）伏見つかさ『俺の妹がこんなに可愛いわけがない』第二巻（電撃文庫）、アスキー・メディアワークス、二〇〇八年、三二〇ページ
（10）赤城大空『下ネタという概念が存在しない退屈な世界』第五巻（ガガガ文庫）、小学館、二〇一四年、一五ページ
（11）現代のオタク文化とインターネットが形成する「公共圏」については、河嶌太郎「炎上する聖地――『のうりん』の事例から見る「聖地公共圏」拡大」（「コンテンツツーリズム論叢」第九号、コンテンツツーリズム研究会、二〇一六年）、同「痛マンホールは現代の踏み絵なのか――『ラブライブ！サンシャイン!!』沼津マンホール事件で浮かぶ今後の課題」（「コンテンツツーリズム論叢」第十二号、コンテンツツーリズム研究会、二〇一八年）が詳しい。
（12）前掲「子供と性のあり方について」八八ページ
（13）守如子は、ポルノグラフィが性差別であると批判するとき、「女性の快楽が無視されてしまう」という問題があるとして。「私たちは、むしろポルノグラフィの受け手に「女性」がなることのジェンダーの越境性にこそ、眼を向けるべきではないか。ポルノグラフィが性差別であると切り捨てるとき、ポルノグラフィがジェンダー秩序を揺るがしている側面を見過ごしてしまう」と述べている（守如子『女はポルノを読む――女性の性欲とフェミニズム』〔青弓社ライブラリー〕、青弓社、二〇一〇年、二三二ページ）。

第9章 「聖地巡礼」発生の仕組みと行動

金木利憲

はじめに

二〇〇〇年代前半から、アニメやマンガ、ゲーム、ライトノベルといった、コンテンツ（以下、オタク向けコンテンツと総称する）の舞台になった場所を巡る行動を「聖地巡礼」と称することが増えている。その特徴は、「映像化された作品を中心に、背景に描かれた風景のもととなった場所を特定し、訪問する」とまとめられる。

この行動自体は一九九〇年代からみられたようだが、インターネット上の空間[1]を中心として、オタク向けコンテンツの舞台探訪愛好者の仲間内で用いられていた「聖地巡礼」の語が徐々に通用範囲を拡大し、一般に浸透していったと考えられる。

国土交通省によって、二〇〇五年に「映像等コンテンツの制作・活用による地域振興のあり方に関する調査[2]」が発表され、次いで〇六年度には「日本のアニメを活用した国際観光交流等の拡大による地域活性化調査[3]」が発表された。国土交通省は当時、観光に関する主管官庁であったことから、これらの調査は観光立国を目指した法律を制定したい政府の方針が反映され、下準備としてなされたものだろう。実際、〇七年一月施行の観光立国推進基本法に基づいて「観光立国推進基本計画」が閣議決定されている。[4]その後、同法に基づいて〇八年に国交省の外局として観光庁が発足した。

　ここで聖地巡礼を含むコンテンツをもとにした観光、すなわちコンテンツツーリズムによる観光振興が国策になり、様々なPR活動がおこなわれている。例えば二〇一三年に開催された「ニューヨーク・コミック・コン2013」には日本政府観光局[5]が出展し、「Japan Anime Map」[6]を配布した。国によってコンテンツツーリズムが推進される流れを受け、聖地巡礼は、現在、観光学で盛んに論じられている。代表的な論者は、岡本健や岡本亮輔、増淵敏之である。その論は、「聖地を地域の観光資源と捉え、既存のものを活用し、もしくは新たに生み出し、どのように観光振興をおこなうか」という点に重きを置いている。

　観光学視点からの聖地巡礼論は経済効果に目を向けるが、「なぜ聖地巡礼が発生するのか」という根源的な問いに答えるのは難しい。聖地巡礼は作品に触発され、作品をもとにして、作品の舞台になった現実世界を指向する巡礼者の自発的行動であり、経済的行動として巡礼者を分析する観光学には限界があるからだ。

　本章は「聖地巡礼」を、読者の作品受容・読解の結果生じた行動の一つとして位置づけ、その現象をどのように捉えたらいいのか試みたものである。最初に聖地巡礼という現象を定義し、次に聖地発生の仕組みを捉え、最後に文学研究の視点から聖地巡礼がどう捉えられるかを考察する。

　論の性質上、小説としてのライトノベル（以下、ラノベと略記）単体では完結できず、アニメ・マンガ・イラストといった、メディアミックスによって生み出されるビジュアル表現も考察対象に含めることになる。このことそのものが聖地巡礼の特性を表すことになるだろう。

1　聖地巡礼とはどのような現象か

◆聖地巡礼の定義――宗教行動と舞台探訪

　論を始めるにあたり、まずは聖地巡礼の語がもつ二つの意味を確認し、本論ではどちらの意味で用いるのか、定義していく。

一つ目の意味は、宗教上の重要な場所を巡り、信仰を深める行為だ。イスラームのメッカ巡礼、カトリックのサンティアゴ・デ・コンポステーラ巡礼、日本仏教の四国八十八カ所巡り、神道の伊勢参り、みなこの類いだ。こちらが聖地巡礼の原義である。

二つ目の意味は、アニメやマンガ、ゲーム、ラノベといった、オタク向けコンテンツの舞台を巡る行動だ。オタクという語はいまや意味が拡散し、一言では説明がつかなくなっているが、本論では「アニメやマンガ、ゲーム、ライトノベルを中心としたポップカルチャーの愛好者」と定義しておく。作品に触れたファンの一部は、舞台になった場所を訪れるようになった。そうしたオタクたちの一部から、作品にとって重要な場所を宗教上の重要な場所になぞらえて「聖地」と呼び、そこを巡る行為を「聖地巡礼」と称する一群が現れた。

本論では、二つ目の意味における「聖地巡礼」について述べる。

◆舞台探訪の一環としての聖地巡礼

さて、作品の舞台を巡るという点では、聖地巡礼のほかにも例がある。実写映画やドラマ、一般小説に登場する場所を訪れる行為だ。映像作品なら「フィルムツーリズム」、一般文学作品なら「文学散歩」、それらを総称して「舞台探訪」あるいは「コンテンツツーリズム」と呼ぶ。すべて、作品の舞台になった場所やゆかりの地を訪れるという行動が中心となる。すなわち「聖地巡礼」は、舞台探訪の一環に位置づけることができ、そのなかでも、特にオタク向けコンテンツの舞台探訪に限った呼称といえるだろう。

このことについて、いま少し整理する。

そもそも文学作品の舞台探訪自体は古くからおこなわれていた。川端康成の『伊豆の踊子』を読んで旧天城トンネルやゆかりの旅館を訪問し、アーサー・コナン・ドイルの『シャーロック・ホームズ』シリーズを読んでベーカー街十三番地に立ってみるといった行為だ。松尾芭蕉はゆかりの地に句碑が建てられ、神社仏閣と並んで観光名所になっている。千二百年の昔、遠く中国・唐代の詩人、白居易が、敬愛する陶淵明の作品にうたわれた土地を訪ねて詩を詠んだのも、あるいはこの類いといえるかもしれない。

すなわち「聖地巡礼」は、様々な作品のゆかりの地を訪ねる「舞台探訪」の一類型として捉えられる。

◆聖地巡礼という呼称の起こり

それでは、オタク向けコンテンツの舞台探訪を「聖地巡礼」と称するようになったのはいつ頃なのだろうか。

岡本健や柿崎俊道らの調査と回想[7]によれば、のちに聖地巡礼と呼ばれるようになる行為は、一九九〇年代前半にはすでにおこなわれていたと考えられる。自然発生的だったため、明確な起源はたどることができない。そして、この行為を指して聖地巡礼と呼び始めたのは、はたしていつ・どこでだったのか。これも最初の用例は確認するのが不可能といってもいいほどに困難だ。いまはいくつかの間接的根拠を挙げ、おおよその年代を推定するにとどめたい。

岡本健は『アニメ聖地巡礼の観光社会学』で新聞・雑誌記事での最初の用例を調査し、二〇〇三年十二月二十一日付の「信濃毎日新聞」の「ルポ０３＝ＴＶアニメ舞台…大町海ノ口駅〝聖地巡礼〟、絶えず」と題された記事が最初だろうと提示した。「〝〟」でくくられていることから、当時は特殊な用例であったことがうかがえる。

インターネット上での早期の用例としては、二〇〇四年五月に「2ちゃんねる」（現「5ちゃんねる」）に「【アニメ】聖地巡礼旅行【マンガ】」というスレッドが立ち、〇五年八月三十日にＳＮＳ（ソーシャル・ネットワーキング・サービス）サイト「mixi」の「アニメ聖地巡礼（舞台訪問）」コミュニティーが設立されたことが挙げられるだろう。最後に、書籍では柿崎俊道の『聖地巡礼――アニメ・マンガ十二ヶ所めぐり』（二〇〇五年）が調べた限り最初の例である。

新聞記事やネット掲示板やコミュニティー名、書籍タイトルは、人に伝わらないと用をなさないため、ある程度一般化した言葉で書かれる傾向がある。そのため、右の例は二〇〇〇年代前半には、オタク向けコンテンツの舞台探訪をおこなう者たちの間では、聖地巡礼は誤解なく伝わる程度に普及した用語だったといえるのではないだろうか。ネットを中心に、巡礼者間のスラング（あるいはジャーゴンといってもいいだろう）として広まっていったと推測できる。

◆巡礼者は何をおこなうのか

巡礼者が、現地でどのような行動をとるのかは、観光学の観点で調査がおこなわれている。ここでは岡本健『アニメ聖地巡礼の観光社会学』の六類型をベースに、『聖地巡礼――アニメ・マンガ十二ヶ所めぐり』『聖地巡礼――世界遺産からアニメの舞台まで』を加味して整理を試みることにする。

①記録：写真や文章で、自らの訪問を記録する（単独行でないこともあるが、区別しない）。写真の場合、舞台となった場所を撮る際には作品とアングルを合わせることが多くみられる。また、フィギュアなどの小道具を持ち込み、場面再現をおこなうこともある。③とも関連する。

②現地に何かを残す：舞台となった神社仏閣に絵馬を奉納する、設置されている交流ノートに書き込む、記念品を持ち込んで置いていく（誰かが置くと、その場所にほかの訪問者も置き始め、グッズが集積している様子がしばしば見受けられる）。

③情報発信：①で得た記録を他者に公開する。最も頻度が高いのがSNS（特に「Twitter」）で、ほかには自分のサイトへの記事掲載、聖地巡礼情報サイトへの投稿、同人誌制作・頒布などがみられる。

④記念品を買う：現地に行った証拠になるものを買い求める。作品に登場したアイテムやキャラグッズ、土地の名物、ときには作品と無関係だが巡礼者自身の気に入ったもののこともある。

⑤他者との交流：訪問者同士、あるいは訪問者と現地住民との間で交流がおこなわれる。

⑥自己顕示：痛車[8]やコスプレといった他者に見せることを前提とした自己表現をおこなう。場面再現が伴う場

合は①との複合となる。

ここからは、巡礼者が単に舞台を訪れるだけではないことがうかがえる。興味の方向性の違いによって行動は異なるが、巡礼者自身が何をするのかを選んでいることから、個人的行動といえる。もちろん現実世界やSNSで他者との交流はあるので、それが行動に影響していることも考えられるし、連れ立っての訪問もあるが、そうした場合であっても巡礼者は個人の集合体であり、決してツアー客のような集団ではない。

2 ビジュアル情報と聖地巡礼

作品に触れ、その舞台が実在すると知ったとき、その場に行ってみたいと考えるのは、人間が好奇心をもっている以上自然な行動といえる。

例えば、二〇一三年春に放映されたアニメ版『はたらく魔王さま!』[9]（WHITE FOX）には、京王線の笹塚や初台・幡ヶ谷駅周辺の風景がみられる。もちろん現実にそこを訪れても登場人物たちは存在しないのだが、巡礼者はその場所に彼ら／彼女らの姿を「見る」のである。本章では、オタク向けコンテンツで使用される絵を「ビジュアル」、絵を使った表現を「ビジュアル表現」、視覚によって読者や視聴者が得られる情報を「ビジュアル情報」と呼ぶことにしたうえで、聖地発生の仕組みを考察していく。

◆場所の確定

聖地巡礼は現実世界の行動なので、そこには作品と現実を結び付ける明確な情報が必要だ。

ビジュアル表現を見てそれが現実に存在する風景であるとわかれば、ネットを中心に様々な手段を駆使して情報を集め、その場所にたどり着くことができる。マンガや実写ドラマ、映画、ゲームでも同様だ。対して小説作品は文字が主体（以下、これによって得られる情報を「文字情報」と呼ぶ）である。挿絵というビジュアル表現があっても枚数が限られ、背景も簡略化されている場合が多い。もちろん実在の地名・建物名を描いていたり、本文に登場する固有名詞が現実に存在するものやそのもじり程度であれば場所の特定は可能だが、実際にはそこまでの情報量をもつ場合は少ない。

この、得られる情報量の差が、聖地巡礼がビジュアル表現をもつ作品中心となる理由になると考えられる。市町村までは特定できても、それ以上の情報がなければ訪問しても得られる面白さは少ない。前節の「巡礼者は何をおこなうのか」で示した六類型は、明確な地点がわからなければ実行が難しい。現地でしらみつぶしに探索するにしても、事前に丁目や大字くらいまで絞り込みたいところだ。

では、巡礼者はどうやって聖地の情報を入手するのか。岡本健は巡礼者の行動に注目して「発見」「追随」の二段階で捉えたが、本章は巡礼者間の情報流通という観点から「発見フェーズ」「一次情報フェーズ」「追随フェーズ」「二次情報フェーズ」の四段階に分けて考える。

①発見フェーズ：最初に起こるのがこのフェーズだ。具体的には、発見者となる巡礼者がビジュアル情報を見て、それが現実に存在する風景であると確定し、様々な情報を収集し、聖地を特定してその場所にたどり着く段階である。このフェーズで、作品と現実とが接続される。

②一次情報フェーズ：発見フェーズを受けて起こる段階だ。聖地を発見した者の一部はそれで満足するが、別の一部は所在情報を発信する。発信媒体にはSNSや同人誌、口コミ、専門サイトへの投稿といった形態がある。

③追随フェーズ：一次情報発信を受けてこのフェーズが起こる。発見者が発信した一次情報を他者が受け取り、追随者である巡礼者となって行動を起こす段階だ。

④二次情報フェーズ：追随者である巡礼者が起こすのがこのフェーズだ。追随者はただ訪れるだけの者もいるが、自ら訪問記録を発信する者もいる。一次情報フェーズと二次情報フェーズの違いは、自ら発見した聖地の

情報を発信するのか、他者の情報に基づいて訪れた情報を発信するのかという点だ。発見者が放った一次情報をもとに二次情報が生成され、連鎖反応的に情報が広まって巡礼がおこなわれていく状態がこのフェーズだといえる。二次情報を見て訪れた者の発信情報は三次情報となるが、巡礼情報の流通では「自ら発見したかどうか」が重要なので、三次情報以降は二次情報に包摂できる。

ある作品の聖地巡礼が追随フェーズから二次情報フェーズに到達したのちに、再度発見フェーズが発生することもある。例えば未確定だった聖地の場所が判明したり、新たなビジュアル情報が提示されたりすることで新聖地が生まれ、特定される場合だ。この意味で、四つのフェーズはある時点をもって明確に切り替わるのではなく、巡礼者の具体的行動をもって区別するべきものだ。ゆえに、一人の巡礼者が同じ作品に対し発見者・追随者の双方を担う場合もある。

◆「聖地」および「聖地巡礼」発生の仕組み

二〇一九年現在、聖地巡礼は、ビジュアル表現をもつオタク向けコンテンツのなかでも、アニメの舞台となった場所が主流になっている。これは非常に示唆的である。ラノベを中心とした小説は文章とイラストによる表現を用い、アニメは映像と音による表現を用いている。ラノベのイラストでは、キャラクターを前面に押し出すことが多く、背景は描かれないか、あるいはごく簡素なことが多い。文章でも、特定に足る情報量をもつ場合は少ない。一方、アニメはその表現上、様々な場面を見せなければならず、背景はラノベイラストに比してはるかに緻密に描かれるうえ、枚数も多い。(10)アニメで背景を描く際、実在の風景をもとにすることがある。それに視聴者が気づいて「これはこの場所だ」と特定し、現地に赴き「ここがあの舞台だ」と情報発信する。ただ作り手がビジュアル情報を出すだけではなく、受け手がその場所を認識し、現実世界と接続することで「聖地」が発生する。

受け手に開示されたビジュアル情報はすべて聖地の源となりうるが、ラノベとその派生表現に限れば、最も広くきっかけになるのがアニメ化されたものだ。その理由は、ほかのコンテンツとは一線を画す情報量の多さにあるだろう。

ここで、ビジュアル情報の発生について、読書時の心の動きから述べておく。

読み始めは現実世界の本を読んでいる場所に心があるが、内容に夢中になると、次第に作中に心が入り込んでいく。その結果、作中人物や作品の語り手の視点に自分を重ね合わせることになる。さらに没入して想像力がかきたてられると、テクストに書かれていない風景をも、あたかも眼前にあるかのように脳裏に描くかもしれない。

仮に読者がビジュアル情報の作り手だったとしよう。その作品を描くように依頼された読者＝作り手は、自らの脳裏に浮かぶ風景をビジュアルに落とし込む。その際に写真や映画といった現実の風景を記録したものを参照したり、過去に訪れた場所をモデルにしたりして描いたならば、それは虚構の世界を描きながらも現実世界の風景と重なり合う。こうして、テクストのなかの風景は作り手の媒体変換作業を経てビジュアル情報になる。

巡礼者は、ビジュアル情報をもとに、様々な手法を駆使して作品に接続された現実世界の風景をたぐり寄せ、訪問する。作品作りとは逆の工程だ。これが聖地巡礼が発生する仕組みだろう。

ラノベに軸足を置いて考えるなら、聖地と聖地巡礼は、以下のように発生する。まずラノベからビジュアル表現が生まれる。次いで読者＝巡礼者によってその道筋が逆にたどられ、現実世界の特定の場所に行き着く。

この仕組みは、読者の一部が巡礼者となって、文章表現としてのラノベの外に出ていく行為といえるだろう。

◆作中風景と現実の重ね合わせ

聖地巡礼で、巡礼者は、現実の風景に作中風景を重ねて見る。このことについて考えてみる。

「巡礼者は何をおこなうのか」で「記録」と分類した内容について、岡本健は巡礼者の多くがその場所で写真を撮るというが(11)、その写真は多くの場合、ビジュアル情報になるべく構図を合わせる。ただ「聖地に行った」という記録を残すだけならば、どの角度でも証拠になるだろう。どうして構図を合わせるのだろうか。

巡礼者は、現実の風景を見ると同時に、作中の風景をそこに重ねていると考えられはしないだろうか。作中の季節が春だったとしよう。ほかの季節に聖地を訪れても、作中に現れる春の風景を目にすることはできない。訪れるタイミングによっては、すでに巡礼対象が存在していないことも十分に考えられる。例えば『ひぐらしのなく頃に』で学校として用いられた営林署跡はすでにない。テレビシリーズ『ガールズ&パンツァー』（アクタス、二〇一二―一三年）で映し出された大洗の風景、そこに存在する薬局はすでにない。しかし巡礼者が舞台となった場所に立つとき、その脳裏には作品に描かれた風景が再生されているのである。したがってビジュアル情報と写真の構図を合わせることが重要な要素になる。もちろんそこに写っているのは現実世界の風景だが、巡礼者は、重ね合わせた作品世界の風景をも切り取っているのだ。

それはあたかも、現実の風景に透明なシートを重ね、そのシートに作中風景を投影して見るかのようである。あるいは、自らの脳裏でAR処理をおこなっているとも例えられるだろう。

だからこそ、聖地になるためにはビジュアル情報が重要である。ラノベは現実の場所を舞台にすることはあるがあくまでも文字情報であり、そこに描かれる風景は読者ごとに異なって再生される。一方、ビジュアル情報によるコンテンツでは、街並みであったり、自然風景であったり、季節や天候、そういった視覚と聴覚で得られる情報がすべての視聴者や読者に同じ形で共有されるのである。

おわりに

ここまでに、聖地巡礼とは、読者が作品の外に飛び出し、巡礼者となって現地を訪問し、経験を自分のものとする一連の行動であり、広く舞台探訪の一種であることを確認してきた。

ここであらためて、作品と現実の接続という視点に立ち返る。作品世界はあくまで虚構の世界であり、どんなによくできた文章やビジュアル表現であっても、作中に書かれ／描かれていないものは、その作品には存在していない。たとえ現実空間のどこかをモデルにした舞台が設定されていても、作中にフレーミングされ切り取られた「外」の空間はどこにもないのだ。

一方、聖地巡礼によって現地を訪れると、首（こうべ）をめぐらせるだけでその「フレームの外」の風景が「見え」る。その体験を持ち帰り、あらためて作品に触れると、現地の風や匂い、モデルとなった店で食べたものの味が思い出されるかもしれない。それによって、より作品世界に没入できるようになることもあるだろう。しかしそれは「「聖地」および「聖地巡礼」発生の仕組み」の項で「没入して想像力がかきたてられると、テクストに書かれていない風景をも、あたかも眼前にあるかのように脳裏に描くかもしれない」と述べたように、巡礼者が、作中に存在しないものを幻視しているにすぎない。

ビジュアル情報という、視聴者や読者すべてが同じ形で共有できる情報を出発点とし、聖地で様々な行動をして、個人的体験を得て帰る。聖地の探索には「Googleストリートビュー」のように街並みの様子がわかるサイトが活用される。どんな風景かはそのサイトで見ることができるが、それでも巡礼者は現実世界の現地を指向する。それを見込んで『新世紀エヴァンゲリオン』（テレビ東京系、一九九五―九六年）と箱根町観光協会が組んだ「箱根補完計画ARスタンプラリー」[12]といった、現地を訪問しないと得られない体験を押し出してくる流れもある。

聖地巡礼の体験に基づいて再び作品がもつビジュアル情報に触れるとき、巡礼者はフレームの外側まで想像できるようになっているが、それは個人的体験に基づいた作品世界への没入であって誰とも共有できない。没入という点では、ARは現実世界の風景に架空世界の映像をリアルタイムで重ねる技術であり、アニメの風景を、実際に現地で、現実の風景に重ねて見られる点で作品に入り込んだ感覚を味わえる。このように考えてみると、聖地巡礼とは、万人に開かれたビジュアル情報から現実世界を経て作品の個人的解釈の深化に至る、一連の過程のなかに位置づけることができる現象といえるだろうか。技術の進歩とともにそのあり方がどう変わっていくのか、継続して調査することで見えてくるものもあるだろう。

注

（1）初期には「2ちゃんねる」（現「5ちゃんねる」）や「mixi」、個人サイトの掲示板であり、二〇〇〇年代前半に個人ブログやポータルサイト、次いで「Twitter」などのSNSが中心となる。

（2）国土交通省「映像等コンテンツの制作・活用による地域振興のあり方に関する調査」（http://www.mlit.go.jp/kokudokeikaku/souhatu/h16seika/12eizou/12eizou.htm）［二〇一九年八月三十一日アクセス］

（3）国土交通省「日本のアニメを活用した国際観光交流等の拡大による地域活性化調査」（http://www.mlit.go.jp/kokudokeikaku/souhatu/h18seika/01anime/01anime.html）［二〇一九年八月三十一日アクセス］

（4）二〇〇七年に最初の計画が、次いで一二年と一七年に改訂計画が閣議決定されている。二〇一七年の国土交通省「観光立国推進基本計画（平成二十九年三月二十八日閣議決定）」（［https://www.mlit.go.jp/common/001177992.pdf］［二〇一九年七月二十七日アクセス］）では「メディア芸術の振興」が立項され、その要素として「マンガ、アニメーション、映画、メディアアート等のメディア芸術」が挙げられている。

（5）Japan National Tourist Organization、略称JNTO。

（6）日本政府観光局「JAPAN ANIME MAP」の表面と裏面は以下を参照。表面：（http://www.jnto.go.jp/eng/animemap/ANIMEmap_front.pdf）［二〇一九年八月三十一日アクセス］、裏面：（http://www.jnto.go.jp/eng/animemap/ANIMEmap_back.pdf）［二〇一九年八月三十一日アクセス］

（7）柿崎俊道『聖地巡礼――アニメ・マンガ十二ヶ所めぐり』（キルタイムコミュニケーション、二〇〇五年）では『究極超人あ～る』OVA（一九九一年）の舞台となったJR飯田線の田切駅訪問の例を、岡本健『アニメ聖地巡礼の観光社会学――コンテンツツーリズムのメディア・コミュニケーション分析』（法律文化社、二〇一八年）では『美少女戦士セーラームーン』シリーズ（アニメ版はテレビ朝日系、一九九二―九七年）の主要登場人物が巫女をしている「火川神社」のモデルとなった「氷川神社」にファンが参拝する様子や、『天地無用！魎皇鬼』（一九九二年―）、『炎の蜃気楼』（キッズステーション、二〇〇二年）にまつわる事例を取り上げている。

（8）オタク向けコンテンツのキャラなどで外装を飾った自動車。

（9）原作は和ヶ原聡司『はたらく魔王さま！』（［電撃文庫］、アスキー・メディアワークス→KADOKAWA、二〇一一年―）。

（10）ラノベイラストは、一冊の本に対して多くても二十枚程度だが、地上波放送の三十分アニメ一話はおおむね三百カット内外で、これと同数の背景（正確には兼用カットという使い回しもあるため少なくなる）が存在する。

（11）前掲『アニメ聖地巡礼の観光社会学』一一一ページに「アニメ聖地の写真をアニメで登場するのと同じアングルで撮影する」とある。

(12) 箱根近辺は、『エヴァンゲリオン』シリーズで「第三新東京市」の所在地とされている。このスタンプラリーは、『ヱヴァンゲリヲン新劇場版』公開に合わせてスタートした。現実の箱根の風景にスマートフォンをかざして、カメラを通して表示された画面上にエヴァの風景や登場人物をリアルタイムで映し出し、それを用いて設定された地点を回る企画である。

参考文献（筆者五十音順）

●大石玄「アニメ《舞台探訪》成立史――いわゆる《聖地巡礼》の起源について」「釧路工業高等専門学校紀要」第四十五号、釧路工業高等専門学校、二〇一一年、四一―五〇ページ

●岡本健『巡礼ビジネス――ポップカルチャーが観光資産になる時代』（角川新書）、KADOKAWA、二〇一八年

●岡本亮輔『聖地巡礼――世界遺産からアニメの舞台まで』（中公新書）、中央公論新社、二〇一五年

●柿崎俊道『聖地巡礼――アニメ・マンガ十二ヶ所めぐり』キルタイムコミュニケーション、二〇〇五年

●神田孝治「白川郷へのアニメ聖地巡礼と現地の反応――場所イメージおよび観光客をめぐる文化政治」「観光学」第七号、和歌山大学、二〇一二年、二三―二八ページ

●谷村要「ファンが「聖地」に求めるもの」「地域開発」第五百八十九号、地域開発日本地域開発センター、二〇一三年、一三―一七ページ

●地域コンテンツ研究会編、大石玄/近藤周吾/杉本圭吾/谷口重徳/西田隆政/西田谷洋/風呂本武典/横濱雄二『地域×アニメ――コンテンツツーリズムからの展開』成山堂書店、二〇一九年

●前田愛『都市空間のなかの文学』（ちくま学芸文庫）、筑摩書房、一九九二年

＊

●「聖地巡礼マップ」（アニメ中心の聖地巡礼ポータルサイト）（https://seichimap.jp/）［二〇一九年七月二十七日アクセス］

●「東京紅團」（文学散歩のポータルサイト）（http://www.tokyo-kurenaidan.com/index.html）［二〇一九年七月二十七日アクセス］

●「舞台探訪アーカイブ」（オタク向けコンテンツ聖地巡礼ポータルサイト）（http://legwork.g.hatena.ne.jp/）［二〇一九年七月二十七日アクセス］（現在は「舞台探訪アーカイブ Wiki*」（https://wikiwiki.jp/legwork/）に移転。［二〇二〇年三月九日アクセス］）

●ブックオフオンライン「聖地巡礼ラノベ舞台マップ」（https://www.bookoffonline.co.jp/files/lnovel/map/#map018）［二〇一九年七月二十七日アクセス］

第10章 少女小説の困難とBLの底力

久米依子

1　少女小説の直面する困難

　少女小説ジャンルに関して、最近の最も衝撃的な〈事件〉と評せるのは、歴史がある老舗雑誌「Cobalt（コバルト）」（集英社）が二〇一六年四月から電子版になり、またコバルト文庫そのものもほとんどの作品を電子書籍に移行させ、紙の新刊が途絶えたことだろう。その結果多くの書店で、もはやコバルト文庫の棚は見当たらなくなってしまった。電子版コバルト文庫も、旧作を電子書籍化させたものが多く、新作への発行意欲が以前ほど認められない。一九八九年以来の超長期作だった前田珠子『破妖の剣』（全四十巻）シリーズが二〇一七年に完結したことも象徴的だった。一方、同じ集英社の出版物では、二〇一五年に発足したオレンジ文庫という、コバルト文庫の読者よりも年長の女性読者をターゲットにしたと思われる、いわゆるライト文芸の躍進（累計五百万部！）[1]が伝えられている。出版社の力の入れ方の配分が推量できる事態である。すでにこれまでも、コバルト文庫で活躍した作家がオレンジ文庫で新作を出版するようになってはいたが[2]、今後も、コバルト系作家が、オレンジ文庫に吸収されていく動きが加速すると考えられる。

　一九八二年に発刊された雑誌「Cobalt（コバルト）」といえば、ジュニア小説が支持されていた時代の代表的な雑誌「小説ジュニア」（集英社、一九六六―八二年）を改編して引き継ぎ、一九八〇年代の少女小説ブームを牽引した雑誌である。それまでのジュニア小説は、成人読者対象の小説を書く作家も含み、[3]リアルな設定で十代の女性の家庭や学校の悩みを丁寧に描く作品を基本としていた。「ジュニア文芸」（「別冊 女学生の友」〔小学館〕の改名誌、一九六七―七一年）に連載された富島健夫の『おさな妻』（一九六九年）が物議を醸したように、女子高生の結婚や性の問題なども扱われたのである。

しかし一九八〇年代の「Cobalt（コバルト）」およびコバルト文庫で人気が出た作家たちは、ジュニア小説を手がけた作家たちよりもはるかに若く、その作風は七〇年代に革命的な進化を遂げた少女マンガ[4]に大いに影響を受けていた。表現は軽快でユーモラス、描かれる学園・家庭生活はマンガチックな記号性を帯び、設定も歴史ものからSFまで幅広くなり、元気活発でおしゃべりな少女たちが活躍した。主テーマたる恋愛もそれなりに切なく甘酸っぱく描かれたが、ジュニア小説に比べればかなりコメディー色を濃くして提供されたのである。これが十代の少女読者に大歓迎され、代表的作家の氷室冴子の作品は、発売すれば十万部単位で飛ぶような売れ行きを示した。名称も、少女マンガと合わせ、再び少女小説と呼び直されるようになる。その後、九〇年代のライトノベル勃興期以降、少女小説の勢いは衰えるものの、長年にわたり数十冊近く刊行されたシリーズなどもあり、[5]人気作を連綿と生み出し続けてきた。

もちろん、少女小説にはコバルト文庫以外のレーベルもあり、それらはまだ健闘中である。[6]しかし少女向けレーベルのなかには、性愛表現をメインとするものも含まれるようになり（ティーンズラブなどと呼ばれる）、従来の少女小説の枠組みから逸脱するような傾向をみせている。ハーレクイン・ロマンスのファンタジー版といった趣の、若年女子向けの官能小説であり、従来の〈少女小説〉というくくりで捉えるのが難しいような大胆な性愛表現をアピールしている。

こうした状況は、百年以上の歴史をもつ少女小説が、いよいよ消滅へのカウントダウンに入ったことを示すのかもしれない。ライト文芸という、少女向けに限定せずに女性全般を読者対象に据えた新たなジャンルが台頭し、男子少年読者向けのライトノベルにも少女読者に好まれる作品が増えるなか、[7]旧来の少女小説は埋没してしまったことになるだろうか。

2 現代日本と少女小説のルール

顧みれば少女小説は、日本近代で独自の伝統を有するジャンルだった。二十世紀が始まる一九〇〇年代（明治三十年代）に青少年向け雑誌に登場し、モードの変遷を経ながら、読書好きの少女たちに愛され、長く領域を確保してきた。[8] 先述の八〇年代のコミカルな少女小説ブームだけでなく、大正期から昭和戦前期には吉屋信子がリードした情緒的な少女小説がよく読まれ、戦後すぐから六〇年前後（昭和三十年代）にかけては売り上げ好調のため、のちに成人向け小説の人気作家になる者も含めて、多くの作家が参入した。[9] そして六〇年代にはジュニア小説が人気になるなど、何度かのブームを起こしている。

しかし一九九〇年代以降、少女小説の多くが一定の型にはまり、多彩な展開を示さなくなった。物語の基本はファンタジーであり、異世界やあるいは過去世界（平安時代とか十九世紀イギリスとか）で、ミステリーやオカルト要素をはらみながら甘い恋愛物語が展開する。それはしばしば日常を忘れて没頭できるロマンチックな物語世界だが、一方で日本の少女たちが直面している現実的な課題にコミットしづらくなった面はいなめない。少年向けのライトノベルでも異世界ファンタジーは多いが、少年向けの場合、それだけではなく、多少荒唐無稽な要素をはらみながらも、現代日本の学園生活を描くライトノベルが少なからず刊行されている。そこでは読者にとって親しみやすい、身近な学園の光景が示されている。しかし少女小説のほうは、日本の少女読者の生きている「リアル」からはずいぶん遠ざかってしまった。

こうした物語世界の型は、少女小説の重要なテーマである恋愛の描き方にも関わっている。近年の少女小説が扱う恋愛は、身分差を原則とする格差婚ストーリーがルール化している。平凡なヒロイン少女が思いがけず王族や貴族の貴公子の恋の相手に選ばれるというのがお約束のパターンであり、だからこそ世界設定にファンタジーが選ばれ続けたのだ。現実の日本で、包容力と経済力がある王族や貴族の青年と恋愛することは不可能に近く、それを描くためには異世界や過去世界の設定にするしかないのである。

ヒロインが、身分的にも経済的にも人間性においても、格段に優れた男性のパートナーに選ばれ、ロマンチックな幸運を手に入れること。――そうしたシンデレラ幻想が確固としてあることで、この物語設定は共感されることになる（図1）。

さてしかし、その幻想がまったく霧散したとはいえないが、平成時代を終えた日本では、こうした夢に憧れることさえ困難になってきたというのは間違いないだろう。もちろん、少女小説の格差婚ストーリーが主流になり始めた一九九〇年代後半も、〈王子様〉系男性が現実の日本にそんなにいたはずはないのだが、問題はシンデレラ婚というファンタジーが、共同幻想になりうる基盤がまだあったらしい、という点にある。その基盤をデフレ平成時代は無残に崩壊させてしまった。

一九九〇年代半ばに大卒男性の生涯賃金は三億円あったが、二〇一六年には二億五千万程度に減ったとされる。年間に百万円以上の減収である。それと歩調を合わせて、一九九〇年代後半には、共働き世帯数が、専業主婦を擁する世帯数に逆転して増加した。二〇一九年には共働き世帯数千二百四十五万に比べ専業主婦世帯数はその半分以下、五百七十五万まで減少している。[10] 共働き世帯の増加は女性の社会進出とも関係するため、望ましい変化とも考えられるのだが、問題はその働き方である。総務省「労働力調査」（二〇一九年十月―十二月期）によると、一九年の非正規就労者二千百八十万人のうち、七〇パーセント近くが女性であり（つまり女性就労者の六〇パーセント近くが非正規就労）[11]、また、三十五歳以上の非正規就労女性の七〇パーセント以上が既婚女性である。[12] こうした女性の働き方はやはり、キャリアを積むことを目指すというよりも、大正・昭和期の職業婦人の時代から続く「家計補助」

図1　谷瑞恵『伯爵と妖精――あいつは優雅な大悪党』（コバルト文庫）、集英社、2004年

のための労働(13)、という性格が強いと考えられるだろう。すなわち多くの女性たちが、自己実現のために働くというより、働かなくてはならない状況のなかで、非正規就労に甘んじているとみるのが妥当と思われる。さらに、世帯の経済状況と関連するといわれる出生数は、一六年には九十七万七千人となり、一八九九年（明治三十二年）の統計開始以来、初めて百万人を割った。経済不況と並行して、深刻な少子化が進行している。

これら各種統計は、日本社会の女性が、男性の経済力に依存して生きるという夢を抱きにくくなった状況を告げている。不況が慢性化した現代日本は、憧れの王子様に救われて贅沢ができるという幻想を、木っ端みじんにしてしまった。

結果的に少女小説的シンデレラ物語は、少女のリアル（現実）ばかりでなく、日本社会の実情ともはるかに隔絶したものになった。身分差婚というアナクロニズムな設定だけでなく、ヒロインの絶対的上位に位置する男性になかなか出会えなくなったのが、日本の非ロマンチックな現状といえるだろう。

3　新たなモード

しかしそうした幻想の喪失は、新たな男性像も立ち上がらせる。二〇一五年、突如湧き起こった、ニートで童貞の六つ子兄弟のアニメ『おそ松さん』（studioぴえろ、一期：二〇一五年十月―一六年三月、二期：一七年十月―一八年三月）の人気は、現代女性にとって、仰ぎ見るような上位の男性ばかりでなく、下位者として見下ろすことができる〈だめ男〉であっても、愛嬌がある言動で、癒やしやギャグメーカーとしての価値が認められることを証明した(14)。

また、既成の少女小説レーベルでなく、主に小説投稿ウェブサイト「小説家になろう」（https://syosetu.com/）などから生まれた物語に、少女主人公が乙女ゲームの世界に転生するものの、ゲームのヒロインではなく悪役令嬢になってしまい、無駄に奮闘することになる、というパターンがある。代表作は山口悟『乙女ゲームの破滅フラグしかない悪役令嬢に転生してしまった…』（「一迅社文庫アイリス」、一迅社、二〇一五年―）など（図2）。本来、乙女ゲーム世界のヒロイン女性に転生できれば、主人公は王子様的な美青年たちに囲まれ、労なくしてちやほやされ、最上級のプリンスを射止めることができるはずなのだが、バッドエンドしか待っていない悪役令嬢になったがために、ヒロインは苦労を重ねることになる。しかも転生したゲーム世界の王子たちはそろいもそろって〈だめ男〉で、優雅なエスコートや頼もしい援助などをまったく期待できない。転生した悪役令嬢は必死でバッドエンドを回避しようと孤軍奮闘し、それが周りの〈だめ貴公子〉たちにもいい感化を及ぼしていくのである。従来の少女向けファンタジー世界の設定にひねりを加え、ヒロインが理想の王子役と容易に遭遇できない世界を作り、王子様養成ゲーム的要素を含めたことで、ヒット作になった。従来の格差婚ファンタジーの耐用年数が切れかかっていること、しかし物語の角度を変えれば、ヒロイン像にしても男性像にしても、新しいキャラクターを魅力的に創造できることを示したといえるだろう。あらかじめ理想化された美男美女の物語ではなく、主人公も王子様役も、互いに変容し成長していくルートをたどらせ、物語の可能性とキャラクターの幅を広げたのである。

　このような新たな人気作を検証すれば、現代少女に向けての物語を多様化するヒントを得られるはずだったと思われる。また、少女マンガはまだ問題作を産出しているし、若い読者の支持も失っていないようだ。[15] そこにも活路のヒントは見いだせるのではないかと思われるが、もはやそのヒントを生かすべき体力も気力も、老舗レーベルには残っていなかったのかもしれない。結局は旧来の物語類型を守り続けて、先細りにならざるをえなかった印象である。

　それと交代するかのように人気が出始めたオレンジ文庫をはじめとするライト文芸ジャンルには、十代の少女の話やファンタジー系の物語も含まれている。先述のように、コバルト系作家の取り込みもおこなわれた。したがって、このライト文芸は、対象年齢層を広げた少女小説の発展形と見なせなくもない。その小説群のなかでは、少女小説よりは現実味を増した設定のうえで、学園生活や様々な職場での女性たちの

図2　山口悟『乙女ゲームの破滅フラグしかない悪役令嬢に転生してしまった…』第1巻（一迅社文庫アイリス）、一迅社、2015年

日々の取り組みが、ときにファンタジックに、あるいはコミカルに繰り広げられる。結局、ライト文芸のなかに少女小説は吸収摂取され、「発展的解消」をしたことになるだろうか――。

そう考えるならば、少女小説ジャンルの縮小も、承認せざるをえない事態なのかもしれない。しかし少女小説は、同年代の少女たちが仲間として読んでいるという読者間の連帯意識を育み、そのなかで発展した歴史をもつ。戦前期には少女雑誌の投稿欄や、雑誌が主催する「友の会の集い」を介して、少女読者共同体が形成されたと見なされている。一九八〇年代の少女小説ブームのときには、教室で頻繁に回し読みされ、友情を媒介するアイテムになっていた。特定の空間や区切られた時間のなかで、熱い共感をもって物語が流通したという共同の読書体験の記憶が、喪失されようとしているのである。もちろん、これからの読書形態は、少女小説に限らず、孤独に電子版書籍に向き合う形を基本型とせざるをえないのだろうが、少女マンガはまだかろうじて、貸し借りなど、共同体的な読みの要素を残しているようだ。こうして少女文化の伝統をマンガに任せ、少女小説は静かに退場していこうとしているかにみえる。私たちは痛切な思いで、長い時代の終わりを見送らなければならないのか。

4　BLという可能性

しかし一方、少女マンガとともに、いまだ活力がある分野であり、少女小説衰退の現状を逆方向から照らすジャンルとして、BL（ボーイズラブ）がある。古典的な異性愛を基調とする少女小説に比べて、男性同士の同性愛を女性が読むBLノベルは、少女小説のようには存続の危機に至っておらず、活性化する電子版とともに、紙媒体の出版も従来どおりおこなわれている。発行部数は、二〇一四年あたりにいったん下降したが、電子版のテコ入れで復調し、旧版の電子化を含めて年間数百冊が刊行されていると見なされる。

BLノベルは、女性向け官能小説として発展してきた面があるので、ティーンズラブレーベルと同様な、逸脱系と評せる部分がある。しかしBLの人気を支える性質の一つに、物語パターンの自由さがあるだろう。男性同士のカップリング、というセオリーさえ踏襲すれば、どのような物語設定も許容される。異世界ファンタジーや歴史ものという、少女小説でもおなじみの世界のほかに、現代の学園もの、サラリーマンもの、SFなど、最近の少女小説ではほぼ皆無だった設定が次々に展開する。加えてカップルの形態も、基本は頼りがいがある年長の男性に年少の純情少年の組み合わせだが、年齢差を大きくしたり、同級生カップルにしたり、あるいは年上の者を受け身役にすることも可能であり、さらに、親兄弟の組み合わせなども描かれている。そもそも結婚がゴールにならないので、カップルの恋愛ストーリーは千差万別である。異性愛カップルという規範的な組み合わせに束縛されないゆえに、それを逆手にとって、物語要素をバラエティー豊かに取りそろえることができるのである。

こうしたBLノベルの現状も、やはり少女小説のありえた可能性を示しているといえる。またジャンルの活性化に即して、BL文化（マンガを含む）は評論も活発であり、男性のBL賛美論なども出版された。サンキュータツオ／春日太一『俺たちのBL論』は、「BLとは日本人女性がつくりだした知的遊戯です」と語り、男性二人のキャラクターに恋愛関係を読み込むことを「文系的な想像力のたくましさで裏を取っていく（略）知的遊戯[16]」と評している。少女たちに許された官能小説と見なされがちだったBLだが、「知的」な「想像力」の発露として考察することができるというのである。「知的」な「想像力」というのは、格差婚を描くロマンチックな少女小説のストーリーにはあまりみられなかった性質である。BLのなかで、女性作家たちの物語の構成力・表現力が、そのように「知的」な「想像力」として培われ、読者も読む力が鍛えられる（？）のだとすれば、あらためてBLの意義は大きいと認められるだろう。

しかし、BLについてはまだその多彩な発展に対し、論議が追い付いていない面があるようだ。BL論は多数発表されてはいるのだが、論考の強度はやや不足しているように思われる。それは批評性の問題である。主なBL論をみると、まず現象としてBLノベルやBLコミック内での男性カップルの描き方を検証し、その多様性を賛美する、というパターンが多い。そしてBLを、日本女性が編み出した比類ない文化として称揚している。

例えば西村マリは、ロラン・バルトの、「パラダイムがひとたびぼやければ」「意味と性とは自由な遊戯の対象となり、その中心には、（多義的な）形式と（官能的な）実践とが、二項対立の牢獄から解放され、無限の拡張の状態を達成する」という主張を踏まえて、「女性たちは攻めと受けを用いて、逆転と逸脱の「意味と性の遊戯」を楽しむようになった」と語り、「いまBL抜きに日本のカルチャーを語ることはできない。BLは、時代が必要とするジェンダーの方向性、新たなパラダイムを探る文化現象である」[17]と高らかに宣言する。バルトの分析を用いて、パラダイムが揺らいでいる現代社会へBLの逸脱性を接続しようとする意欲を感じるが、その「必要性」「新たなパラダイム」という認識には、当然ながら、BLを問い直し、懐疑してみるまなざしは含まれない。

また東園子は『宝塚・やおい、愛の読み替え』で「やおい」（BLの一種）の愛好者を論じるに際し、イヴ・セジウィックのホモソーシャル概念を女性同士の親密性に応用し、女性たちが「女同士のホモソーシャルな関係」を転じさせて「やおい」によって表現し、その表現を愛好するホモソーシャリティーを形成する、[18]と考察している。しかし「女同士のホモソーシャル」とは、いかにも据わりが悪い言い方である。東自身が指摘しているのだが、男性同士の親密性と女性のそれとは「社会的権力との結びつきに差がある」。「ホモソーシャル」は、公的な領域のなかで男性集団に特権をもたらす、異性愛主義を前提とした男性同士の関係である。したがって、公的でもなく特権ももたない女性同士の結び付きとは原理的に異なると考えられる。だからこそフェミニズムは、「レズビアン連続体」（アドリエンヌ・リッチ）といった、親愛が同性愛にもつながるような女性同士の関係性を考察してきたのである。その経緯を無化するように、「女同士のホモソーシャル」が語られることには、まるで「女の家父長制権力」を語るかのような違和感を覚える。そうした点で、論理や選択する言葉において、より緻密な定義が必要ではないかと感じる。また、生身の女性が演じ、露骨な性描写などはしない三次元芸術の宝塚と、性愛の娯楽として消費される傾向もある二次元表現の「やおい」には、表現と需要の差異を踏まえたアプローチが必要ではないだろうか。

以上の問題は、女性論者たちがあくまでもBLや「やおい」を、現代日本の女性の嗜好としてリスペクトしたいとする姿勢から生じていると思われる。ジェンダー秩序の規制が強い日本社会で、女性の手になる文化を肯定し称賛したいという主張は納得できるものだが、BLを本当に強靭な文化にしたいのなら、リスペクトだけでは支えとしては弱いのではないか。

ここで、ライトノベルの時代を招来した要素の一つである過去の評論を思い出したい。東浩紀の『動物化するポストモダン』は、ライトノベルなどを好むオタクたちの「動物化」した萌え欲望を指摘し[19]、笠井潔の評論「社会領域の消失とセカイの構造」は、「セカイ系」という名称を定着させながら、ライトノベルやアニメ・マンガが描く世界の狭さを指弾した[20]。いずれも、決してライトノベルを無批判に褒めたたえたわけではなく、むしろ偏向した文化、という扱いをしたのである。そうした評論に鍛えられて、ライトノベル作品群は、周到にまた多彩に描かれるようになり、強靭なジャンルになったともいえるのであり、BLに関してもそうした契機が望まれると思われる。

例えば、先述の『俺たちのBL論』では、「女性のコミュニティから抜け出したいという人もBLややおい志向が強い。要するに、いつも似た者同士だけだと同調圧力がある。でも、あくまで作品を読むときだけはそういう世界から抜け出したい[21]」と指摘している。これはつまり、BLにはミソジニーが含まれているという問題である。BLは、女性の内面化されたミソジニーを分析する契機ともなるはずのジャンルなのである。

一九八〇年代に少女小説が活性化したときの成果が、ライトノベルに受け継がれたように、現在の少女小説の状況も、歴史の終焉でなく、新たな装いの刷新を秘めていると考えたい。その可能性の一つとしてBLがあり、また小説投稿サイトなどから、新しい少女小説が生まれる機運が認められるだろう。今後もそれらに期待し続けたいと考える。

注

(1) オレンジ文庫は創刊四周年の二〇一九年に、累計五百万部突破記念フェアを実施している。

(2) 『マリア様がみてる』シリーズ(全三十九巻〔コバルト文庫〕、集英社、一九九八―二〇一二年)の今野緒雪、『ヴィクトリアン・ローズ・テーラー』シリーズ(全二十二巻〔コバルト文庫〕、集英社、二〇〇五―一三年)の青木祐子、『そして花嫁は恋を知る』シリーズ(〔コバルト文庫〕、集英社、二〇〇八年―)の小田菜摘、『伯爵と妖精』シリーズ（全三十三巻〔コバルト文庫〕、集英社、二〇〇四―一三年）の谷瑞恵、『破妖の剣』シリーズ（全四十巻〔コバルト文庫〕、集英社、一九八九―二〇一七年）の前田珠子らが、オレンジ文庫で新作を発表している。

（3）安西篤子、川上宗薫、平岩弓枝、森村桂なども執筆している。

（4）池田理代子『ベルサイユのばら』（全十巻〔マーガレットコミックス〕、集英社、一九七二―七三年）が大ブームを起こし、続く「花の二十四年組」の大島弓子、竹宮惠子、萩尾望都、山岸凉子らが革新的な表現を推し進めた。

（5）桑原水菜『炎の蜃気楼』シリーズ（〔コバルト文庫〕、集英社、一九九〇―二〇〇四年）は全四十巻を数える。

（6）KADOKAWAビーンズ文庫、KADOKAWAビーズログ文庫、講談社X文庫ホワイトハート、一迅社アイリス文庫、小学館ルルル文庫など。

（7）学園ものラブコメのライトノベルなどは、少女読者にも人気がある。井上堅二『バカとテストと召喚獣』（全十二巻〔ファミ通文庫〕、エンターブレイン、二〇〇七―一五年）、渡航『やはり俺の青春ラブコメはまちがっている。』（全十四巻〔ガガガ文庫〕、小学館、二〇一一―一九年）など。

（8）詳細は久米依子『「少女小説」の生成――ジェンダー・ポリティクスの世紀』（青弓社、二〇一三年）を参照。

（9）田村泰次郎、壇一雄、柴田錬三郎、芝木好子、円地文子、大原富枝、瀬戸内晴美（のち寂聴）、津村節子などが少女小説を書いている。

（10）独立行政法人 労働政策研究・研修機構「統計情報 世帯図12専業主婦世帯と共働き世帯 一九八〇―二〇一九年」（https://www.jil.go.jp/kokunai/statistics/timeseries/pdf/g0212.pdf）［二〇二〇年三月十三日アクセス］

（11）総務省統計局「労働力調査（詳細集計）二〇一九年（令和元年）十―十二月期平均（速報）」（https://www.stat.go.jp/data/roudou/sokuhou/4hanki/dt/pdf/gaiyou.pdf）［二〇二〇年三月十三日アクセス］

（12）内閣府ホームページ「非正規雇用対策・若者雇用対策について」二〇一四年十一月（https://www8.cao.go.jp/shoushi/shoushika/meeting/taikou/k_2/pdf/s9-1.pdf）［二〇二〇年三月十三日アクセス］

（13）詳細は久米依子編、和田博文監修『職業婦人』（〔コレクション・モダン都市文化〕第四期第七十巻）、ゆまに書房、二〇一一年）を参照。

（14）隠岐さや香は、アニメ『おそ松さん』のキャラクターが「かわいい」対象として「頭が悪そうに描」かれたことなどに着目し、六つ子兄弟が「自立した男性ではない」のに「不安定な状況を楽しげに生きていく」ことが描かれた点を分析している（隠岐さか香「『おそ松さん』にみるクィア性――性愛と「自立した男性」からの逸脱」「JunCture――超域的日本文化研究」第十号、名古屋大学大学院人文学研究科附属超域文化社会センター、二〇一九年、一八―三二ページ）。

（15）日本雑誌協会による印刷部数調査では、部数の減少化が進んでいるものの、二〇一九年上半期に、「ちゃお」（小学館）が三十数万部、「りぼん」（集英社）、「花とゆめ」（白泉社）、「別冊マーガレット」（集英社）、「LaLa」（白泉社）が、それぞれ十万部以上、毎号印刷されている。
(16) サンキュータツオ／春日太一『俺たちのＢＬ論』河出書房新社、二〇一六年、文庫加筆解題版『ボクたちのＢＬ論』（河出文庫）、河出書房新社、二〇一八年。引用は文庫版による。二〇ページ、二九二ページ
(17) 西村マリ『ＢＬカルチャー論』青弓社、二〇一五年、二一七―二一八ページ
(18) 東園子『宝塚・やおい、愛の読み替え――女性とポピュラーカルチャーの社会学』新曜社、二〇一五年
(19) 東浩紀『動物化するポストモダン――オタクから見た日本社会』（講談社現代新書）、講談社、二〇〇一年
(20) 笠井潔「社会領域の消失とセカイの構造」「小説トリッパー」二〇〇五年春季号、朝日新聞社
(21) 前掲『ボクたちのＢＬ論』一四七ページ

第11章

繭墨あざかはなぜゴシックロリータを着るのか
衣装で読み解くライトノベルのジェンダー

橋迫瑞穂

はじめに

ライトノベルの登場人物たちは、実に様々な衣装を着こなしている。本に描かれたイラストでキャラクターがまとっている衣装は、物語の内容や世界観を凝縮して示す役割を担っている。学校の制服であれば学園もの、戦闘服であればSFやアクションもの、歴史的な衣装であればファンタジーや歴史ものといったように、である。

さらに衣装は、男らしさ／女らしさというジェンダーを強調する役割も担っている。特に女性キャラクターはボディーラインを強調したり、露出の多い衣装をまとうことが多い。それは、ライトノベルの読者に男性が多いことと無関係ではないだろう。だが、ライトノベルでの衣装は、男らしさ／女らしさの意味を攪乱することもある。例えば、少女のように見える「男の娘」の衣装や、少年のように見える少女の衣装を指す「少年装」などが挙げられる。

本章ではライトノベルで世界観を表現するキャラクターの衣装について、ジェンダーの表象に注目しながら検討することを試みる。

この目的のため、本章では『ブギーポップは笑わない』（上遠野浩平、〔電撃文庫〕、メディアワークス→アスキー・メディアワークス→KADOKAWA、一九九八年―）と、『B.A.D.（Beyond Another Darkness）』（綾里けいし、〔ファミ通文庫〕、エンターブレイン→KADOKAWA、二〇一〇—一四年)を取り上げる。この二つを取り上げるのは、ジェンダーの攪乱を狙って衣装が効果的に使われているからである。前者では、ボディーラインをすっぽり覆った独特の衣装で、少女が「ブギーポップ」という少年に変身したことを強調している。後者では、ゴシックロリータと呼ばれるフリルやレースを多用した衣装を身にまとうことで、少女の少女らしさを逆に攪乱している。さらには、彼らが身にまとう衣装はほかのキャラクターにも影響を与えて、人間模様に揺さぶりをかけている。この二作品では、特に衣装が物語の重要な役回りを担っているといえるだろう。

さらに、ライトノベルでの衣装の位置づけは、一般の小説と大きく異なることも指摘しておきたい。なぜなら小説では、登場人物たちの衣装は作中の描写によって提示される。そのため、衣装の細かい特徴やその意味については読者の想像に委ねられている。だが、ライトノベルでは衣装がイラストによって読者に示されるだけでなく、衣装をまとったイラストを通して登場人物たちのキャラクター性が明確に示される。さらには、彼らが着る衣装を通して物語の世界観がはっきりと提示されるのである。しかし、衣装の役割はそれだけではない。ライトノベルにおけるジェンダーと衣装の関係に注目して、この二つの作品を読み解いていこう。

1　『ブギーポップ』シリーズにおけるマントと帽子

まずはじめに、『ブギーポップは笑わない』シリーズから、ブギーポップの衣装について取り上げたい。上遠野浩平によるこのシリーズは、一九九八年に第一巻である『ブギーポップは笑わない』が刊行されて、現在も続いている。『ブギーポップは笑わない』シリーズ(以下、『ブギーポップ』シリーズと略記)では、第一巻の刊行以来、ヒットを重ねてきた。そのため、作品の世界観やキャラクターの造形が後続のライトノベルに大きな影響を与えたといわれている。さらに、イラストレーターの緒方剛志による作品によって、独特の世界観が強調されている点も見逃せ

ない。(1)

キャラクターの衣装に触れる前に、『ブギーポップ』シリーズの物語の大枠を説明しよう。『ブギーポップ』シリーズは現代の日本を舞台に、特殊な能力をもつ者によって構成された「統和機構」と、彼らが引き起こす事件に巻き込まれる少年少女たちの姿がオムニバス形式で描かれている。作中では「統和機構」の目的や、能力者が存在する理由についてはほとんど謎に包まれている。物語の主眼はむしろ、事件に巻き込まれたり、特殊な能力をもった少年少女たちの群像劇に置かれている。

ブギーポップとは、『ブギーポップ』シリーズの全体に深く関わる、主役的な位置にあるキャラクターである。ブギーポップは宮下藤花という受験を控えた女子高生の別人格であり、「世界の敵」がいるところにおのずと現れる「自動的な存在」を名乗っている。そのブギーポップが現れる際に身に着けているのが、首元まですっぽり覆われたマントと、大きな長い帽子という衣装である。『ブギーポップ』シリーズでは、ほとんどの表紙にこの衣装をまとったブギーポップが登場している。一見すると少年か少女なのかわからないキャラクターは、それだけで『ブギーポップ』シリーズの世界観を表現しているといえるだろう。

さらには、作中でもその独特の衣装について言及がなされている。例えば、第一作でブギーポップに最初に遭遇する藤花の恋人、竹田啓司は、ブギーポップの衣装を次のように表現している。

黒い、ダブルのロングコートのような身体をすっぽりと包む襟付きのマントに、鍔のないシルクハットに似た、寸詰まりの筒の形をした帽子をかぶった小さな男である。帽子は頭より一回り大きく、目が半分隠れている。

帽子とマントにはバッジだか鋲だか、黒光りする丸い金属製の飾りが縁取りにずらりとついている。なんとなく鎧のようなファッションだ。(2)

そして、ブギーポップのこの衣装は、彼女が『ブギーポップ』シリーズのなかでも特殊な位置にあることを強調しているのである。

この衣装の役割は、『ブギーポップ』シリーズ以前のライトノベルと異なっている。なぜなら、それ以前のライトノベルでは、衣装は時代や世界観の設定を反映するいわば舞台の小道具としての役割を担っていたからである。例えば、富士見ファンタジア文庫から出版された『スレイヤーズ!』（神坂一、富士見書房→KADOKAWA、一九九〇年―）や『ロードス島戦記』（水野良、〔角川文庫→角川スニーカー文庫〕、角川書店、一九八八―九三年）では、ヨーロッパを想起させるような衣装が描かれていて、ファンタジー的な世界観を作り上げる役割を担っている。女性キャラクターが胸や脚をあらわにした衣装を身に着けることで、主に男性読者の関心を引き付ける役割も担ってきた。

しかし、ブギーポップの衣装は、時代や世界観を表す小道具にとどまるものではない。あえて特殊な衣装をまとうことで、ほかのキャラクターとの差異を強調するだけでなく、現代社会そのものに溶け込むことがない異質性を強調している。そして、ボディーラインを必要以上に隠すことで、ジェンダーを曖昧にしているという特徴が指摘される。

さらに、ジェンダーを曖昧にすることで、ほかのキャラクターとの関係に影響を与えている点も注目される。例えば、前述した竹田との関係が挙げられる。竹田とブギーポップとはその後再会し、学校の屋上で会話を重ねるようになる。竹田は高校卒業後に進学せずデザイン事務所に勤めることが決まっているため、受験生のなかで疎外感をもっていた。そのことを語る竹田に向かって、ブギーポップが「人間には夢がなくっちゃいけない、違うか」と真剣に尋ねるというシーンがある。なぜなら、ブギーポップは「自動的な存在」であるため、夢をもつことができない。その態度について竹田は、彼の夢を「ロマン」と呼んで暗に非難する藤花と対照的だと独白する。こうして竹田とブギーポップとは、特別な友情を育んでいくのである。

だが、『ブギーポップ』シリーズの衣装は、ブギーポップと男性との友情だけが表現されているのではない。次に、シリーズでもう一人の重要なキャラクターである霧間凪との関係を取り上げる。

2 「炎の魔女」とブギーポップ

霧間凪もまた「世界の敵」と闘う少女であり、ブギーポップとは旧知の仲であることが物語のなかで示唆されている。しかし、凪はブギーポップと異なり「自動的な存在」ではなく、自分の意志で危険に乗り込んでいくという違いがある。事件に関わる理由は、凪の父親で、犯罪を題材とする作家の霧間誠一が突然亡くなったことがきっかけである。また、事件を追う自分の感情について、「メサイア・コンプレックス」だと友人の末真和子に分析してみせている。(3)

凪の人間的なキャラクターは、衣装にも反映されている。闘うときになると凪は、「厚手の革のジャケットと、革のパンツ」を身に着けて安全靴を履く。和子はそれを、「殺し屋」のような格好と評している。これは凪自身が動きやすさと安全性を考慮して選んだものであり、バイクにも乗れるよう工夫もされている。また凪も同じく、親しい相手やブギーポップと会話する際には自分を「オレ」と呼ぶ。衣装や会話によってブギーポップとの会話が少年同士のように描かれることで、二人の関係が特別であることが表現されるのである。

他方で霧間凪の衣装は、別の意味を担っている。凪を主人公にしたスピンオフ作品『ヴァルプルギスの後悔』シリーズ（上遠野浩平、全四巻〔電撃文庫〕、アスキー・メディアワークス、二〇〇七―一一年）では、魔女としての宿命を背負った凪と、突如として現れた魔女との闘いが描かれている。この物語には、父親と自分とを置いて家を出て、別の男性と結婚した凪の母親が重要な役割を担って登場することに特徴がある。作中では、少女のような雰囲気をまとい現在の夫や凪に守られる母親と、戦闘服を身に着けて戦う凪との対比が強調されている。同時に、『ブギーポップ』シリーズではあまり触れられない、母親との葛藤が描写されているのである。凪の葛藤は、同じく母親に葛藤を抱えているにもかかわらず、内面描写が描かれない宮下藤花と対照的である。

このように、ブギーポップの衣装はジェンダーを攪乱すると同時に、ブギーポップが日常世界の外に生きる存在であることを強調するものになっている。他方で、衣装をまとうことで、ほかのキャラクターとジェンダーを超えた濃密な関係を作ることもある。そのことで、日常や、特に学校という空間から疎外されている少年や少女の内面性を、読者に示す役割も担っているのである。それは、あえてタイトな衣装をまとうことで、母親への葛藤が描かれているもう一人の重要なキャラクター霧間凪と対照的な位置にも置かれているのである。

ところで、ジェンダーを攪乱する衣装は、ボディーラインを隠蔽するものだけではない。過剰に少女らしさを強調した衣装をまとうことで、ジェンダーを越境するキャラクターが形成される場合もある。

次に、ゴシックロリータが効果的に使われている『B.A.D.』について取り上げたい。

3 ゴシックロリータとジェンダー

ゴシックロリータとは、「死」や「神秘性」などを表す「ゴス」と、過剰なかわいらしさや美しさといった少女性を象徴する「ロリータ」とが融合した造語である。日本で生まれて独自に発展してきたファッションであり、いまでは世界的にも人気を集めている。基本的には黒を基調にしていて、パニエで膨らませてレースで装飾したスカートや、クラシックな靴やタイツ、ヘッドドレス、日傘や手袋などで構成される。(4) 肌の露出を控えるのもゴシックロリータの特徴といえるだろう。また、国内外の古い時代を思わせるファッションも取り入れられている。(5)

このゴシックロリータの方向性を決定づけたのは、『ゴシック&ロリータバイブル』(バウハウス)というムックだといわれている。(6) 同誌では、ゴシックロリータの具体的な外見よりも、ファッションを貫く「精神性」が重視されてきた。その「精神性」の要素の一つが、異性の目を意識したり、男性/女性というジェンダーを気にしたりすることなくファッションを楽しむことにある。

他方で、ゴシックロリータ「風」の衣装は、これまでもライトノベルに登場してきた。例えば『デート・ア・ライブ』（橘公司、〔富士見ファンタジア文庫〕、富士見書房→KADOKAWA、二〇一一年―）の時崎狂三が着ているフリルの衣装や、『ゴスロリ卓球』（蒼山サグ、〔電撃文庫〕、KADOKAWA、二〇一八年―）の斉木羽礼や横川梓が身に着けている衣装が挙げられる。しかし、彼女たちの衣装は露出が多く、胸や脚が強調されていて、厳密な意味ではゴシックロリータの条件にあてはまらない。また、ファンタジーの要素が強いライトノベルにもゴシックロリータ「風」の衣装が登場するが、これはゴシックロリータの時代的な要素を再輸入したものにすぎない。そうした意味で、これから取り上げる『B.A.D.』は、ライトノベルのなかでも忠実にゴシックロリータを表現しているといえるだろう。(7)

綾里けいしによる『B.A.D.』は二〇一〇年から出版されていて、二〇一四年に完結した。イラストはkonaが担当していて、表紙にはゴシックロリータをまとう少女のイラストが掲載されている。konaは自己紹介文で、本作で初めてゴシックロリータのイラストを担当したと述べている。

『B.A.D.』は現代の日本を舞台に、主人公で物語の語り手でもある青年の小田切勤と、小田切が勤める「霊能探偵事務所」の上司で、「異能」をもつ少女である繭墨あざかとを中心に物語が展開されている。あざかの「異能」とは、この世とあの世を行き来できて、さらに「死」をも超克することができるというものである。その高い能力のため、「異能」を受け継ぐ家のなかでも有力な繭墨家の当主の座にもついている。だが、あざかは当主であることを嫌って、特殊な案件だけを引き受ける探偵事務所を開いた。このあざかが普段着としているのが、ゴシックロリータなのである。衣装については、例えば以下のような描写がなされている。

> 繭墨霊能探偵事務所。空調の保たれた部屋は、相変わらず現実味に乏しい。だが普段よりもその感覚は麻痺していた。ソファーに寝転ぶゴシックロリータ姿に、焦点を合わせる。サイドにリボンが付き、レース地が幾枚も重ねられたスカートは、初めて見る代物だ。ブラウスも新調したらしく、蝶型のコサージュが豪華なフリルと共に首を飾っている。知らないうちに新しい衣装は増えていくが、今度はいつの間に買ったのだろう。人

形じみたその格好はひどく非現実的だが、今ではそれすらまともなものに見える。(8)

このように、作中ではゴシックロリータについて細かい表現がたびたび付されている。他方で、語り手である小田切にとってゴシックロリータは呆れてしまうような格好であり、異能としてのあざかを意識させるものではないことがたびたび表現されている。

さらに、小田切からみたあざかは傲慢かつわがままで、チョコレートしか食べない変人である。自分のことを「ボク」と呼び、どのような事件にも動じず、また優しさや同情といった感情と無縁である。そのため、悲惨な事件に直面して動揺する小田切へも、辛辣な言葉を投げかけることが多い。ときにそれが、小田切を怒らせることもある。ただし、それが結果として、精神的なもろさを抱えた小田切を救うことにもなっている。小田切にとってあざかは、ジェンダーを超えた精神的なバランスを保つよりどころとして示唆されているのである。

この関係性をさらに強調するのが、あざかを特徴づけるゴシックロリータである。例えば先述したゴシックロリータの描写は、小田切が何者かに襲われたあと避難した事務所で目にする光景である。だが、本作でのゴシックロリータの役割はあざかが少女であることを攪乱しているだけではない。

4 「子宮」とゴシックロリータ

述べたように、ゴシックロリータは「死」を象徴するものでもある。それは、男性でありながら「子宮」をもつ小田切をはじめ、「生」にとらわれている男性キャラクターたちと対照をなしている。

小田切が「子宮」をもつに至った理由は、以下のとおりである。小田切は高校時代に、あざかの腹違いの兄であるあさとと、自分に恋する少女である深谷静香に出会う。交流を深めるなかで孤独な環境にあった静香が暴走し、小田切と家庭を作ることを夢見てマンションの一室に監禁するという事件を起こす。事件現場に現れたあさとが、計画がうまくいかず失望して、自殺を図った静香の「子宮」を無理やり小田切に移植したのが理由である。事件の黒幕は、あさとだったことが明かされる。

あさともまた、「子宮」にとらわれている。シリーズ前半のクライマックスで、小田切に執着するあさとを招いた異界は「鮮烈な紅色」をして「絶えず脈動」する、「母親の胎内」のような空間になっている。そして、この「子宮」こそあさとの憎しみの根源であると明かされる。なぜなら、あさとは藺墨家に生まれて高い「異能」をもちながら、女性ではないという理由で母親から虐待を受けて育った過去がある。ただし、あさとがとらわれているのは母親への憎しみではなく、自分という存在が生まれてきたことへの失望である。あざかに救われたものの、ある事件をきっかけに、再び「異界」に戻った小田切が「子宮の壁と同一化した胎児。母に食われる赤子」のようになったあさとを目撃するのは、その象徴であるといえるだろう。

他方であざかは「子宮」にとらわれることはなく、むしろ「子宮」での異物として描かれている。その対照性をさらに強調しているのが、ゴシックロリータの衣装であるといえるだろう。例えば、異界に閉じ込められた小田切を助けに、あざかが「異界」に侵入してくるシーンが挙げられる。

> だがその中心が不意に柔らかく蠢いた。抉られた傷口のように、地面は大量の紅色を宙へ吐き出す。肉塊じみた紅色や柔らかく蠢き、一つの形を取った。
> 紅い唐傘が円を描く。手足が伸び、完璧な造形の顔ができあがる。
> 紅色に別の色がつく。
> まるで粘土で作った人形に、着色していくかのようにも見えた。
> 黒いゴシックロリータが、柔らかく揺れる。(9)

作中では紅色の「子宮」と黒いゴシックロリータの対比が繰り返し言及されて、あざかの異質性を際立たせている。そしてあざかは、「子宮」を切り裂くことで、小田切を外界へ連れ戻すのである。

さらに、「子宮」とあざかとの対比は、異界に閉じ込められたあさとを救おうとした少女・神宮ゆうりへの態度にも表現されている。あさとに恋をしたゆうりは、自分の「子宮」を媒介にして「異界」への道を開こうと試みる。その結果、ゆうりはあさとを妊娠するのである。だがその試みは失敗して、ゆうりは妊娠したまま首の骨を折り仮死状態に陥る。あざかは、ベッドに横たわるゆうりの姿を見て動揺する小田切に対して、辛辣な見方を開陳する。彼女はただ、「君はね、妊娠という形をとった怪異に、怯えているだけさ。畏怖はしょせん、恐怖にすぎない。飲まれるんじゃないよ。これはね、化け物を内側に孕んだだけの肉袋さ[10]」と言ってのけるのである。妊娠したゆうりを「肉袋」と言い捨てたあざかのセリフが、ゴシックロリータに特有のヘッドドレスから垂れ下がる黒いベール越しに発せられていることも指摘しておきたい。

5 ジェンダーを攪乱する衣装

ここまで、『ブギーポップは笑わない』と『B.A.D.』のファッションの表現についてみてきた。『ブギーポップは笑わない』のブギーポップの衣装は、少女からブギーポップへの変身を示しているだけでなく、少年らしさを浮かび上がらせる役割を担っている。そして、社会から距離を置き、さらにはジェンダーが曖昧になる衣装をまとうことで、登場するキャラクターの個性を浮かび上がらせる役割を担っているのである。また、母親との葛藤を抱える霧間凪というキャラクターとの対照的な関係も強調されている。ジェンダーを超えた関係を形成していることも見逃せない。

他方で『B.A.D.』は、異性の視線を遮断したり、自身のジェンダーを越境したりすることを主眼としてきたゴシックロリータを物語に活用している。ゴシックロリータをまとう繭墨あざかと小田切もまた、ジェンダーを超えた関係を築いている。同時に「子宮」や、それが象徴する「生」にとらわれる男性キャラクターとの対照性を強調し、さらには彼らの因縁を断ち切るあざかの存在を強調するためにも、ゴシックロリータが効果的に使われているのである。

こうしてみると、『ブギーポップ』シリーズのマントや帽子と『B.A.D.』のゴシックロリータは、互いに似通ったはたらきを担っているといえるだろう。まず両者の衣装が共通して、少女らしさから離脱して、ジェンダーの枠組みからの解放を促す装置になっていることが挙げられる。そしてそのことで、異性との間であっても、恋愛とは異なる特別な関係性を築き上げることを可能にしているのである。

他方で、これらの衣装が、いわゆる「母性」への批評を含んでいることも共通点として挙げられる。『ブギーポップ』シリーズでは、少女らしさを併せ持つ母親に対し、葛藤を抱く霧間凪というキャラクターによって表現されている。凪が身に着ける衣装はごく普通の服であり、ブギーポップほど不自然な衣装ではない。また、彼女自身の女性らしさをことさらに押し隠そうとするものでもない。ただし、彼女にとっては父の影響を受けて、自らが選んだ戦闘服なのである。それは、同じく母との葛藤を抱えながらも、徹底して少年らしさを身体化することで、葛藤それ自体を無効化するブギーポップと対照的である。

また『B.A.D.』では、「母性」に関わる葛藤をめぐって、「子宮」という表象が扱われている。青年でありながら「子宮」をもつことを余儀なくされた小田切や、「子宮」にとらわれかけた繭墨あさとは、いやでも「母性」と向き合わざるをえない。その過程で物理的、心理的な痛みが要求されることがある。それに対し、繭墨あざかは少女であるにもかかわらず（つまり「母性」に近い存在でありながら）、「子宮」とも、さらには「母性」とも対照的な存在として描かれている。その対照性を強調しているのが、作中で効果的に使われる、「死」を暗示するゴシックロリータなのである。このことは逆にいえば、少女らしさを過剰に表現するゴシックロリータによって、あざかは「子宮」にとって異物という立場を獲得していると指摘されるのである。

おわりに

衣装を通してみると、『ブギーポップ』シリーズと『B.A.D』とが非常に近しい世界観に基づいていることが理解される。そして両者からは、ライトノベルでの衣装が、ときにジェンダーの批評であることもうかがわれる。

ライトノベルでの衣装は、単にキャラクターの個性を特徴づけるものではなく、作品が読者に伝えようとする世界観を巧みに表現するために位置づけられている。特に、イラストを伴うライトノベルにとって、衣装は重要なファクターである。それはまた、作中でキャラクターのジェンダーと深く関わっていることを見逃してはならない。

衣装がどのような役割を担っているかという視点でライトノベルを読み解くとき、別の新しい見方が広がってくるかもしれない。

注

（1）『ブギーポップ』シリーズは、二〇〇〇年と一九年にアニメ化もされている。『ブギーポップ』シリーズと上遠野浩平についてはこれまで様々に論じられてきたが、作品の内容それ自体については、例えば「特集 上遠野浩平」（「ユリイカ」二〇一九年四月号、青土社）などを参照されたい。

（2）上遠野浩平『ブギーポップは笑わない』（電撃文庫）、メディアワークス、一九九八年、二一ページ

（3）同書一一三ページ

（4）ゴシックロリータの定義については、「ゴシックロリータバイブル」の内容から整理した。ほかにも、例えば土井隆義はゴシックロリータについて、それが「死のイメージ」を用いたうえで、男性からのまなざしを意識したものではなく、「自らのまなざしの内部に向けられた」ものであることも指摘している（土井隆義『友だち地獄――「空気を読む」世代のサバイバル』〔ちくま新書〕、筑摩書房、二〇〇八年、一八七―一九〇ページ）。他方で、ゴシックロリータの「精神性」は、実際はそれほど重視されていないという指摘もある（まえがわまさな「日本におけるゴシッ

ク、ロリータ、ゴシック&ロリータ文化概説——附 日本におけるゴシック、ロリータ、ゴシック&ロリータ関係文献目録」、「少女」文化研究会編『「少女」文化の友——年報『少女』文化研究」第三号、「少女」文化研究会、二〇〇九年、九〇ページ)。

(5) 他方で「ゴシックロリータ」はそのカテゴリーが細分化されていて、「ゴシックロリータ」と統一して使うことは少なくなってきた。また、最近では少女らしさに特化した「ロリータ」のほうに人気が集まっている。

(6)『ゴシックロリータバイブル』は、原宿系ストリートファッションを中心に取り上げた「KERA」(ジェイ・インターナショナル)の別冊として創刊された。二〇一七年をもって電子媒体に移行している。

(7) ゴシックロリータと小説との関係性だけに注目すると、作家である嶽本野ばらを外すことはできない。嶽本は「ゴシックロリータバイブル」でも中心的な役割を担って、ゴシックロリータそのものに大きな影響を与えた。嶽本とゴシックロリータについては、例えば芝崎こと恵の議論(芝崎こと恵「「ゴシック&ロリータのアイコン」としての嶽本野ばら」、白百合女子大学児童文化研究センター研究論文集編集委員会編「白百合女子大学児童文化研究センター研究論文集」第十二号、白百合女子大学児童文化研究センター、一三五—一五二ページ)が挙げられる。

(8) 綾里けいし『B.A.D.2——繭墨はけっして神に祈らない』(ファミ通文庫)、エンターブレイン、二〇一〇年、八六ページ

(9) 綾里けいし『B.A.D.4——繭墨はさしだされた手を握らない』(ファミ通文庫)、エンターブレイン、二〇一二年、三〇五ページ

(10) 綾里けいし『B.A.D.5——繭墨は猫の狂言を笑う』(ファミ通文庫)、エンターブレイン、二〇一一年、二八九ページ

コラム

2・5次元舞台

須川亜紀子

近年マスメディアにもよく取り上げられるようになった「2・5次元」という言葉は、もともと〝中の人〟とも呼ばれる「アニメ声優」を意味していた。二次元の虚構世界のキャラクターが、三次元の声優の身体（特に声）を通じて魂が宿った（アニメートされた）ことで、二次元と三次元の間の「2・5次元」として捉えられたのである。しかし一九九〇年代以降、声優もメディアミックスの一つとして扱われるようになると、イベント、歌手活動、ラジオDJなど〝顔見せ〟、つまり三次元の身体として素の声優自身が商品化されるにつれて、2・5次元は「虚構性の高い身体（虚構的身体）を通じた二次元（虚構世界）を三次元（現実）に具現化したもの、およびその状態」という意味に拡大し、コスプレや「2・5次元舞台」、声優／キャラクターコンサートなどを説明する際にも使用されるようになる。そのなかで代表的なのは、「2・5次元舞台（音楽劇、セリフ劇、その他）」である。

アニメ、マンガ、ゲームを原作または翻案した舞台作品一般を仮に2・5次元舞台とするならば、古くは織田小星（作）、東風人（画）の四コママンガ『正チャンの冒険』（「アサヒカメラ」〔朝日新聞社〕ほかで一九二三年から三四年まで連載）を舞台化した宝塚歌劇団（当時は宝塚少女歌劇団）の『正ちゃんの冒険』が二四年に上演されている。また、現在の2・5次元舞台のプロトタイプとしてよく取り上げられる池田理代子の少女マンガ『ベルサイユのばら』（「週刊マーガレット」〔集英社〕一九七二年五月二十一日号から七三年十二月二十三日号まで連載）を原作とした宝塚歌劇団の『ベルサイユのばら』（一九七四年）のヒットもある。しかし、「二次元から飛び出てきたような感覚」を重視するファンの認識や「2・5次元舞台」に特徴的なグッズ、コンサート、イベントなどのメディアミックス展開全般を含めたコンテンツを〝2・5次元〟とするならば、前述の宝塚版マンガ原作舞台は、再現性よりも演じる宝塚スターの身体性（素としての宝塚スター）が前景化しているという意味で、厳密には「2・5次元舞台」とは呼べないだろう（少なくとも子どもの正チャンを成人女性が演じても、再現性には限界があったと思われる）。

あらためて、現在認識されている「虚構的身体を通じた二次元作品世界の三次元での再現」という意味での〝2・5次元舞台〟のプロトタイプは、セガゲームス（当時はセガ）のゲーム『サクラ大戦』（一九九六年―）から始まったメディアミックスプロジェクトの一環である『歌謡ショウ サクラ大戦』（一九九七年―）だろう。広井王子総合プロデューサーによって、舞台もできる声優をキャストしたアニメ『サクラ大戦』（TBS系、二〇〇〇年）は多くのファンを魅了した。『サクラ大戦』は、帝国華撃団という舞台を演じる女優でもある主人公たちが、真宮寺さくらを中心に架空の太正時代の日本（大正時代がモデル）で霊力を駆使して闘う物語である。作中で松竹歌劇団や宝塚歌劇団を思わせるプロットが導入されているため、歌謡ショウでは、声優本人が華撃団さながらに歌い、踊り、演じることで、声を橋渡しにした〝2・5次元感〟を再現した。前述したように、声優が2・5次元と深い関係があったことを考えれば、『サクラ大戦』の試みは、現在の2・5次元舞台ブームを先取りしていたといえる。

同様に、冨樫義博の少年マンガが原作のアニメ『HUNTER×HUNTER』（フジテレビ系、一九九九―二〇〇一年）の主要声優が演じたミュージカル『HUNTER×HUNTER』（二〇〇〇年・〇二年）、リアルステージ『HUNTER×HUNTER』（二〇〇四年）の例もある。しかし、歌謡ショウ『サクラ大戦』では、大柄で色黒の桐島カンナ役が小柄な田中真弓、金髪の幼い少女アイリス役が成人の西原久美子が演じるなど、二次元から飛び出たような感覚は、視覚情報に関しては少し違和感があった。同様に、ミュージカル『HUNTER×HUNTER』では、ゴン、キルア、レオリオ、ヒソカは、キャラクターと同じ小柄の竹内順子、三橋加奈子、背が高い郷田ほづみ、高橋広樹がそれぞれ演じたが、金髪で女性顔のクラピカ役・甲斐田ゆきは、三作目『リアルステージ』ではアニメ版ゴンの叔母ミト役の木村亜希子に交代するなど様々な理由で再現性が問われた。

声よりも視覚イメージ、さらに「内面」に焦点を当てて、ほぼ無名の新人俳優をオーディションで選び、今日の2・5次元舞台トレンドの始まりといわれているのが、許斐剛の少年マンガが原作のミュージカル『テニスの王子様』(二〇〇三年—。以下、『テニミュ』と略記)である。外見だけでなく「キャラクターの種」をもっていることが重視されて選ばれた俳優たちの多くは、原作(許斐剛、全四十二巻〔ジャンプ・コミックス〕、集英社、一九九九—二〇〇八年)やアニメ版『テニスの王子様』(テレビ東京系、二〇〇一—〇五年)で育った、もしくはマンガやアニメが身近だった世代である。固定イメージ、つまり「色」がついていない状態のキャストたちが役になりきったことで、虚構性が増し、キャラクターの再現性がより高くなった。『テニミュ』では、原作さながらの〝合宿〟や、舞台外の「バックステージ」がDVD特典として収録されている。ファンたちは、舞台上だけでなく、舞台外のキャストの生活も内包した『テニミュ』ワールドを楽しむことができる。

「2・5次元舞台」の演出家の多くは、マンガ、アニメ、ゲームのキャラクターの造形を含む視覚イメージのことを、しばしば「答え」という。演劇であれば、原作を様々な解釈で翻案することが可能であり、例えば原作の時代設定やコスチュームを変える事例もある。しかし、ファンの多くが望んでいるのは、キャラクターの視覚的イメージや世界観を崩さない再現=答えだろう。その「答え」を逸脱することなく舞台作品に仕上げるには、大変な苦労と試行錯誤があったようである。しかし、筆者がインタビューしたなかで、アニメの声にこだわっている演出家は皆無だった。声に関しては、個々のキャスト自身がアニメの声に寄せようと努力しているようである。例えば、『テニミュ』3rdシーズンで主人公・越前リョーマ(八代目)を演じた古田一紀はアニメの声を大事にしたと証言し、逆に、ハイパープロジェクション演劇『ハイキュー!!』(二〇一五年—。以下、『ハイステ』と略記)で主人公・日向翔陽(初代)を演じた須賀健太は、アニメの声に似ていない自分の低い声をファンが受け入れてくれるかどうか当初不安があったという（杞憂に終わったが）。そうしたキャストたちの努力と心がけによって、再現性がより洗練されていくのである。こうして、「中の人」である声優が舞台にもキャストされた歴史を継承しながら、身体、声、内面は「2・5次元舞台」の不可欠な要素になっていく。

無名の俳優によってキャラクターが前景化し、2・5次元空間の創出に成功した『テニミュ』は徐々に人気を博した。その成功を皮切りに、二〇〇八年以降2・5次元舞台数も増加する。その背景に「YouTube」や「ニコニコ動画」（現「ニコニコ」）などユーザーがコメントを残せる機能がついた動画サイトのサービス開始があった。例えば『テニミュ』ファンたちは、当初若いキャストたちの演技の未熟さや滑舌の悪さにツッコミを入れる「空耳クリップ」を作り、面白い字幕を入れて動画サイトで流すことで、『テニミュ』を未見の人々にまで興味をもたせたのである。その後、「二次元から三次元に飛び出した再現性」という、舞台に紐づけされた意味の〝2・5次元〟というファン主導の用語は、日本2・5次元ミュージカル協会（二〇一四年設立）や、AiiA2.5シアター（東京は二〇一八年十二月に閉鎖。神戸に一九年七月にオープン）などに使用される。2・5次元舞台は二次元キャラクターの再現性が高い舞台を指す用語として一つのカテゴリーになる。では、2・5次元舞台の観客のデモグラフィックはどのようになっているのだろうか。

ニューヨークのブロードウェイ、ロンドンのウエストエンドでは、良質のミュージカルがロングラン公演をおこなっている。キャストの交代制度があるが、いつでも料金に見合う同等のクオリティーの舞台を鑑賞できる（ことになっている）。二〇一七年度のブロードウェイでの調査によると、観客の平均年齢は約四十歳で、二〇〇〇年以降最も若くなっている。十八歳未満の観客数や、ラテン、ヒスパニック系観客数も増加している。[1] カップルや友人、親子での鑑賞が多いことから、男女比には大きな隔たりがないことが推測される。しかし、日本の劇団四季、歌舞伎、宝塚歌劇団など、専用劇場をもつ演劇組織の観客層は、圧倒的に女性である。一九七〇年代からの小劇場ブームでは男性観客が多かったが、ミュージカルや舞台を鑑賞するコア層は、時間や金銭的に余裕がある女性が多いため、日本の舞台文化はしばしば女性文化と呼ばれる。そのなかで、「2・5次元舞台」のコア観客層も女性である。これは、男性主人公のマンガ、アニメ、ゲームが多く舞台化されていることも起因しているだろう。『テニミュ』をはじめ、男性オンリーまたは男性キャストが多い少年マンガのスポーツ系である舞台『弱虫ペダル』（二〇一二年―）、前述した『ハイステ』、舞台『黒子のバスケ』（二〇一六―一九年。主人公・黒子テツヤはアニメでも演じた小野賢章）もそれぞれ人気を集めている。男性観客が多い作品としては、アイドルを起用したなかよし六十周年記念公演ミュージカル『リボンの騎士』（二〇一五年。乃木坂46の生田絵梨花主演）、乃木坂46版ミュージカル『美少女戦士セーラームーン』（二〇一八―一九年）、女性アニメ声優を舞台でもキャストした舞台『けものフレンズ』（二〇一七―一八年。以後、キャストを変更してシリーズ継続中）がある。アイドルや声優の人気で、男性にも劇場に足を運ばせる戦略だろう。

しかし、海外に目を向けると「2・5次元舞台」観客のデモグラフィックは一変する。海外ツアーを敢行している作品はまだ少ないものの、例えば、ライブスペクタクル『NARUTO―ナルト―』（二〇一五年―）は、二〇一五年にシンガポール、マカオ、一六年に中国六都市、マレーシアで上演された。筆者の調査によると、中国観客は『NARUTO』キャラクターのコスプレをしてきたり、ゴスロリファッションをしたりと、日本文化として「2・5次元舞台」を捉えていて、カップルや親子連れが多く、女性は若干多いものの男女差に各段の差はみられなかった。このように、女性文化として舞台文化が育ってきた日本では、「2・5次元舞台」は女性によって支えられているといってもいいだろう。

前述の「二次元作品世界の三次元での再現」以外に、「2・5次元舞台」コンテンツの特徴としては以下のものが挙げられるだろう。

- グッズ展開：特にランダムグッズと呼ばれる中身がわからないバッジやブロマイドは、ファン同士のトレーディングを促進させる。

•トレーディング：余剰チケットのリセール、グッズの交換などが自然発生的に劇場外でおこなわれ、それをきっかけに友達になるケースが多い。

•ライブビューイング（またはライビュ）：大千秋楽に劇場チケットがとれなかった人のために映画館でライビュがおこなわれることが多い。ライビュの楽しみは、声を出したり飲食したりしながら楽しめることにもある。海外配信される舞台も増加。

•ソーシャルメディア：キャストの稽古時の様子が発信されたり、キャスト同士の仲がいい写真を見て、キャスト自身と同時にそのキャストが演じるキャラクターの関係性を妄想したりして楽しむことができる。

•関連コンサート、イベント：ミュージカル作品に多いが、ミュージカルナンバーを集めたコンサートや祭りと称して全キャラクターが集結するイベントなども開催され、ファンは世界観を楽しむことができる。

二〇一八年の「2・5次元舞台」総作品数は百九十七で、急激に増加している。これからも様々な作風で演じられるであろう「2・5次元舞台」の今後に期待したい。

注

（1）“The Broadway League Reveals ‘The Demographics Of The Broadway Audience’ For 2017–2018 Season,” The Broadway League, Oct 18, 2018 (https://www.broadwayleague.com/press/press-releases/the-broadway-league-reveals-the-demographics-of-the-broadway-audience-for-2017-2018-season/)［二〇一九年七月三十日アクセス］

コラム

魔法少女アニメとライトノベルの魔法

山内七音

魔法少女アニメの魔法

日本の漫画、アニメ、ゲーム、ライトノベルといったポップカルチャーのなかで、魔法が登場する作品は数知れない。これらの作品で使われる魔法はもともと海外のドラマや小説、漫画、ゲームなどに由来するが、日本のカルチャーの一部だと認識されることがある。それは、現代のポップカルチャーで、多様な表現メディアで魔法を描く作品が展開しているためだろう。

そうしたなかでも、ポップカルチャーでの魔法といわれてまず多くの人が連想するのは、魔法少女ではないだろうか。魔法少女は、魔法少女アニメだけでなく、ライトノベルなど多岐にわたって活躍している。

現代で、一般に魔法少女といった場合には、少女が魔法などの不思議な力を使って困難に立ち向かう姿を描いた戦闘美少女作品が想起されることが少なくない。一方でポップカルチャー研究という視点でいえば、これらのテクストは、主人公が少女であるという特性から、ジェンダー論の視点から様々な研究がなされてきた。しかし、そうした視点以外にも、「魔法が登場する」という大きな特徴をもつ作品群と捉えることで、ライトノベルとの接続についても考えることができるはずである。

そのために、まずは魔法少女アニメに登場する魔法について、時系列に沿って確認しておく。魔法少女アニメはもともと、『奥さまは魔女』（ABC、一九六四―七二年）や『かわいい魔女ジニー』（NBC、一九六五―七〇年）といった海外ドラマの成功を受けて制作されたといわれる。(1)これらの海外ドラマでは、現代の日常ドラマのなかに、魔法を織り交ぜた「エブリデイ・マジック」という手法を用いている。そのためここでの魔法は、日常生活のささやかな願望を充足させるものといえる。魔法少女アニメは、この「日常に魔法を持ち込む」という発想で始まった。

『魔法使いサリー』（日本教育テレビ、一九六六―六八年）や『ひみつのアッコちゃん』（NETテレビ系、一九六九―七〇年）で描かれる魔法は、自身が変身するためのものであり、視聴者の変身願望をかなえ、日常生活の問題を解決する手段だった。特に『魔女っ子メグちゃん』（NETテレビ系、一九七四―七五年）は、魔女をめぐる世界観と明確な悪役を据えたストーリーが人気を博し、「魔女っ子」は「魔法少女」という呼び方が成立する前のジャンル名として機能するまでになった。

一九八〇年代に入ると東映を中心にアニメのマーチャンダイジングが強く意識され、魔法少女の変身アイテムが玩具として商品化されるようになる。その結果、変身グッズや魔法を解説するマスコットキャラクターが現れ、魔法少女アニメの「お約束」や「小道具」が確立するなどジャンルとしての様式化が起こると同時に、魔法のあり方にも変化がみられた。『魔法のプリンセスミンキーモモ』（一九八二年から八三年まではテレビ東京系、九一年から九二年までは日本テレビ系で放送）では、魔法によって理想の大人や職業人に変身する。主人公のモモは、この魔法を用いて子どもたちに夢を与えようとするが、必ずしも魔法で問題が解決するわけではない。『魔法の天使クリィミーマミ』（日本テレビ系、一九八三―八四年）でも同様のテーマのストーリーがあり、魔法は単純に問題を解決する手段としてだけではなく、少女が魔法を通じて成長するという側面が浮上するようになる。特に『魔法の天使クリィミーマミ』を端緒としたスタジオぴえろの「ぴえろ魔法少女」シリーズは、初めて「魔法少女」という言葉が用いられ、現代にまで引き継がれるようになった。このように、八〇年代に描かれる魔法は万能ではない。それよりもむしろ、少女の成長を促し、決断を手助けする契機としての要素が表れている。

一方で、『セーラームーン』シリーズ（テレビ朝日系、一九九二―九七年）では魔法の戦闘力が強調される。

魔法少女アニメ以前に、魔法を用いた戦闘美少女というモチーフとして、『魔法少女ちゅうかなぱいぱい！』（フジテレビ系、一九八九年）、『美少女戦士ポワトリン』（フジテレビ系、一九九〇年）などの「東映不思議コメディー」シリーズの実写ドラマが一世を風靡したことが挙げられる。この頃から、戦闘力を含めた不思議な力を行使する少女を魔法少女と呼ぶようになり、ここで描かれた魔法が魔法少女アニメにも取り入れられたのである。特に『セーラームーン』シリーズでは、主人公たちがチームを組んで戦闘することで、少女同士の友情や恋愛がクローズアップされ、魔法は戦闘要素の背景にすぎなくなった。『カードキャプターさくら』（NHK、一九九八―二〇〇〇年）でも、主人公たちの人間模様にスポットが当てられている。

二〇〇〇年代以降の魔法少女アニメは、少女だけでなく、男性の視聴者も視野に入れて制作されるようになった。例えば、『魔法少女リリカルなのは』（セブン・アークス、二〇〇四年―）が男性向け魔法少女アニメの典型的作品だろう。また、『魔法少女まどか☆マギカ』（シャフト、二〇一一年）は、その衝撃的な内容によって大きな話題になった。

少女向けアニメでは『プリキュア』シリーズ（テレビ朝日系、二〇〇四年―）が、最初の作品である『ふたりはプリキュア』以来、多様な視点から魔法少女を描いている。

このように魔法少女アニメは、一九七〇年代から様々に変容しながら、現代にまで至っている。このことで魔法少女は、アニメーションだけでなく、ポップカルチャーの様々な表現メディアで、一つのジャンルとして定着するようになった。

ライトノベルの魔法

魔法や魔法少女の活躍がみられるポップカルチャーとしては、もう一つ、ライトノベルも欠かすことはできない。ライトノベルに受け継がれた魔法や魔法少女には、いくつかの特徴を見いだすことができる。

そもそも、一九八〇年代以降のＲＰＧの流行によって、プレーヤーは魔法を扱う同じ物語世界を共有するようになった。この世界はＲＰＧの発展に寄与したＴＲＰＧ（テーブルトーク・ロールプレーイングゲーム）や海外ゲームと同様に、西洋のファンタジーがもつ世界観を基盤としている。またそこでは、騎士や魔法使い、モンスターが存在するヨーロッパ風の異世界を舞台に、主人公と仲間たちが冒険を繰り広げることが多い。

呪文を唱えれば攻撃や治癒、移動といった決まった効果を得られる点が、ＲＰＧに登場する魔法の特徴である。それは、武器などによる攻撃と同様に、数値化された戦闘力の一種として位置づけられている。こうした魔法のあり方は、現代で最も一般的な魔法に対するイメージとして拡散している。

ライトノベルでの魔法も、まずはこのようなＲＰＧから生まれた魔法を受け継いでいる。具体的には、現代のライトノベルの端緒と位置づけられる水野良『ロードス島戦記』シリーズ（水野良、〔角川文庫→角川スニーカー文庫〕、角川書店、一九八八―九三年）や、神坂一『スレイヤーズ！』シリーズ（〔富士見ファンタジア文庫〕、富士見書房→ＫＡＤＯＫＡＷＡ、一九九〇年―）では、ＴＲＰＧ、ＲＰＧでみられた魔法イメージがほぼそのまま用いられていた。

しかしライトノベルでは、いわゆる「剣と魔法の物語」だけでなく、学園ものなど現代を描いた作品にも、魔法が使われたり、魔法少女という存在そのものをパロディーとして扱ったりしていることが、特徴の一つとして挙げられる。代表的な作品としては、桜坂洋『よくわかる現代魔法』（二〇〇三年―）が挙げられる。この作品では、異世界との障壁をもろくして、異世界の物理法則が持ち込まれる状態を電気的に引き起こすことを「魔法」とする独特の解釈をおこなうことによって、現代の日常に魔法を持ち込んだ。また、林トモアキ『ばいおれんす☆まじかる！』（〔角川スニーカー文庫〕、角川書店、二〇〇一年―）、木村心一『これはゾンビですか？』（全十九巻〔富士見ファンタジア文庫〕、富士見書房→ＫＡＤＯＫＡＷＡ、二〇〇九―一五年）や、伊藤ヒロ『アンチ・マジカル――魔法少女禁止法』（〔一迅社文庫〕、一迅社、二〇一〇年）は、魔法少女アニメについて知っていることを前提としたパロディーとして位置づけられるだろう。このように魔法少女のパロディー作品が登場する前提として、AIC制作のアニメ『天地無用!』シリーズ(一九九二年―)の砂沙美が魔法少女として活躍する『魔法少女プリティサミー』が一九九三年から九八年にかけて、ドラマCDやアニメ、小説など次々にメディアミックス展開をしていたことは想起しておく必要がある。

こうしたなかで、ライトノベルでのいわゆる「厨二病(中二病)」的なモチーフを形成するために、魔法を宗教的な枠組みと結び付けることは少なくない。鎌池和馬『とある魔術の禁書目録(インデックス)』シリーズ(電撃文庫)、メディアワークス→アスキー・メディアワークス→KADOKAWA、二〇〇四年―)には、かけられた魔法を解析し変質させる「神よ、何故私を見捨てたのですか(エリ・エリ・レマ・サバクタニ)」という魔法が登場する。この名称は、『新約聖書』「マタイによる福音書」に記されたイエスの最期の言葉が採用されている。しかし、こうした引用は必ずしも『新約聖書』の内容を、具体的に典拠として引き継いだものではない。引用によって、読者にとっての魔法のイメージを作り出すための、ある種の演出としての側面が大きい。

そのなかで、堀江宗正も指摘するように、特に二〇〇七年頃からインターネット上で、魔女に関する知見や神話学や民俗学に基づく関連情報が共有されたことは注目される。書籍としても東方創造騎士団『ライトノベル作家のための魔法事典』(ハーヴェスト出版、二〇一二年)のような、ゲームやライトノベルのクリエーターに向けた魔法に関する事典が数多く出版されている。(2) このように知識としてパッケージングされた魔法は、例えば「小説家になろう」(https://syosetu.com/)をはじめとする小説投稿サイトで一般の書き手が小説を書くときにも、ある種のデータベースとして機能する。その意味で、ライトノベルで「魔法」が書かれる状況が、より広がりやすい状況が生じているのである。

このように現代のライトノベルでの魔法は、アニメーションやゲームを経て様々な形に発展、変容を遂げてきた。近年、小説投稿サイト「小説家になろう」を中心に展開しているいわゆる「なろう系」小説は、RPG的な西洋ファンタジー風世界観をもっていることから、そこで用いられていた魔法が復活しつつあるようにみえる。

しかし、魔法、魔法少女はポップカルチャーですでに一つの様式化されたキャラクターになっていて、読者はそれを踏まえて作品を受容することができる。すなわち、ポップカルチャーでの魔法をめぐる言説は、読者にとってのある種の教養として機能していて、それを前提として作品を読み解くことができる環境が形作られているのである。

一方で、こうした創作、受容のあり方が、必ずしも東浩紀が指摘したようないわゆる「データベース」の範疇に収まらない、より広い文脈で受容されていることは重要だろう。(3)例えば、藤宮カズキ『いつかの冬、君との魔法』(〔角川スニーカー文庫〕、KADOKAWA、二〇一六年)は、青春小説の文脈をライトノベルに持ち込んでいるが、こうして雑食的に他ジャンルの文脈を踏まえていくことこそがライトノベルの魅力であることを考えれば、魔法はライトノベルのなかで、さらなる発展を遂げる可能性を秘めている。

注

(1)原口正宏『魔女っ子大全集〈東映動画篇〉』バンダイ、一九九三年、一〇―一二ページ

(2)堀江宗正「サブカルチャーの魔術師たち――宗教的知識の消費と共有」、江川純一／久保田浩編『「呪術」の呪縛』上(宗教史学論叢)所収、リトン、二〇一五年

(3)東浩紀『動物化するポストモダン――オタクから見た日本社会』(講談社現代新書)、講談社、二〇〇一年、同『ゲーム的リアリズムの誕生――動物化するポストモダン2』(講談社現代新書)、講談社、二〇〇七年

座談会

ライトノベル研究のこれまでとこれから

一柳廣孝／久米依子／大橋崇行／山中智省

はじめに

山中智省　二〇〇六年五月の設立以降、ライトノベル（以下、ラノベと略記）を主要な調査・分析対象として研究を重ねてきたライトノベル研究会は、これまでにその成果を『ライトノベル研究序説』（一柳廣孝／久米依子編著、青弓社、二〇〇九年）や『ライトノベル・スタディーズ』（一柳廣孝／久米依子編著、青弓社、二〇一三年）のほか、『ライトノベル・フロントライン1――特集 第1回ライトノベル・フロントライン大賞発表！』『ライトノベル・フロントライン2――特集 イチゼロ年代のライトノベル』『ライトノベル・フロントライン3――特集 第2回ライトノベル・フロントライン大賞はこれだ！』（いずれも大橋

『ライトノベル研究序説』

『ライトノベル・スタディーズ』

『ライトノベル・フロントライン1』

『ライトノベル・フロントライン2』

『ライトノベル・フロントライン3』

崇行／山中智省編著、青弓社、二〇一五―一六年）などの書籍としてまとめ、アカデミックな場におけるライトノベル研究の基盤を着々と築いてきました。

本書で企画されたこの座談会では、ライトノベル研究会の設立前後から現在までを射程に、それぞれの書籍の編著者がライトノベル研究にまつわるいくつかのトピックスについて語り合っていきます。読者のみなさんにはこのやりとりを通して本書の意図を伝え、その「使い方」のとっかかりを提供できたらと考えています。

久米依子　これまではラノベを対象に議論を積み重ねてきましたが、本書ではラノベにとどまらず、対象をより広げて論じています。

一柳廣孝　本書の目標は、いままでのラノベをめぐる研究を踏まえながら、さらに現代小説の領域まで分析対象を拡大したうえで何を示すことができるか、ですね。

大橋崇行　そうした目標とも関わるのですが、ラノベの現状に関して一つエピソードをご紹介します。先日、神奈川県の全国高等学校文化連盟の図書専門部会で講演する機会がありました。高校生が図書館報を作り、その県内一位を決めるコンクールがあるのですが、それを見るとラノベはほぼゼロでした。たまに井上堅二『バカとテストと召喚獣』（〔ファミ通文庫〕、エンターブレイン→KADOKAWA、二〇〇七―一五年）が出てくるくらいです。司書の方に話をお聞きしたところ、ライト文芸はよく書名があがるそうです。ラノベを図書館で手にするのはマンガやアニメに親しんでいる層が中心で、それ以外の生徒は手を伸ばさないという印象です。

それと意外なのが、高校生がスマートフォン（以下、スマホと略記）のゲームをあまりしなくなっているそうです。その代わり、というわけではないでしょうが、TRPG（テーブルトーク・ロールプレイングゲーム）が人気になっています。これは大学一年生から二年生くらいもそうで、アナログなゲームがこの世代に広がっているんですね。クレジットカードを持てないので、課金できないことも一因だと思います。

久米　確かに、体験型のリアルゲームも流行していて、自分の体でゲームをするという流れはあるのかもしれませ

井上堅二『バカとテストと召喚獣』第1巻（〔ファミ通文庫〕、エンターブレイン、2007年）

ん。リアル脱出ゲームへの注目、身体経験への回帰が見られます。

大橋　スマホだと通信制限もありますし、ゲームがしづらい環境もあるんでしょうね。

一柳　メディアの揺り戻しを感じますが、アナログやリアルへの回帰という現象には、交友関係の変化が関わっているのでしょうか。

久米　大学生が友達がいないことに恐怖感をもっていると強く感じたのが十年くらい前、二〇一〇年前後という印象です。

山中　平坂読『僕は友達が少ない』（〔MF文庫J〕、メディアファクトリー→KADOKAWA、二〇〇九―一五年）や渡航『やはり俺の青春ラブコメはまちがっている。』（〔ガガガ文庫〕、小学館、二〇一一―一九年）など、「ぼっち系」のラノベが売れてきましたが、「ぼっち」のイメージが変わってきたのかもしれません。

大橋　ぼっちといえる人物が物語の冒頭に登場するのですが、その人物が異世界に転生して大活躍する、というのが近年のラノベ、特に「小説家になろう」（https://syosetu.com/）などの小説投稿サイトに出てくる小説の典型ですよね。

久米　転生なり転移なりをした先で、どうやって仲間を作るかという感じです。暁なつめ『この素晴らしい世界に祝福を！』（〔角川スニーカー文庫〕、KADOKAWA、二〇一三年―）や長月達平『Re：ゼロから始める異世界生活』（〔MF文庫J〕、KADOKAWA、二〇一四年―）、あとはぼっち系ではないですけど、伏瀬『転生したらスライムだった件』（〔GCノベルズ〕、マイクロマガジン社、二〇一四年―）なんかがまさにそう

平坂読『僕は友達が少ない』第1巻（〔MF文庫J〕、メディアファクトリー、2009年）

伏瀬『転生したらスライムだった件』第1巻（〔GCノベルズ〕、マイクロマガジン社、2014年）

ですよね。関係性を築きたいという思いは物語に色濃く反映されていると思います。

大橋 先ほどの例で言うと、「小説家になろう」で作品を読んでいる高校生は少なかったですね。アニメになったら見るということもなくなってきています。メディアミックスでラノベ、マンガ、アニメというこれまでの流れも潮目が変わっています。

一柳 既存の仕組みではうまく回らなくなっているんですね。

大橋 ラノベにしてもゲームにしても、概念自体が、私たちが研究し始めたころとだいぶ変化してきています。

1 ライトノベル研究会はなぜ始まったのか

山中 ここで、ライトノベル研究会の歩みを振り返りたいと思います。

久米 一柳さん、ライトノベル研究会の始まりを語ってください。

一柳 私の研究室に、大島丈志さんほか二、三人が訪ねてきたことが始まりです。ラノベで修士論文を書きたい院生がいるんだけど、指導教員に許してもらえず、何とか指針を作れないものかと相談にきたんです。それで、二〇〇六年五月十四日に最初の研究会をおこないました。

久米 小さなきっかけからスタートしたわけですね。

一柳 はい。大島さんと私の研究室に所属していた院生など、八人でスタートしました。そのときは、現代の文化状況のなかでラノベが担っている意味、文化研究や記号論を用いた分析の可否、「オタク」の思想史からのアプローチ、物語の構築と消費のありようの検討、出版システム（レーベルを含む）の問題、ネット文化との関連、SFやジュブナイル小説、TRPG、ゲーム、サウンドノベルなど他文脈との関連、歴史的経緯の確認といった、論点の洗い出しをおこないました。しかし、集まったメンバーのなかに、いわゆる「ラノベ読み」は半数ぐらいしかいませんでした。私も、ラノベは未知の世界でした（笑）。「質を見いだすためには量をこなさなければならない」というメンバーからの助言もあって、まずはジュブナイル小説からラノベへの過渡期に発表された代表的な小説を検討しようということになりました。そこで挙げられたのが、水野良『ロードス島戦記』（〔角川文庫→角川スニーカー文庫〕、角川書店、一九八八―九三年）、上遠野浩平『ブギーポップは笑わない』（〔電撃文庫〕、メディアワークス→アスキー・メディアワークス→KADOKAWA、一九九八年―）、神坂一『スレイヤーズ』（〔富士見ファンタジア文庫〕、富士見書房→KADOKAWA、一九九〇年―）の各シリーズでした。

　二〇〇六年七月九日におこなわれた第二回の研究会から、久米さん、山中さん、井上乃武さんが参加します。ライトノベル研究会の中核的なメンバーが、このあたりで一気にそろいました。大橋さんの参加は、もう少し後ですね。また、小説を読み込む作業と並行して、早い段階で書籍の企画もスタートします。内容は、文系の大学生が論文の資料にできる水準を目指しました。当初は研究書寄りでの企画だったんですが、だんだん教科書の形態に移行していきました。

久米　参加者が毎回二十人前後いる研究会を二、三カ月に一回、定期的に開いてきました。現在まで参加者は途切れず、熱心な方が多いなという印象です。

一柳　『ライトノベル研究序説』の刊行が二〇〇九年ですね。その後、金子明雄さんらに評者をお願いして、合評会をおこないました。第二次ライトノベル研究会では、合評会で提起された問題点を総括して、今後の方向性を検討しました。他の学問ジャンル、特に社会学との関係、物語との対峙の仕方、「好き」と研究との距離感といった問題です。ただし、研究するにあ

水野良『ロードス島戦記』第1巻（〔角川文庫〕、角川書店、1988年）

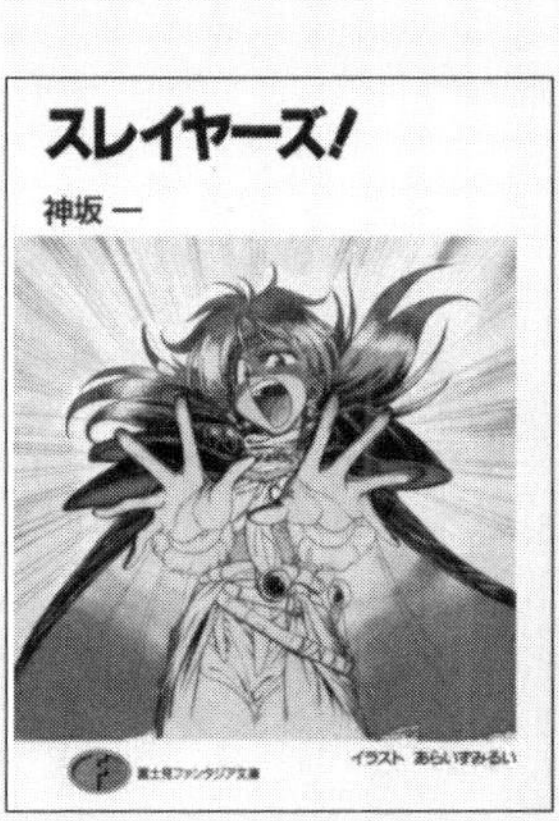

神坂一『スレイヤーズ』第1巻（〔富士見ファンタジア文庫〕、富士見書房、1990年）

たり知っておくべき事項を、誰でも読める水準でまとめるという『ライトノベル研究序説』の意図がうまく伝わらず、先の指摘につながった面もあると思います。

久米 とにかく研究会の「勢い」がすごかったので、それを推進力にして書籍化まで進めたようなところもありました。また、ラノベの評論は刊行されていましたが、研究書はなかったので、一から手探りで学術的な研究価値があるかどうかを調べていった苦労もありました。

大橋 二〇〇六年頃に谷川流『涼宮ハルヒ』シリーズ（〔角川スニーカー文庫〕、角川書店、二〇〇三年―）が流行していたし、ラノベを読む若い読者も多かったので、商業的にもラノベが盛り上がっていました。ラノベブームとそれを含めたメディアミックスとが過熱していた時期です。卒業論文をラノベで書きたいという学生も多かった。

一柳 一方で、従来の文学研究や文学教育のあり方が問い直されている時期に『ライトノベル研究序説』が刊行されたことは、強調していいかもしれません。

大橋 二〇〇五年頃に、日本近代文学会など学会単位でもサブカルチャー研究を取り上げ始めていました。

久米 カルチュラル・スタディーズの流行なども関係していたと思います。文学研究が文化研究という枠組みになりつつあるという危機感をもつ人もいたし、その変化を認める人もいました。ある種、目に見えない戦いがあると感じていました。

谷川流『涼宮ハルヒ』第1巻（〔角川スニーカー文庫〕、角川書店、2003年）

2 『ライトノベル研究序説』から『ライトノベル・スタディーズ』へ

山中 そういった時代背景のなか、ライトノベルを論じる際に押さえておきたい文化、歴史、視点や、研究の実践例を整理した『ライトノベル研究序説』を出版したことで、研究で使用可能な参考文献ができ、いろいろなところで参照されました。いま思えばライトノベル研究会にとって、これが最初の成果だったと振り返ることができます。

一柳　『ライトノベル研究序説』刊行後、第二次研究会が始まるまでには少し断層があって、この間に、現代文化研究会という謎の研究会が挟まっています（笑）。報告者は大橋、山中、大橋、山中という感じで交互に話していましたね。

大橋　「現代文化研究」だと、当時は問題点が拡散しすぎてしまってまとまらないという話になりました。『ライトノベル研究序説』の場合は、ラノベという一つの対象を研究してそれを文学研究に回収するという意図がありました。ただ、対象を現代文化と広げた瞬間に、とにかくいろんな題材がそこに入ってきます。様々な視点から語ることができる半面、語り方が拡散してしまいました。次の成果である『ライトノベル・スタディーズ』を準備するときもどういった目次でどういう内容にするか、だいぶ議論になりました。方向性としては作品論ですが、作品論ばかりでは困りますし、論文集という形式で何が可能か、個々に案を出しました。

一柳　『ライトノベル研究序説』で研究のフォーマットを作ったので、『ライトノベル・スタディーズ』では個々の関心を拡大して、深掘りしていこうという話だったと記憶しています。

大橋　新しい作品を追うのは、この時期から難しくなってきましたね。例えば『僕は友達が少ない』など、日常系や妹系が流行した時期でラノベの生産量が多くなっていて、全員で参照すべき大きな作品がなくなっていきました。

一柳　『ライトノベル・スタディーズ』の刊行が二〇一三年で、この頃から急速に作品が多角化していきましたね。

山中　二〇一〇年代に入ると、川原礫『ソードアート・オンライン』（電撃文庫）、アスキー・メディアワークス→KADOKAWA、二〇〇九年―）の大ヒットを受けて、今度はオンラインゲームの世界を舞台としたウェブ小説の書籍化が進みましたね。

久米　この時期に流れが変わったと思います。日常系ブームが終わったときに、小説への関心がさらに薄くなってきた印象がありますね。

大橋　この頃、日常系の四コマの勢いが増してきました。どうしても日常ということに目が向きがちなのですが、例えば葵せきな『生徒会の一存』（〔富士見ファンタジア文庫〕、富士見書房、二〇〇八―一三年）は、文庫書き下ろし小説としてストーリーはよく構成されていました。この作品は後半になるとヒロインがつらい過去を思い出します。物語の構造としては、懐かしい感じのパターンでした。いまのウェブ小説や異世界物のようにシーンの連続、行動の連続を積みかさねていくプロットとは異なっていました。

商業的な傾向としては、二〇〇〇代半ば以降、ラノベブームを経たあと、わりとコアな層が読者として残ったのでラノベの長期シリーズは比較的売れたということがあります。一方で、新規シリーズがなかなか当たらない状況が生まれました。それによって、一作品一作品はそんなに売れないから数を打って当てようという出版社の流れができ、作品がものすごく細分化していきました。この頃から、目立ったヒット作がオリジナルからは登場しなくなりました。一方で、「ニコニコ動画」（現「ニコニコ」）の全盛期なので、ボカロ小説が二百五十万部というとんでもないヒットを生んでいたのに、ライトノベルの界隈で取り上げた人が少なかった。これを読んでいたのは主に中学生で、中・高生の興味は別に移ってしまっていた時期なんですね。

一柳　「小説家になろう」など、ネットのなかで自由に読める作品が、文庫のラノベの世界に接続してきたのはいつ頃ですか。

大橋　投稿サイトの「アルカディア」（http://www.mai-net.net/）が流行するのがゼロ年代後半からイチゼロ年代前半、その後、ウェブ小説の書籍化は二〇一四年くらいから徐々に、という印象です。

一柳　小説が生まれるシステムそのものが、二〇一五年前後に大きく変容するわけですね。だとすれば『ライトノベ

葵せきな『生徒会の一存』第1巻（〔富士見ファンタジア文庫〕、富士見書房、2008年）

ル・スタディーズ』は、最も幸せな時期に刊行できたということになるのか。

大橋 『ライトノベル・フロントライン』を刊行したときは、もう文庫だけでなくウェブを対象にしていましたね。

久米 これまで刊行したどの書籍でも共通していますが、最新動向を追いきるのが難しかったですね。

山中 例えば、SFやミステリといったジャンル小説がいまだに生き続けているのは、創作と並び立つ評論があるからだと考えられるのですが、ラノベの場合は評論がないと一般的には思われていて、そこが開拓しづらい部分だったと思います。作品と批評・評論、研究の関係性はいまでも悩ましいところです。

3 二〇一五年以降の動向

山中 次に、二〇一五年頃から最近までの動向に目を向けたいと思います。ラノベの典型的な販売戦略としては、マンガ化やアニメ化といったメディアミックスを通してメディア露出を増やし、店頭での宣伝も同時並行的におこないながら売っていくというものでした。それに対して、近年注目を集めているライト文芸は大々的なメディアミックスをせず、「感動」「ほのぼの」など、作品内容でプロモーションしている印象です。

大橋 ライト文芸を買っているのは、二十代から四十代の女性です。

一柳 そうすると、かつての氷室冴子などの少女小説を読んでいた層がライト文芸を支えているんでしょうか。

山中 私の勤務校では読書推進活動の一環で、読書感想文コンクールのようなものを毎年やっているんですが、それを見ていて思うのは、有川浩さんには根強い読者がいるということです。このあたりはライト文芸の読者とも重なっているのかなと。

久米 自然と話がライト文芸に進みますね。でも、ライト文芸は批評が足りない段階です。

大橋 先日、ある書評家の方と話していて、ライト文芸は批評しにくいのだそうです。ラノベ以上に小説として軽さがあると感じているようで、かつての文庫本のラノベのほうが、小説としてはよくできているかもしれないとも言っていました。

久米 ライト文芸よりもラノベのほうが歯ごたえがある感じはします。物語もキャラクターの作り方もそうです。大橋さんは研究だけでなく小説を書いて刊行していますが、実作者としてどう思いますか。

大橋 文芸でしっかりしたものを読みたい読者と、ライト文芸を読む読者とは、かなり二分化しているように感じています。

久米 そうかもしれません。ライト文芸は、「ちょっと泣ける」「ほっこりできる」「少し感動できる」を求める読者が読んでいると感じます。

山中 ライトノベル研究会が主催していた「ライトノベル・フロントライン大賞」も、新人作家の作品がメディアミックスされた作品に押された結果、たとえ読み応えのある作品でも売り上げが振るわずに終わってしまうのはもったいないということで、質で評価することをコンセプトにしていました。この賞を受賞された作家の方々にお話をうかがってみると、「ラノベを書きたいからラノベの賞に出している」のではなく、要は小説家になりたいんですね。つまり、かつて児童文学やSF小説を読んでいた人たちが小説家を目指し、まずはラノベを入り口にデビューを果たしたという感じです。

一柳 桜庭一樹さんなど、いま最前線で活躍する書き手のなかにも、そういう方はいらっしゃいますね。

山中 以前はそれが珍しかったわけですが、いまはそうでもありません。例えば「小説家になろう」のような小説投稿サイト周辺の作家の場合、最終的な目標は書籍化だとよく耳にします。だからこそ彼らは、書籍化につながりうる道を自己プロデュースできる力をもち、異世界転生ものが流行すればパッとその波に乗るなど、トレンドにも敏感なわけです。そしてこうした現状からすると、オリジナリティを重視し、作品を一から作り込んでいく創作のあり方からは、どんどん離れているのかもしれません。

一柳 むしろ、どういう視点で書けば読者がつくか、という読者目線で作りますよね。テーマを無視したユーザー目線の作品の書き方が一般化しています。

大橋　その状態だと批評や研究は成立しづらいです。特にエンタメでは、すでに売れているものに対して、それがなぜ売れているのかいろいろな理由をつけて評価する傾向が強いので、そうしたなかから出てくる議論は論拠のないものになってしまいます。

一柳　『ライトノベル・フロントライン』で選んだ良質な作品が売れているかというと、そうでもない。むしろ、いい作品は売れないのかも。

久米　ゲーム的な作品のほうが売れますよね。

一柳　それは、他のメディアに移行しやすいということでもあると思います。内容や作品の質を読み解く視点の優先順位が下がり、読みやすさやアクセスしやすさが最優先になっていて、メディア環境もその方向で最適化されている。コンテンツの質ではなく、コンテンツをどのように流通させてブームを作るかが主眼になっている。中身が二次的・三次的な問題になっていて、その点は危惧を覚えます。

山中　「小説を書きたい」よりも「売れたい」というのが先にあって、それに必要な話題やコンテンツをどのように提供すればいいのかが成功のプロセスになっています。

久米　「YouTube」と同じですね。質がいいものを送り出すより、見られるのが多いほうがいいわけです。クリエーターはそうした尺度をもっているんでしょうね。

一柳　コンテンツの質ではなく、コンテンツをどう浸透させるかが先にあると。

久米　質にもこだわって論じたり評価したりすると、見えなくなるものが多くなります。現状をここまで話したように捉えないと、ライト文芸がなぜ売れているのかが説明できません。

4 研究のこれから

山中　研究の限界について先ほど少し話題に出ましたが、そもそもラノベというカテゴリー自体、それをいつまで冠していけるのかというポイントもあります。ラノベ的なものが広がったいま、ラノベから研究をスタートする有効性があるのかどうかは、以前から指摘されている問題です。

久米　そうですね。ラノベに限った現象ではなくなっている。

山中　いまの読者が求めるものは、物語の質なのか、受容する際に必要な時間やお金なのか、はたまたアクセスのしやすいメディアなのか――こういった問題を考えないといけません。これまでの文学研究のテクスト重視・物語重視では、すくい取れない部分もあります。それが年々拡大していると感じます。

大橋　恩田陸『蜜蜂と遠雷』（幻冬舎、二〇一六年）を読むとわかりますが、一般文芸の登場人物がキャラクター化しています。例えば、「小説現代」（講談社）の新人賞からデビューした夏原エヰジ『Cocoon――修羅の目覚め』（講談社、二〇一九年）は吉原物なのですが、吉原を再現するものはほとんどなくて、少女マンガのキャラクターや世界観で吉原を書いているように思います。ラノベ的な方法が一般文芸に影響を与えています。

山中　あの『涼宮ハルヒ』シリーズでさえいまはイラストがなくなり、作品解説を加えて角川文庫から再刊行されるなど、もはや一般文芸化しています。こうなってくると、イラストの有無をラノベの定義に入れる有効性は薄くなっていると思います。

一柳　ライトノベル研究会を始めた当初はＳＦや歴史、ジャンル小説がラノベに吸収されるという流れがありました。いまはラノベが変質するなかで、ジャンル小説的な要素の強い作品がはじき飛ばされているようです。現

夏原エヰジ『Cocoon――修羅の目覚め』（講談社、2019年）

在は、本格的なSFはラノベでは書けません。

山中　そうですね。むしろ、SFのラノベ化が逆に進んでいるように見えます。特に早川書房の「ハヤカワ文庫JA」は顕著で、宮澤伊織『裏世界ピクニック』（〔ハヤカワ文庫JA〕、早川書房、二〇一七年―）、草野原々『最後にして最初のアイドル』（〔ハヤカワ文庫JA〕、早川書房、二〇一八年）など、ラノベ的な表紙を使って中身はしっかりSFという状態ですから。

久米　ただ、オタク的な絵柄への忌避感をもつ読者もいますよね。それをつけることで効果がどれくらいあるかはわかりません。読者層も限定しかねませんし。

一柳　今後、ラノベに限らず現代小説が生き残るための戦略を、どのように考えていけばいいでしょうか。

大橋　近年は韓国の女性文学とフェミニズムとの関係が注目されています。それから、若い人は非常に映画をよく見ています。映画を見ることがイベント化していて、シネコン的なものと高校生や大学生くらいの世代は相性がいいようです。

久米　視聴覚文化とドッキングしていく必要があるかもしれません。

大橋　昔、映画はある意味で日常的なものでしたが、いまは映画の非日常感がいいのかもしれませんね。

久米　キャラクターへの愛はあるけど、物語は後景に退くような傾向も見受けられます。だから、物語が水のように薄いのかもしれません。

大橋　動員数が多い映画作品も、物語よりもキャラクターと音楽が評価されています。

山中　そうすると、活字で読むという人は何を求めているのでしょうか。

久米　セリフは好きみたいですよね。小説がシナリオみたいになっていくことも考えられます。地の文を読まないのかもしれません。

山中　最近では映画の公開時期に合わせ、その小説版が刊行される例が増えています。映画のノベライズ自体は一応、以前からおこなわれているものではあります。ただ、

宮澤伊織『裏世界ピクニック』第1巻（〔ハヤカワ文庫ＪＡ〕、早川書房、2017年）

ここしばらくの傾向として特徴的なのは、映画と小説を往還しながら楽しむ受容姿勢を、販売戦略の一環として取り入れている点ですね。映画で見たものを小説で追体験して、映画で描かれなかった部分を小説で補完するわけです。実際に私の身近でも、映画を補完するために小説版を読んでいるという学生は多いです。

大橋　『文豪とアルケミスト』（DMM GAMES、二〇一六年―）などのブームのおかげで文豪ネタにスポットが当たり、近代文学研究を志向するようになった学生もいますね。

一柳　物語や小説の概念を変えて考え直さなければならないのかもしれません。いままでは活字中心でしたが、トータルで考えないと意味をなさなくなってきています。

山中　そうですね。マンガを小説で読ませるという試みもあります。この場合は原作重視のノベライズであるよりも、アナザーストーリーやスピンオフでおこわれるケースが多いでしょうか。マンガで描くと時間もコストもかかるため、そこで描けなかった物語は小説で補完していくという扱いです。

久米　従来の小説の評価でいうと「だめ」なのだけれど、ほかのメディアを有効利用した作品の提示の仕方として今後は「あり」なのかもしれません。

一柳　小説にイラストが添えられることが前提で書いている場合、イラストがなくなったら読めません。今後の物語の分析や価値評価は、様々なメディアの特性を理解したうえで、トータルで考える必要がありますね。

山中　小説単体での研究が成立しづらい印象です。

久米　本当にそれが文学研究になるのかは、慎重に見極めなければなりません。先日、ジャニーズが書いた小説を研究したいという留学生に会ったのですが、作者であるジャニーズのアイドルが本当に書いたのかどうか、どうやって宣伝して、誰が、どこで、どう情報を受け取って、どう読んだのかを分析したいと言っていました。初発の動機が、作品が面白いといった理由ではないんですね。これまでなら社会学やメディア研究の領域ですが、その手法が文学研究に入ってこようとしています。

山中　『ライトノベル研究序説』や『ライトノベル・スタディーズ』の頃は、書かれたテクストがあってそれを突き詰めてスタートしていればよかったわけですが、いまは作品がいつ登場し、どのように展開され、どうやって読まれたのか、という視点が必要になっているのかもしれません。

久米 文学環境とでもいえばいいのでしょうか。あるいは、小説環境？

一柳 物語環境かもしれません。

山中 学会で状況論を報告すると「なぜテクストを読まないのか」と指摘を受けるのですが、最近ではむしろ状況論の必要性をいっそう強く感じます。

一柳 状況そのものが、ある意味でテクストですからね。

久米 いま、テクストそのものを読んでも捉えきれないものが多いのかもしれません。

山中 先日とある授業のなかで、一九七〇年代から二〇一〇年代を射程に出版メディアの流れを追いかけたんですね。ラノベという環境が構築され始めたのは一九八〇年代あたりですが、この頃にはまだ、従来の文芸の常識が残っていました。しかし二〇〇〇年代以降になると、印刷技術やメディア技術の変容を踏まえながら、特定のメディアなり環境なりの型に小説をどうあてはめるかという話になっていきます。一方で、明治期文学の研究に目を向けてみると、活字が入ってシルクスクリーンで絵が印刷できるようになったとき、絵の位置づけが変わってくるという議論もおこなわれています。

久米 いままでの明治文学の研究は挿絵を無視する場合が多いのですが、でも一緒に読まれていたんです。新聞小説の場合は特にそうですね。

大橋 過去の作品や資料を読むときも、挿絵の意味を再検討しないといけません。

久米 新聞で読まれるときと、書籍で読まれるときも違いますし。

山中 私自身の課題でもありますが、特定のメディアなり環境なりが存在するとき、そこにあてはまるように小説が生まれたという経緯はわかるんです。では、そこから生まれた小説をどう読んだらいいのか、という議論が今度は必要になります。作家論、作品論、テクスト論をそれに適用できるのかどうか……。

久米 これまでの価値基準がそこで生きることができるか、ですね。テクストの抱える要素を評価できるか、ということです。

一柳 読者主体は存在せず、マスとしての読者、マーケティング対象としての読者がいるだけなのかもしれません。

大橋 その意味で、作家性もなくなっていきますね。新しく書かれる作品が、より時代や文化の状況や、流行の後追いになりやすくなっていて、そのなかで差異を競うような傾向になっているように思います。

久米 作家の名前を覚えず、キャラクター名や書名だけを覚えたり。一方で、作者がキャラクター化することもありますが。

山中 本書『小説の生存戦略』では、実作、メディア環境、文化状況、ジェンダーをそれぞれ押さえています。現代文学の実作があって、メディアをめぐる環境の話があり、さらにジェンダーや聖地巡礼など、関わりがある文化状況やもともとあった概念の議論があり、という内容です。それを読んで何がわかってくるでしょうか。

久米 例えば、周辺文化とジェンダーに関わる論点も、環境の話だなと思いました。聖地巡礼というシステム・環境があるところで、作品がどう読まれるのかという具合です。その場合、活字が最上位にあるのではなく、相対化もされます。そうした視点の転換があると、作家論・作品論だけでは成立しないですね。

山中 作家の意図だけではなく、出版社の意図もありますからね。

大橋 現代文化にあまり触れていない人や、批評・研究のフレームができていない人がラノベ、サブカルチャーを論じると、社会反映論や作家の意図など素朴な議論に流れがちです。そうではなくて、論じる側が一つのフレームをしっかりともって、そこを基盤に論じていく営みを集積するべきでしょう。だからこそ、例えば卒業論文でラノベを扱いたいという学生は、非常に苦労するのですが。多くの論者の視点で全体像が見えてくるという形で、本書では一つの方向性が示せているように思います。

久米 ここまで話してきて感じたのですが、スマホをみんながもってるというなかで、小説の解体がいちばん進んでいるかもしれません。

一柳　解体と同時に再編成も進んでいるのでしょうね。いままでの概念では説明できないものです。ただ、物語の未来自体は決して暗くはない。アメーバのように形を変えて、作り替えられていくはずです。

山中　仮に、私たちが研究会を通じて追いかけ続けてきたラノベという枠組みがなくなったとしても、その要素は拡散して今後も残っていくと思います。

おわりに

久米　いろいろと議論しましたが、本書の使い方としては、例えば明治・大正・昭和の文学研究に本書の視点を応用して読み直すこともできますよね。

一柳　現在起きている状況や似た環境は実は過去にもあるわけで、本書で発見できた知見を過去にあてはめて解析するということも当然ありえます。

山中　例えば、大塚英志『大政翼賛会のメディアミックス――「翼賛一家」と参加するファシズム』（平凡社、二〇一八年）という書籍がありますが、現代的なメディアミックス概念で戦時中の状況を捉えています。過去に遡及するという意味では、現時点ではわからない当時の状況を含めて、これまでの小説の成り立ちや読み方のプロセスが見えてくる可能性はあると思います。

久米　小説をないがしろにするのではなくて、広い視野で捉えていけたら――。あと、物語環境の重要性を提起する必要を感じます。

山中　社会学のメディア研究や、歴史学と重なりがあるメディア史と方法論の発想は近いので、他分野との接続も可能でしょうね。

久米　では、文学研究がそれらにのみ込まれるかというと、たぶんそうではありません。言葉や内容の問題を扱うわけで、その点のアドバンテージは文学研究にあります。

一柳 価値や意味の精緻な分析は文学研究の中核ですし。

大橋 暗い未来ばかりではないですね。

久米 次は物語環境研究をやりましょうか。

一柳 おもしろそうですね（笑）。

実施日：二〇一九年十一月十七日（日）　場所：青弓社

［付記］座談会で紹介されている作品の書誌は、二〇二〇年三月現在の情報をもとに記載。

おわりに

山中智省

ライトノベル研究会の活動は、二〇二〇年をもって開始から十四年目を迎えた。

本来、特定のテーマや対象を扱った学術系の研究会は、目的の達成とともに発展的解消へと向かうことがほとんどであり、活動期間が十年を超えるケースはあまりないそうである。本研究会は当初から、「ライトノベルとは何か?」「ライトノベルをアカデミックな研究で扱うにはどうすべきか?」を示すべく、メンバーによる研究発表をコツコツと積み重ねながら、まずは一柳廣孝/久米依子編著『ライトノベル研究序説』(青弓社、二〇〇九年)、同『ライトノベル・スタディーズ』(青弓社、二〇一三年)の刊行へとこぎつくことができた。研究の成果がいったんまとまり、ここで一区切りとする話も一応は出ていたわけなのだが、時代とともに新たな様相を呈していくライトノベルへの興味は尽きず、「もう終わりでいいじゃん?」とのたまう一柳廣孝先生をメンバーが必死に説得し(笑)、研究会はこれまで活動を続けてきたのである。もちろん、継続したからこそみえてきた事柄も多々あるわけで、本書の問題意識に即するなら、それは、「現代文化のなかで生き残りを図るべく、ライトノベルが従来の枠組みを超えて拡散を続けてきた動向と、その状況下で変容していくライトノベルを含む小説の姿」ということになるだろう。

ところで、ライトノベル研究会が設立された二〇〇六年五月は本書の座談会でも触れられているとおり、まさに谷川流『涼宮ハルヒ』シリーズ(角川スニーカー文庫)、角川書店、二〇〇三年―)が、京都アニメーション制作のテレビアニメ第一期の好評を背景に人気を博し、その話題が当時のライトノベル業界を席巻していた頃だった。周知のように『涼宮ハルヒ』は、ライトノベルの存在を世に知らしめた二〇〇〇年代を代表する作品の一つであり、個性的なキャラクターを前面に押し出したメディアミックスが奏功して、歴史に残る大ヒットを記録した希有な成功事例である。また同作は、以後の作家・作品の傾向や出版社の商業戦略のあり方を方向づけたという意味でも、ライトノベルの特質や論点を検討するには有用なサンプルだった。ライトノベルへのアプローチ方法を模索中だった我々にとってみると、これはまさしく渡りに船の出来事だったのである。手前味噌ながら、本研究会は何とも絶好のタイミングで発足したものだとしみじみ思う。

なお、二〇二〇年現在から見つめ直してみると、当時はまだ、『涼宮ハルヒ』をはじめとするライトノベルの作品群、あるいはメディアミックスのようなライトノベルの周辺文化の動向を、比較的捉えやすい時期だったといえるかもしれない。例えば、様々なサブカルチャーの要素を取り入れて書かれた公募新人賞の受賞作ないし既存作家の新作が、まずは紙媒体の書籍で刊行されたのち、話題作はマンガ化、アニメ化、ゲーム化などが同時多発的に進められ、物語やキャラクターがメディアを横断しながら拡大再生産される一方、原作小説はさらなる読者を獲得していく――。こうしたオーソドックスな作品展開手法はそれこそ、水野良『ロードス島戦記』シリーズ（〔角川文庫→角川スニーカー文庫〕、角川書店、一九八八―九三年）、神坂一『スレイヤーズ』シリーズ（〔富士見ファンタジア文庫〕、富士見書房→ＫＡＤＯＫＡＷＡ、一九九〇年―）といった、一九八〇年代から九〇年代に台頭した作品にも見受けられたものだった。したがって、二〇〇〇年代中頃までに現れた諸々の動向は、従来のライトノベル（を含むサブカルチャー）の枠組みにおいて理解し、捕捉できる範疇になんとか収まっていたのである。

しかし、こうした安寧とした状況はそう長くは続かなかった。まず、『涼宮ハルヒ』の大ヒットに触発されたライトノベル業界は二〇〇〇年代後半以降、「面白ければ何でもあり」を体現するような多彩な作家・作品・レーベルを次々に送り出し、加速度的な成長を遂げていくことになる。またライトノベルのメディアミックスが常態化し、新旧のメディアを混交させた新しい展開手法も誕生していく。他方で、「出版不況」や「若年層の活字離れ」が叫ばれるなかでも商業的成果を挙げてきた実績から、文学、文芸、児童書などの他ジャンルにもライトノベルのエッセンスが戦略的に配されていった。ライト文芸や児童文庫などはその最たるものだろう。さらには新規読者の獲得を視野にジャンル違いのレーベルをまたぐ作品が登場し、二〇一九年にはなんとあの『涼宮ハルヒ』までもが、角川文庫からイラストなしの新装版で刊行されている。まさしく、従来の枠組みなどどこ吹く風といわんばかりに、ライトノベルの〝関連動向〟が広範囲に拡散していったのである。

加えて、二〇一〇年代以降に注目を集めた電子書籍に代表されるデジタルコンテンツの普及や小説投稿サイト（プラットフォーム）の隆盛は、読者がありとあらゆるジャンルの小説を手軽に、自由に、フラットに受容できる機会を創出し、既存の「読書」や「文学」のあり方にも揺らぎをもたらしている。そして、本書の「はじめに」で大橋崇行が指摘しているとおり、いまなお活況を呈する数々の小説投稿サイトが、「小説は読むものである以上に、書いて楽しむものである」という認識を広めた一因なのは間違いないだろう。さらにいえばかつてのケータイ小説と同じく、小説の執筆、編集、発信、閲覧に対するハードルを大幅に下げたことで、小説／小説家を特別視する態度を緩和し、誰もが気兼ねなくＵＧＣ（User Generated Contents／ユーザー生成コンテンツ）を生み出せる可能性をはっきりと示したのである。例えば、「小説家になろう」（https://syosetu.com/）の投稿小説「ＪＫハルは異世界で娼婦になった」の著者・平鳥コウが述べた次の言葉は、そうした現状を端的に表す証左の一つだろう。

ネット黎明期の個人サイトからケータイ小説ブームを経て、数多くの投稿サイトが簡単に利用できる今は、最も「小説を書いたことがある」人が多い時代じゃないでしょうか。誰でも自分のアカウントを持って発言し、様々な形態の作品を発信するのが当たり前になりましたが、文章が一番自由度の高い表現だというのはまだしばらく変わらないと思います。世界がいくつあってもいいし、敵が何億いようが一人で戦っていいし、何もなくてもいい。好きに書いていいわけです。あとは気に入った場所に置いて、運よく読者に巡り会えれば、その日から誰でも小説家です。最高ですよね。これからも小説家は増え続けるでしょう。自分もその中の一人として、今後もどこかで自由に書いていると思います。(1)

ちなみに近年では、ライトノベル業界の最大手に君臨し、自前の小説投稿サイト「カクヨム」(https://kakuyomu.jp/)を有するKADOKAWAが、ウェブ小説を書籍化したものを「新文芸」とカテゴライズして大々的に展開している。また、電撃文庫が二〇一九年にスタートさせた「電撃の新文芸」をはじめ、各ライトノベルレーベルは新たなウェブ小説の発掘に力を入れており、時代のトレンドを貪欲に取り込もうと積極的に動いている最中だ。このような状況を背景としつつ、老舗のガイドブック『このライトノベルがすごい!2020』(宝島社、二〇一九年)は、ライトノベルの今後の展望を以下のように指摘している。

2010年代は「小説家になろう」の台頭と、スマートフォンの普及によって、より多くの人がWEB上に投稿された小説を読むようになった。そこから書籍化される作品が爆発的に増え、いまではWEB投稿されて人気になった作品を書籍化している流れは、当たり前のものとなった。著者がSNSなどのサービスを介して読者と交流していくような、作家と読者の距離感も近くなり、インターネットでの繋がりがあらゆるエンターテインメントの在り方を変えていっている。映像や音楽は、DVDやCDという媒体を離れ、ストリーミング配信が主流となった。では小説(書籍)はどうなっていくのだろうか。電子書籍が普及していくなかで、2020年以降、ライトノベルの在り方もいまとは異なった形態として変化していくだろう。(2)

ここでは、目まぐるしく移り変わる現代のメディアや文化のなか、その動きに合わせる形でライトノベルもまた、新たな変化の様相をみせていくことが示唆されている。とはいえ、その変化自体は決して「余儀なくされる」という類いのものではあるまい。むしろ、ポジティブかつクールに現代をサバイブ可能な小説の姿へと変容を遂げながら、引き続き市場や読者を獲得していくのだろう。面白ければ何でもあり——。ライトノベルがもつ最大の武器であり生存戦略の肝は、まさにそこなのだから。

さて、言及すべき事柄はまだまだ多いものの、ひとまずここまで確認してきた動向を捕捉していくためには、もはや「ライトノベル」という理解の枠組みだけでは不十分なのである。繰り返しになるが、今後は現代文化のなかの「小説」、あるいは「文学」といったより上位の枠組みを想定したうえで、ライトノベルを橋頭保にそれらの現状を捉え直していくことが求められるだろう。そして何を隠そう、以上の課題を踏まえながら「小説の生存戦略」に着目して編まれたものこそが、ライトノベル研究会の集大成たる本書なのである。

——さあ。これからも、生存戦略、しましょうか！

注

(1) 平鳥コウ『ＪＫハルは異世界で娼婦になった』(ハヤカワ文庫ＪＡ)、早川書房、二〇一九年、三五四ページ

(2)『このライトノベルがすごい！』編集部編『このライトノベルがすごい！２０２０』宝島社、二〇一九年、一八五ページ

山口直彦
（やまぐち・なおひこ）
東京国際工科専門職大学助手、専門学校HAL東京教官
専攻は情報工学・音楽情報科学
共著に『ライトノベル研究序説』『ライトノベル・スタディーズ』（ともに青弓社）など

芦辺 拓
（あしべ・たく）
作家
著書に『殺人喜劇の13人』『グラン・ギニョール城』（東京創元社）、『裁判員法廷』『紅楼夢の殺人』（文藝春秋）、『おじさんのトランク　幻燈小劇場』（光文社）など

樋口康一郎
（ひぐち・こういちろう）
高校教員
専攻は日本近代文学
論文に「「女の子になりたい男」の近代」（「ユリイカ」2015年9月号）など

金木利憲
（かねき・としのり）
目白大学兼任講師、大東文化大学非常勤講師、聖徳大学兼任講師、I.Gアーカイブ
専攻は日中比較文学、漢文学、日本中世文学
著書に『太平記における白氏文集受容』（新典社）、共著に『権利処理と法の実務』（勉誠出版）、論文に「『太平記』に残る漢籍受容の足跡」（「『太平記』をとらえる」第2巻）など

久米依子
（くめ・よりこ）
日本大学文理学部教授
専攻は日本近現代文学、児童文学
著書に『「少女小説」の生成』(青弓社)、共編著に『少女小説事典』(東京堂出版)、論文に「クイア・セクシュアリティを読むことの可能性」（「昭和文学研究」第77集）など

橋迫瑞穂
（はしさこ・みずほ）
立教大学非常勤講師
専攻は宗教社会学
著書に『占いをまとう少女たち』（青弓社）、論文に「現代日本社会における宗教と暴力」（立教大学博士論文）など

須川亜紀子
（すがわ・あきこ）
横浜国立大学大学院都市イノベーション研究院教授
専攻はポピュラー文化研究、オーディエンス／ファン研究
著書に『少女と魔法』（NTT出版）、共編著に『アニメーション文化 55のキーワード』（ミネルヴァ書房）、『アニメ研究入門【応用編】』（現代書館）など

山内七音
（やまうち・ななね）
横浜国立大学大学院修士課程
専攻は宗教学、サブカルチャー研究
論文に「〈魔女〉という生き方」（「横浜国大国語研究」第38号）

[著者略歴]
※以下、論考の所収順。

茂木謙之介
（もてぎ・けんのすけ）
東北大学大学院文学研究科准教授
専攻は日本近代文化史、表象文化論、日本近代文学
著書に『表象天皇制論講義』（白澤社）、『表象としての皇族』（吉川弘文館）、編著に『怪異とは誰か』（青弓社）など

一柳廣孝
（いちやなぎ・ひろたか）
横浜国立大学教育学部教授
専攻は日本近現代文学・文化史
著書に『怪異の表象空間』（国書刊行会）、『無意識という物語』（名古屋大学出版会）、監修に『怪異の時空』全3巻（青弓社）など

大島丈志
（おおしま・たけし）
文教大学教育学部教授
専攻は日本近代文学
著書に『宮沢賢治の農業と文学』（蒼丘書林）、共著に『「時」から読み解く世界児童文学事典』（原書房）など

並木勇樹
（なみき・ゆうき）
株式会社KADOKAWA・編集者、横浜国立大学大学院修士課程修了
専攻は日本近現代文学・ファンタジー研究
論文に「見出される闇、アイデンティティとしての縄文」（「横浜国大国語研究」第34号）

朱沁雪
（しゅ・しんせつ）
東京都立大学大学院人文科学研究科博士後期課程
専攻は中国文学
論文に「インターネット小説における物語消費」（「大朋友」第1期）、「黄易と玄幻小説」（「大朋友」第3期）

山田愛美
（やまだ・まなみ）
國學院大學大学院文学研究科博士課程後期
専攻は日本近代文学
共著に『ライトノベル・フロントライン2』（青弓社）、論文に「川端康成『千羽鶴』・『波千鳥』論」（「國學院大學大学院文学研究科論集」第46号）など

江藤広一郎
（えとう・こういちろう）
日本大学高等学校・中学校非常勤講師
専攻は日本近現代文学
論文に「表記し分ける語り手」（「国文白百合」第49号）

佐野一将
（さの・かずまさ）
横浜国立大学大学院修士課程修了
専攻は国語教育、サブカルチャー研究
論文に「見せかけの等身大」（「横浜国大国語研究」第37号）

須藤宏明
（すどう・ひろあき）
盛岡大学文学部教授
専攻は日本近現代文学
著書に『疎外論』（おうふう）、共著に『東北近代文学事典』（勉誠出版）、論文に「安吾と東北」（「坂口安吾研究」第4号）など

松永寛和
（まつなが・ひろかず）
会社員
専攻は近現代文学、ライトノベル
博士論文「ライトノベルにおける「作家」の存在」で博士号（芸術学）を取得

［編著者略歴］

大橋崇行
（おおはし・たかゆき）
作家。東海学園大学人文学部准教授
専攻は日本近代文学
小説に『浅草文豪あやかし草紙』（一迅社）、著書に『言語と思想の言説』（笠間書院）、共編著に『ライトノベル・フロントライン』全3巻（青弓社）など

山中智省
（やまなか・ともみ）
目白大学人間学部専任講師
専攻は日本近代文学、サブカルチャー研究
著書に『ライトノベルよ、どこへいく』（青弓社）、『ライトノベル史入門『ドラゴンマガジン』創刊物語』（勉誠出版）、共編著に『ライトノベル・フロントライン』全3巻（青弓社）など

小説の生存戦略（しょうせつのせいぞんせんりゃく）
ライトノベル・メディア・ジェンダー

発行 ——— 2020年4月28日　第1刷
定価 ——— 2000円＋税
編著者 ——— 大橋崇行／山中智省
発行者 ——— 矢野恵二
発行所 ——— 株式会社青弓社
〒162-0801 東京都新宿区山吹町337
電話 03-3268-0381（代）
http://www.seikyusha.co.jp
印刷所 ——— 三松堂
製本所 ——— 三松堂

ISBN978-4-7872-9255-1　C0095